あること、ないこと

arukoto naikoto

吉田篤弘

平凡社

ぐりいみん

手ごろな大きさの地図を机の上にひろげ、人差し指を地図の表面にあてたら、指先で地形を読むように、ざらざらと紙の上をすべらせてゆく。

そのうち、見知らぬ――しかし気になる――町名を見つけ、一丁、二丁と指先がたどるうち、やはり、耳なれない私鉄電車の駅名に突き当たる。

仮にその駅名が〈夕刻町〉であるとして、では、自分はその夕刻町駅を中心とする界隈で、はたしてどのように暮らしてゆくだろうかと夢想する。どのように生計を立て、いかにして日々の明け暮れを過ごしてゆくか。

答えはいたって簡単である。

自分は、その町で一冊の事典をつくる編集人および執筆者になる。

かねてより自分は一冊の事典をつくりたいと願っていた。

それが地図の中の仮象であるとしても、ようやくその機会がめぐって来たとしたら、さて、その事典の巻頭に自分はいったい何を書くだろう。

それは、他の惑星から来た友人に、「まず、この星では」と最初に伝えるものと同じである。であるなら、そう易々とは決まらない。

が、ああでもなしこうでもなしと散々考えた挙句、不意に通りすがりの何者かに耳打ちされるように、（そうか）と答えが見つかった。

何者かは、こう云ったのである。

「その事典は、〈夕方〉の項目から始まるのではないか」と——。

＊

時計を見ると、五時十五分を過ぎたばかりで、夜と呼ぶにはまだずいぶんと早い。これが七時ともなれば、やはり夜と呼ぶしかなく、しかし、その刻限まで、あと一時間と四十五分ある。

このひとかたまりの時間を人は「夕方」と呼ぶ。

驚くなかれ、夕方は毎日やって来る。そして、毎日めぐり来るものには特別な挨拶が用意され、さる国の人々は、夕方の挨拶を「ぐっど・いぶにんぐ」と申される。耳にする限りでは、「ぐりいみん」と聞こえるが、この一時間四十五分のあいだに、さる国においては、幾たび、「ぐりいみん」が交わされるのか——。

映画なら、およそ一本を丸々観ることができる。LPレコードは三枚ほど聴けるだろうか。聴きながら献立帳をさらい、おもむろに晩御飯の支度にとりかかるのもいい。本を読むにしても、疲れずに読めるちょうどいい時間で、もちろん、やりのこした仕事を片づけるのにも最適である。

昼の仕事を終えた男たちが、「ぐりいみん」と挨拶を交わすこの五時十五分に、一日がもういちど始まってゆくように思う。

何ごとかが人知れず更新され、更新の合図のように一番星があらわれる。コウモリが宙返りをして豆腐屋のラッパが路地に響き、あちらこちらで、ひとつまたひとつと灯がともされてゆく。四畳半の卓袱台のまわりには、刷りたての夕刊のインクの匂いがあり、わけもなく心もとない思いに誘われる。

そうしてぼんやりしていると、畳の上へひろげた夕刊に猫が乗ってくる。かすかにひとつふたつ鳴いて、読みかけの記事の上に、のうのうと横たわる。重い尻をのけようとすれば、反射的に伸びた爪をたて、しばらくの攻防のあと、引き出しから猫用の爪切りを取り出してきて、嫌がるのを、騙し騙しつんでゆく。

爪をつむ音がやけに大きく部屋に鳴る。

ひととおりつみ終わったら、ついでに自分のも片づける。猫の爪というものは、前脚は五本あるが後ろ脚は四本しかなく、猫の手脚と自分の手足とで、合計三十八本。

ひと仕事である。

途中で休んで新聞のつづきを読んでみたり、湯をわかして番茶を飲んだりするせいもあるが、ひと仕事終えて時計を見れば、やれ、もう七時ではないか。

何でもできるようでいて、結局、何もできないのが夕方の正体である。

*

このところの自分は、夕方になると決まって猿の絵を描いている。

その昔、駄菓子屋の裏の路地に、「敷島」と表札を掲げた平屋の古い家があった。路地に面して垣根があったのだが、中ほどで垣根が途切れ、途切れたところから赤茶色に錆びた金網が覗いていた。かれこれ五十年前の話である。いまはもう影もかたちもない。駄菓子屋も敷島邸もとうになく、路地だけが残って、いまの自分は路地からふた筋のところにある四畳半で猿の絵を描いている。

金網の中に猿がいたのである。

見るからに老いた猿だった。金網ごしの夕陽をまだらに浴び、金色に見えるふたつの目がこちらをじっと見ていた。哀しげな目だった。自分がどうしてここにいるのか、(もうひとつ判らない)(非常にもどかしい)という顔をしていた。

彼らは哺乳類の進化の過程において、あと一歩でヒトに化けるところまで来たのである。人間もまた動物なのだから、動物とヒトを区分けするのはいかがなものかと思うが、このとおり、文言を書きとめることができる唯一の動物なのだから、ヒトというのはかなり毛色の変わった動物であることは間違いない。やはり、動物とヒトのあいだには著しく太い線が引かれてしかるべきである。

しかし、猿はその太い線の上まで来ていて、こうした境界線というのは、その太さが問題になってくる。仮に三ミリ幅の製図ペンで境界線を引いたとして、ではその三ミリは、あちらとこちらのどちらに属しているのだろう——。

こうしたことをつらつら考えながら、昼と夜が交代する時分に猿の絵を描く。

猿は外国から連れられてきたようで、その国の輪郭を地図の上で見ると、ゆがんだ洋梨のようなかたちをしている。（我はいつかそこへ帰る）と猿はおそらくいつでもそう念じていた。念じるだけで声は発しない。ただ寡黙で、寡黙ではあったが、その哀しげな目は饒舌だった。

そんなふうに、言葉にはできないものの、「なんとなく何ごとかが感じとれるさま」を〈そこはかとなく〉と云う。かの友人に、まずは〈夕方〉を教え、そのついでに〈そこはかとなく〉を説いたら、「〈夕方〉には〈そこはかとなく〉が横行している」と伝えたい。

＊

そういえば、あの猿は錆びた金網の破れ目から赤いものを差し出していた。自分にはそれが夕方のかたまりのように見えたが、その正体は夕陽を浴びた渋柿で、母はその渋柿を焼酎に漬け込んで、自分の知らないあいだにすっかり食べてしまった。にもかかわらず、あの路地裏の猿を知っているか、と訊くと、即座に「知らない」と答える。以前訊いたときは、「あの猿は外国から来たらしい」と得意げに語り、その前に訊いたときは、「夢でも見たんじゃない?」と、にべもなかった。

いつ、猿がいなくなったのか自分は知らない。「いなくなってしまった」「逃げてしまった」と敷島夫人がうつろな目で探していたという。朽ち果てた金網だけが長いあいだのこされていた。

いま思うと、あの渋柿は猿に与えられた昼食ではなかったろうか。ひとつかじって(渋い)と感じた彼は、ふたつめをこちらへ無言で差し出した。金網に柿ひとつを通すほどの大きな破れがあったのである。(我はいつか故郷に帰る)とあの目は云っていた。

ある夕方に彼は意を決して破れ目をひろげ、「ゆがんだ洋梨のかたちをした」国へ帰るために逃げ出したのだ。

自由の身となって路地に立ち、顎をあげて花の匂いを探している——。伸ばした背をこちらへ向け、西陽の彼方に故郷を望むその後ろ姿を、自分は夕方になるたびに描いている。

目次

この本の装幀はクラフト・エヴィング商會［吉田浩美と吉田篤弘］によるもので、
本文レイアウトとイラストは吉田篤弘が切ったり貼ったり描いたりしました。

あること、ないこと

あの
灯りの
ついている
ところまで

あの灯りのついているところまで

あの灯りのついているところまで行こう。夜光時計の針が、じきに十時を指そうとしているが、宮脇に教えられた食堂は、おそらく、あの灯りのついているところだろう。見たところ、十分もあれば辿り着く。

しかし、辿り着くまでの十分が異様に長く感じられた。とても暗い夜道である。中心街からはずれているとしても、一応、地下鉄が走っているエリアだった。にもかかわらず、闇の深さが尋常ではない。

ひさしぶりに夜猿を見た。都市部ではまず見られない。体毛が白く、眠たげな目で、決して徒党を組まない。一匹で、ふらりとあらわれる。哀しい生きものである。何も要求しないし、鳴いたり暴れたりもしない。ただ、夜の暗さを背負って、じっとこちらを見ている。

ホテルからそう離れていない方がいいよな。だったら、〈キッチン・オオカミ〉が歩いて行ける距離だ。あそこのグラタンは一級品だよ。オムレツもいいし。

今回、博物館aを訪れたのは、「王様の耳」が展示されていると聞いたからだった。十八世紀末の遺物で、それにしては状態がいい。ほぼ完全に耳のかたちが保たれ、左右そろっているのはきわめて稀だという。いまにも雨が降り出しそうな木曜日だったからか、館内はがらんとして観覧者は私ひとりだった。

ロビーの喫茶室で一杯二百円の飴湯を堪能した。店主は以前、〈抜き打ち検査官〉の一員だったとこっそり打ち明けてくれた。「あれは、この街に必要な仕事ですが、わたし個人には必要のない仕事でした」

博物館の帰りに、いつもどおり〈スカイストア〉に寄り、三階の書店で新刊を物色して『幽霊番地』なる本を購った。一九五〇年代に郵便配達をしていた男の述懐である。表題は当時の配達員たちのあいだで交わされていた隠語のひとつで、地図上に存在しない番地のことらしい。存在しないにもかかわらず、その宛先に送られてくる郵便物が一定数をこえたとき、彼らはその住所を「幽霊番地」と呼んでいた。

五階の映画劇場で、偶然にも一九五〇年代につくられた『あの灯りのついているところ』というフランス映画を観た。ランブリングという小国へ送りこまれたスパイの話なのだが、ランブリングという国が実在するのかどうか気になって、映画を観たあと、ふたたび三階の書店へもどって確かめてみた。

地図売場の担当は若い女性で、首からきわめて小ぶりな機械式カメラを提げていた。Ｆｉｎという三文字のロゴが軍艦部に刻まれている。それがカメラの名前なのだろう。最前まで観ていた映画の終わりにその三文字を目撃したばかりなので、あたかも、その三文字からフィルムが巻き戻されて、あたらしい物語が始まる予感に包まれる。

地図売場の女性は胸に「小泉」という名札を付けていた。なぜ、書店員が首からカメラを提げているのか判らない。「ランブリングという国の地図はあるでしょうか」と訊いてみると、「ああ、ランブリング」と彼女は反射的に顔を明るくした。「あの、五階の映画の」と声をひそめ、「わたしも観ました」とさらに小声になった。おそらく、〈スカイストア〉の店員たるものは、こうした私語は控えるべきで、おおっぴらに余計なことを話していると、いずれ〈抜き打ち検査官〉の目にとまって職務裁判になってしまう可能性がある。それゆえの小声なのだろうが、もし、私が〈抜き打ち検査官〉であったら、どうなっていたのだろう――。

結論から云うと、ランブリングという名の国も街も存在していなかった。五階で映画を観て、なおかつ、世界中の地図に精通している小泉さんが断言したのだから、まず間違いない。たとえ、小声ではあっても余計な私語にはいささか問題があったかもしれないが、商品の有無を即座に断定してくれたことは小気味よい接客態度だった――と私ならそのように彼女を評価する。しかし、一個人が一個人を断定的に評する昨今の風潮には辟易である。その点においては、私も博物館の喫茶室の主人に同意したい。

彼女は「念のため」とことわって、大量の地図がおさめられたスティール製の棚から「ラ」のインデックス・カードが貼られた引き出しを確認した。乾燥した冬の空気のせいだろう、地図をひろげたりたたんだりする際に、ひとさし指の先を切ってしまったらしい。赤い血が指先ににじんでいる。もし、この場面がスクリーンに投影されるとしたら、モノクロのスタンダード・サイズ画面の中で彼女の指先にだけ赤が映える。

地図に血が移らないよう、彼女は細心の注意を払って手際よく絆創膏を指に巻いた。よく見ると、彼女の十本の指先は指紋が消えてなくなるほど傷だらけだった。せっかく地図売場を訪ねたのに、一枚も地図を買わずに帰るのはいかにももどかしく寂しいことである。

寂しさを紛らわすべく、二階のホットドッグ屋でひとやすみした。ホットドッグの包み紙に新聞が代用されていることはよくあるが、この店の包み紙に使われている新聞は、店が発行しているフリーペーパーを兼ねていた。最新の記事に始まり、コラムや連載小説や他店の広告まで刷られ、たまたま、刷りたての最新号に当たったりすると、新聞のインクがホットドッグのバンズに転写され、それがまた自分の指にまで転写される。

ホットドッグを食べ終えて包み紙をひろげると、いくつか興味深い記事が目についた。年老いたカラスが樹の上に小枝をあつめて本棚のようなものをつくり、そこへ、ゴミ捨て場から拾い上げてきた本を並べている、とか。これまでとタイプの違うマイルドな閃光を発する「あたらしい稲妻」が発見された、とか。〈ルドガー・ハウアー事務所〉という私立スパイ局の宣伝があったり、『怪盗紳士』という連載小説があったり。

コラムは無記名で、「ボイスレコーダーは空を飛べないのか」という見出しがついた記事だった。要するに、旅客機が墜落などしたとき、機体は原形をとどめないほど壊滅しても、ボイスレコーダーだけは機能を保ったまま無事、回収される。では、あの素材、あの構造で飛行機をつくれないのか、という疑問である。

ふいに犬の顔を見たくなった。決して器量のいい犬ではない。白い犬であるが、右の脇腹に薄茶色のハート形の模様があって、「ハート君」と皆に呼ばれている。皆、というのはハート君が看板犬をつとめている古本屋の客人たちを指すが、私もそのひとりで、夕方になって人恋しくなると、本を探しに行くのではなく、ヤツの顔を見るために六丁目の〈丸八書店〉に立ち寄る。

〈スカイストア〉から〈丸八書店〉までは歩いて二十分ほどかかるが、途中に寄り道しておきたい店が何軒かあった。決してひまつぶしではなく、生活必需品を補充するために寄っておきたい店なのだが、一方で、ひまつぶしとして寄りたい店もあった。

たとえば、〈旅行記屋〉に寄ったのは、まったくのひまつぶしだった。私は今回のように、いっとき東京をはなれて、夜行寝台で出かけるのに適した旅をすることがある。行き先のほとんどは、いまいるこの街なのだが、云い方を変えれば、私はこの街以外にほとんど旅らしい旅をしたことがない。飛行機や飛行船は墜落するから決して乗らない。船やボートは沈没するから決して乗らない。となれば、むかしながらの旅情を誘う乗り物は夜行寝台をおいて他にない。

まさに、私のような者のために〈旅行記屋〉は存在している。売られているのは何千何百という旅人の旅行記で、それも著名な旅人のそれではなく、無名の旅行者のプライベートな旅の記録である。多くは手帖やノートに書きとめられたもので、その体裁のまま複写されて、一冊ないし複数冊に仕立てられている。

私は旅に出なくても地図を買うのが趣味であるし、見ず知らずの男や女——とりわけ半世紀以上前の、いまはもう故人となった旅行者の記録を読むのが眠れぬ夜の愉しみである。

地図売場の引き出しがそうであったように、〈旅行記屋〉のインデックスもアイウエオ順に並べられているのだが、「あるはずがないけれど」とつぶやきながら「ラ」の棚をあさっていたら、一九五二年に記された『ランブリング旅日記』という古びたノートが見つかった。

隣の石鹼屋では黒い石鹼を購入し、小さな石鹼箱に小さな黒砂糖を思わせる石鹼を入れてもらって店を出た。おりしも、午後五時のサイレンが街に鳴り、舗道を渡った自分の鞄の中で、石鹼箱の中の石鹼がカタカタと乾いた音をたてた。

その隣のソース屋では、子供のころ、給食のトレイに載っていた、あの〈エリー・ソース〉を買った。当時と同じ掌の中に隠れるほどの給食用サイズで、瓶入りの徳用もあるが、このサイズでないと、どうも気分が出ない。

その隣は中古カメラ屋で、この店はひまつぶし用ではあるが、店内の片隅に「どんなに修理しても直らなかったカメラ」というコーナーがある。ひまつぶしのつもりで見ていたら、地図売場の小泉さんが首から提げていたカメラと非常によく似たものが見つかった。というか、おそらく同じ機種だろう。

この中古カメラ屋の店主は、時間の許す限りひたすら宮沢賢治の本を読んでいて、自分のことを「わたくしという現象」と称している。たとえばこんなふうに。「わたくしという現象が思いますに、そのＦｉｎというカメラは一九五〇年代のフランスでつくられた廉価版です。めずらしいカメラではありますが、如何せん、つくりがチープなのです。わたくしという現象は非常に努力をしてこの壊れたカメラを修理しようと試みたのですが、わたくしという現象の力が及ばず、どうしても直すことができませんでした」——という具合である。

ところで、古本屋の本棚を漫然と眺めて本を選びとってゆくことは、私にとって、クロスワード・パズルを解くことに等しい。これといった特定の本を探しているわけではなく、そのときの興味で選んでいるだけなのだが、あとになって、手に入れた本を机の上に積み上げてみると、その日、自分がどこをどのように歩いたか、歩いたことで自分の心持ちがどのように組み合わされていったか、そこにパズルの答えを見出される。

〈丸八書店〉で買った古本は次の六冊。『添寝帳』『詩人の書いた置手紙』『ヴェネチア風物誌』『さしたることもなし』『ビスケット・コント』『アルセエヌ・リュパン』。『リュパン』は昭和四年に刊行された六五八ページの大冊で、この一冊にルパン・シリーズ四冊分の単行本が詰め込まれている。黄色い表紙があざやかで、分厚いわりに軽い本である。『ビスケット・コント』は著者いわく、「この取るに足らない話の集まりを、ぼくは〈ビスケット小話〉と呼んでいる。子供たちにビスケットのおやつを配る心持ちで書いたのであるが、その境地に至るまでには長い紆余曲折があった」とのことだった。

「何年か前に文章が一行も書けなくなって困り果て、ぼくに文章の極意を教えてくれた師匠に相談をしてみた。すると、「ああ、それならランブリングへ行ったらいい」と師匠はその場で地図を書いてくれたのだが、ランブリングというのは、創作に行きづまった者が療養のために出かける半島の名であった。」

「そのランブリングまで行く道中というのがちょっとした冒険で、そもそもランブリングなどという場所は地図上に存在せず、相当に込み入った手順を踏んで、ほとんど命がけで行くより他ない。その道行きだけで一冊の本が書けるだろう。したがって、療養などしなくても、その半島を目指すだけで、すでに充分な収穫があった。」

「そうして辿り着いた療養所には、小説家を筆頭に、脚本家、新聞記者、詩人、コピーライターに至るまで、書くことを生業とした面々が「ああ、書けない」と嘆きながら集っていた。「君は一体、なにを書きたい?」と、その施設で知り合った小説家のひとりに問われ、咄嗟にぼくは「ビスケットのような小話を書きたい」と答えた。」

本を抱えて店を出るとき、犬のハート君が鼻先を押しつけてきた。彼なりの別れの挨拶である。鞄の中で石鹸がカタカタと鳴った。

ホテルの部屋に戻ってテレビをつけると、今日、〈氷山会館〉で「狼少年の集いがありました」とニュース・キャスターがアナウンスしていた。なんのことかとテレビの音量を上げてみたが、さっぱり事情がつかめない。おそらく、聞き間違いをしたのであろうが、何をどう聞き違えたのか、あれこれ言葉をひねくりまわしてみたものの、遂に解答を得られなかった。

そんなもどかしい一件があったところへ宮脇から電話があり、「今日は仕事が忙しくて、残念ながら会うことはできない」と云う。「そうか、それでは何か美味いものを食わせる食堂を教えてくれ」と頼むと、「ホテルからそう離れていない方がいいよな。だったら、〈キッチン・オオカミ〉が歩いて行ける距離だ。あそこのグラタンは一級品だよ。オムレツもいいし――」そう云ったように思えた。〈キッチン・オオカミ〉？　そんな名前の食堂があるだろうか。どうも自分は「オオカミ」という言葉を何か別の言葉と聞き間違いしているようだ。

ふと思い出して、「王様の耳」展示会のパンフレットをひらくと、王様はかつて「狼少年」と呼ばれた羊飼いの生まれ変わりで、その魂が身のうちで暴れ出すと「市民に理不尽な罰をあたえた」と解説にあった。

極刑を命じられたひとりの女が、アラビア物語の「夜の語り部」を真似て、夜ごと短い細切れの物語を語り継いだ。ある夜、王が気を抜いた一瞬を突き、冬の空気に乾き切った王の右耳を紙製のナイフで切り落とした。王は女が語る物語のつづきが聞きたくて、「おい、待ってくれ。左の耳は落とさないでくれ」と懇願したが、女は間髪をいれずに左の耳も切り落として、王の目を見据えながら物語のつづきを語ったという。

シーズン・オフのホテルのロビーはいかにも閑散としていて、フロントにすらまるで人影がない。照明はあらかた落とされ、ただひとつ灯るデスクライトに照らされたコンシェルジュの顔が浮かんでいた。男の顔である。

しかし、その顔はどこか見覚えがあり、胸の名札を確認すると、「小泉」とあった。指の指紋はほとんど消え、首から提げたカメラの軍艦部には、Ｆ・ｉｎと刻印されている。

「あの」と私は彼に訊いた。「ここから西へ少し行ったところに〈キッチン・オオカミ〉という食堂があると友人に聞いたのですが――」「ええ」と彼はすぐに答えたものの、私の肩のあたりをじっと見て小さく首を振った。「よくないですね」と小声でつぶやき、「お客様、よくないです。その肩のあたりが薄くなっています」と声を震わせて云った。

「薄くなって、向こうが透けて見えます」

たしかに急いだ方がいいようだった。私はロビーからホテルの外へ足早に出て、宮脇に教えられたとおり、西の方角へ歩き出した。しかし、何もない。かろうじてそこに道があることは判るが、あとは何ひとつない。いや、おそらく何かしら家屋なり店屋なりが建ち並んでいるに違いないのだが、あまりに夜が暗くて何も見えない。

しかし、そうして三分ほど歩いたところで、ようやく、彼方に灯りが見えてきた。あの灯りのついているところまで行こう。夜光時計の針が、じきに十時を指そうとしているが、宮脇に教えられた食堂は、おそらく、あの灯りのついているところだ。見たところ、十分もあれば辿り着くはずだが、行く手に夜猿がいる。

最初は一匹だけだったが、徒党を組まないはずの夜猿が分身の術でも使ったのか、十匹をこえる数に増えていた。彼らは決して暴れたり訴えたり吼えたりしない。ただ、闇の深さを一身に背負い、じつに哀しげな目でこちらを見る。手招いたりはしない。しかし、確実にその目で暗いところへ――闇の奥のひんやりとしたところへ私を連れ去ろうとする。

だが、私はそちらへ行かない。あの灯りのついているところまで行こう。夜猿は行く手を阻み、さらに薄くなってきた私の体を一挙に向こうへ連れ去ろうと企んでいる。だが、私はそちらへ行かない。あの灯りのついているところまで行こう。

決して目を閉じてはならないのだ。もし、閉じれば、瞼のうらに残像となったＦｉｎの三文字が迫ってくる。

目を閉じてはならない。夢を見てはならない。しっかり見返さなくては。闇に濡れて光る夜猿の哀しげな目を。ひとつふたつと数えながら。あの灯りのついているところまで行こう。

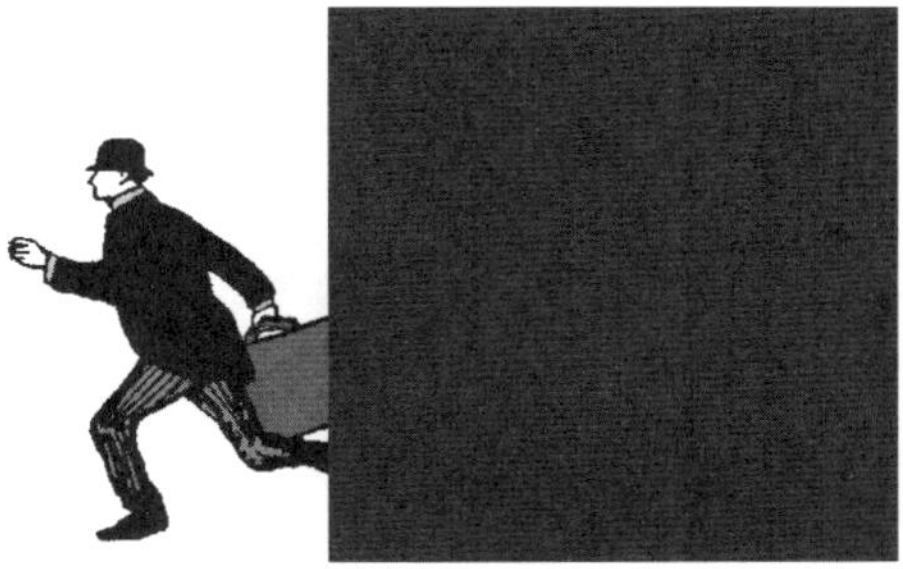

空騒ぎ

からさわぎ

【空騒ぎ】とは、何やら喜ばしいことや驚くべきことが起きたわけでもないのに、そういったことが起きたかのように大きな声をあげたり、歌い踊ったり、飲食をしたり、クラッカーを鳴らしたり、デコレーション・ケーキを切り分けたりすることを云う。

したがって、もの静かにケーキを切り分けたのであれば、たとえ二百人にのぼる若者が集っていたとしても、それを「空騒ぎ」と呼ぶに値しない。

こうした事態を正しく見極めるために「空騒ぎ判定員」なるものがあり、世に頻出している「空騒ぎ」を鋭い嗅覚と情報収集能力で探し当て、何食わぬ顔でその場に参加して、それが「空騒ぎ」であるか、真正なる「騒ぎ」であるかを判定する。判定員は常時、百人体制で臨み、世の「空騒ぎ」をくまなく拾い上げて、その虚栄、虚業を克明に記録している。

【何食わぬ顔】とは、実際には熟知していたり、当事者であったり、犯人であったり、最後にひとつ残っていた饅頭を人目を忍んで食した者であるのに、巧みに知らぬふりをして「何、云ってるんですか、僕は饅頭なんて見たこともありませんよ」と云ってのける様を云う。

ただし、明らかにへべれけに酔っぱらっているのに、「いえ、僕は一滴も飲んでいません」と警官の尋問に何食わぬ顔（のつもり）で答える者は、「そんなことを云っても顔に書いてある」と一笑に付されてお縄となる。

【へべれけ】とは、主にアルコールを摂取した者が正常な状態を逸して千鳥足になり、呂律がまわらなくなって、泣いたり笑ったり怒ったり嘔吐したりして、余人の手に負えなくなる様を云う。

俗に「へべれけ」には三段階あると云われ、軽度から重度へと順に「へろへろ」「べろべろ」「べろんべろん」と形容される。

とりわけ「べろんべろん」と形容されたへべれけは、

すでに人間としての矜持はもちろん、生物学的にも人の道をはずれており、限りなく軟体動物に近く、鸚鵡のごとく繰り言ばかりを云って、完全に何の役にも立たない。

　多くの場合、当事者には自覚も記憶もなく、周囲を「あの人、大丈夫かしら」とやきもきさせたのに、翌日は何食わぬ顔で平然としているのが常である。

【やきもき】とは、ああであろうか、それともこうであろうか、もしかして、あんなことになって、ああしてこうしてこうなったら、もうおしまいだ。いや、待て。まだ結論は出ていない。逸るな。いましばらく待て。いや、しかし、たぶん駄目だ。もういけない。終わりである。最早これまでだ。いやいや待て。そうではないぞ。まだ決まったわけではない――といった様をあらわす。

「やきもち、と似ていますが違うのですか」

　という声を聞くが、云うまでもなく、まったく同じである。強いて云えば、「やきもき」は単発的な現象であることがほとんどで、「やきもち」は本人の性格に関わることなので、改善しようとしても、くたびれ儲けである。

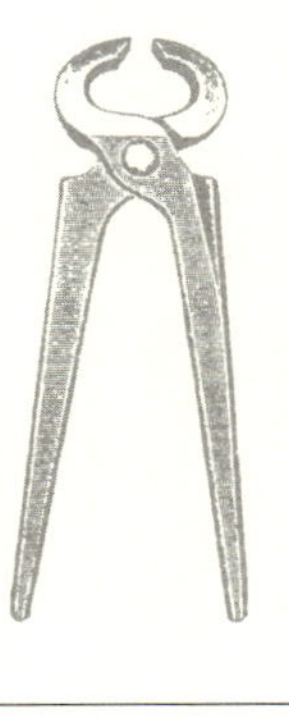

【くたびれ儲け】とは、大変に努力をして、遂には骨まで折ったりしたにもかかわらず、一切の利益を得られず、儲けたのは疲弊感のみという哀れな状態を指す。しかし、努力が必ず「儲け」につながるという考え自体が浅はかであり、さらには、骨が折れるまで「儲け」に徹するのもいかがなものかと思われる。すなわち、「儲け」主義に対する皮肉めいたニヒルな物云いとして発明された言葉である。

【ニヒル】とは、いわゆる「どうせ」のことである。「どうせ、世の中なんて」「どうせ、自分なんて」と世の中および自分の双方に「どうせ」と卑下して斜に構え、そうした言動を公にすることで自己を確立する前時代的な態度を指す。

理由は定かではないが、ニヒルな人物に声のトーンが高い者は皆無と云ってよく、おしなべて、ニヒルを気取る者は声が低めで、相手のことを「吉田君」と君付けで呼ぶことが多い。

「ふっ」と口を歪ませてわずかに笑い、どうしても声高に笑う必要があるときは、「は……はは……ははは」と断続的に力なく笑うのが常である。

その昔、とある駅のホームで「どうせ、そんなものだよ」とニヒルに笑った優男に、強烈な往復ビンタを食らわした美女のことがいまだ忘れられない。

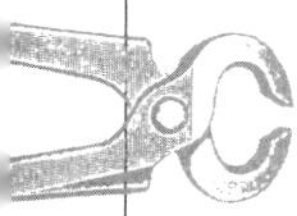

【往復ビンタ】とは、右利きの場合であれば右の手の平で相手の左の頬を思いきり叩いたのち、そのまま叩いた手の甲で相手の右の頬を叩く連続平手打ちのことを云う。

勢いあまって二往復、三往復することはザラであり、その際には、乾いた小気味よい音が発せられて、往復ビンタならではの情緒を誘う。

ちなみに、往復が付く言葉には「往復切符」「往復葉書」「往復割引」など、なかなか好印象をもたらす言葉が目立つのであるが、その中において「往復ビンタ」の鮮烈は、先の美女の件もあって、いかにも目が覚めるような思いがする。

【目が覚めるような思い】とは、特に眠っていたわけでもなければ、眠かったわけでもないのに、目の前で起きた現象、言動、あるいは、脳内に現れた思いつき等によって「はっ」とすることを云う。

これは実際に「はっ」と声をあげるわけではなく、

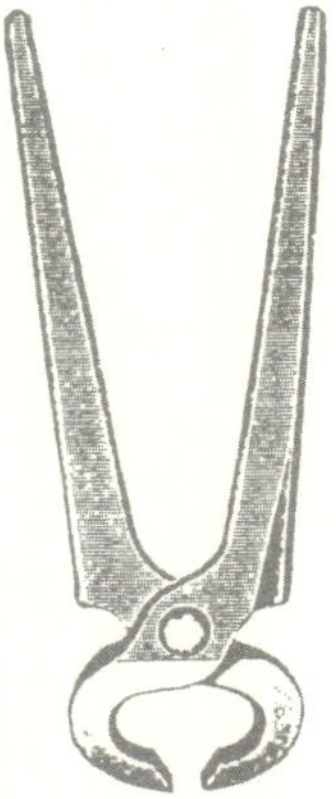

「!」と感嘆符のみを音もなく速やかに打つのがふさわしい。

最近、とある簡易食堂にて、舌代六百五十円也のビフテキを食したのであるが、その値段からして「どうせ」とニヒルに構えていたところ、白い皿につけあわせの人参とほうれん草のバター炒めと共に盛られた焼きたてのじゅうじゅう云うビフテキは、意外にも目が覚めるような美味しさで、こうしたひと皿を何食わぬ顔で安価に提供する食堂のあるじに、感嘆符にリボンをかけてプレゼントしたくなった次第である。

どうやらそうした需要が増えつつあるようで、昨今の巷には〈感嘆符屋〉なる新商売が現れ、店頭には大小さまざまなる「感嘆符」や「疑問符」などを陳列して繁昌している。

【ビフテキ】とは、これすなわち「ビーフ・ステーキ」のことを云い、何を隠そう私の大好物である。

私は何を隠そう、ただひたすらビフテキのみを食べ歩くことを目的とした「ビフテキ旅行」なるものを年に数回おこなっている。もし、遠い空の下にうまいビフテキがあると知れば、すぐにでも夜汽車に飛び乗る私である。

【夜汽車】とは、夜に走る汽車および是に類する鉄道列車のことを云う。

二〇一〇年の九月に、私は右下の親知らずが生えてきたことによる鈍痛に悩まされ、高校時代の友人で、いまは金沢で抜歯専門の歯科医となった十文字君の世話になることを決意して夜汽車に飛び乗った。

十文字君との再会は二十年ぶりであり、最後に彼と会ったのは上野駅の構内にあった簡易カレーライス食堂においてであった。都会の非情、冷酷、傲慢に辟易し、金沢にて開業すると決めた彼を見送りがてら、別れのポーク・カレーライスを二人して食したのである。

その際に、十文字君は皿の端に載せられた、じつに鮮やかに赤い福神漬を食べずに残した。

「なぁ、君。福神漬というのは、なぜ、福神漬というのだろう?」

彼は私の人生を左右する疑問符を皿の隅に残し、「では、さらばだ」と夜汽車に飛び乗ったのである。

【福神漬】とは、カレーライスを食す際に口直しとして添えられるもので、文字どおり「福の神」を樽に押し込んで漬けたもの——ではない。

では、なぜ?

この疑問符こそ、私が事典編集者に転身した所以であり、以来、私は非情にして冷酷にして傲慢な都会の一隅にて、日々、疑問符と格闘し、十文字君は「さらば」のひと言を残して颯爽と抜歯専門歯科医となった。

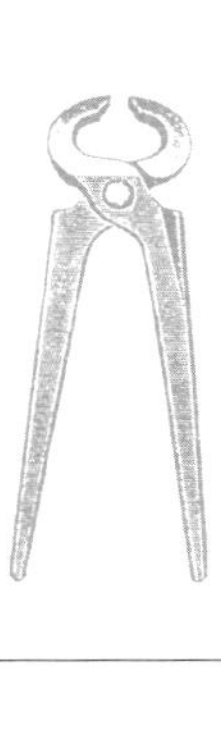

【さらば】とは、自他ともに「ニヒル」と見なされた男が別れ際に背中から発するセリフである。こうした男は「さらば」と世に背を向け、「自分はもう死んでもいいのだ」と青ざめた顔で言い残してから、少なくとも五十年は何食わぬ顔でしぶとく生きつづける。

その昔、とある映画館の前で「どうせ、僕はそんなものだ。さらば、世界よ。さらば、星空よ」とニヒルに立ち去ろうとした優男に、痛烈な肘鉄を食らわした美女のことがいまだ忘れられない。

【肘鉄】とは、腕を曲げて肘を横方向に力強く突き出し、相手の胸部から腹部にかけて一撃を食らわす体技である。

肘鉄を食らうのは男性と相場が決まっており、食らわすのは女性である場合が多く、食らわす際に「おあいにくさま」と言い添えると相手に与えるダメージが倍増すると云われている。

【おあいにくさま】とは、相手の希望および意向に添えず、「申し訳ありませんが御勘弁願えないでしょうか」と返答するところをシンプルに短縮したセリフである。その際、相手は「いや、僕はてっきり……」と語尾を濁らせた常套句を繰り出すが、未練がないのであればそんなものは一切無視してよろしい。

【てっきり】とは、まず間違いなくそうであろうと思い込んでいたものが、じつはそうではなく、予想とは違う事実をつきつけられたときに用いる哀しい言葉である。

「てっきり……」とセリフの後半は曖昧になることが多く、しかし、この「……」には大変に悲哀に充ちたそれまでの経緯が含まれている。

僕はてっきり、彼女が僕のアパートで一緒に暮らすことを望んでいるのだと思っていた。それで僕は部屋の内装を一新し、一九九六年に購入した愛用の冷蔵庫をお払い箱にして、新しい大型冷蔵庫を奮発したのである。
その最新型冷蔵庫は機械でありながら言語を発する。「氷ができました」とか「ドアが開いていています」とか「今日は暑いですね」などと不意に話しかけてくる。「ああ、そうだね」と僕はつい返答してしまう。「今日もまた暑い一日になりそうだね」と。

【お払い箱】とは、それまでそれなりに親密に付き合ってきた物や人を「さらば」とばかりに捨て去る様を云う。

僕が愛用してきた冷蔵庫は壊れていたわけではなくまだ充分に使えたので、近所のリサイクル・ショップに引き取ってもらったのだが、店頭に出すなり売れてしまったらしい。思えば、いい冷蔵庫だった。言語を発することはなかったが、一度も故障せず、終始、一定の冷温を保ちつづけてくれたものだ。

この都市のどこかに、僕が使い古した冷蔵庫を使用している人がいるのかと思うと、なんとも妙な気分である。

しかし、いまさらそんなことに感傷的になるのもおかしな話で、僕はこれまでに一体どれほどの物を「お払い箱」に放り込んできたのか。列挙するのもままならないほど膨大にある。

結局、人が一人生まれるたび、見えない「お払い箱」がもれなく誕生し、人は一生をかけて、あらゆるものを「お払い箱」に投げ入れてゆく。そして最後の最後に自分自身を窮屈な箱の中に納める。

僕が僕の「お払い箱」に納棺され、しかるのちに雲の中へ溶け込む頃、僕を知っていた何人かの友人知人らは、めいめいに葬式饅頭を食べながら、思いのほか、その饅頭が上質な餡を使っていることに、一瞬、驚きはするが、きっと、すぐに忘れてしまうだろう。

【葬式饅頭】とは、故人が遺した財物を世間に返還する代わりに配布される、やや大ぶりな饅頭のことである。

【張本人】とは、何らかの騒動を引き起こした人物の意で、およそ舞台の後方へと退き、その姿かたちは判然としないままである。

舞台の上では張本人によってもたらされた起承転結の「承」やら「転」やらに人々が翻弄され、場合によっては、「なぜ、こんなことに」「どうしてまた」と右往左往する人々の中に張本人が何食わぬ顔で身をひそませていることもある。

また、場合によっては、まったく関わりのない善人がいわれのない濡れ衣を着せられることもままある。

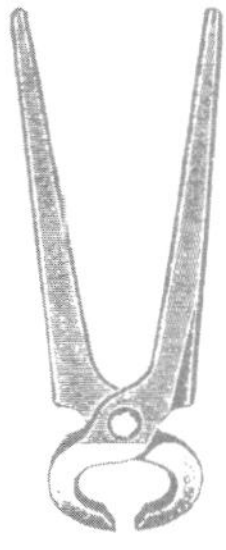

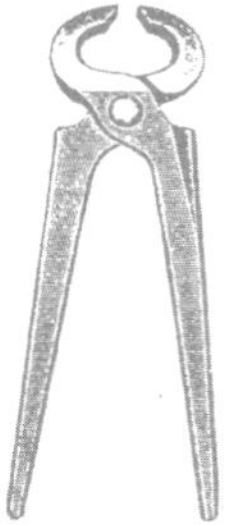

じつを云うと、私の一番上の兄は何を隠そう葬式饅頭屋を営んでいる。ちなみに、二番目の兄はウエディング・ケーキ屋を営んでいるのだが、いまのところ、私はそのいずれにも縁がなく発注したこともない。

もっとも、饅頭の方は自分で発注するものではないだろうが、人一倍、食い意地の張った私としては、自分に関わる饅頭であるのに、張本人たる自分が食すことが出来ないのが、なんだかどうにも面白くない。

なんとかならないものだろうか。

【濡れ衣】とは、云うまでもなく濡れた衣のことであるが、気温、湿度ともに快適な雲ひとつない晴天の午後に、いきなり雨に濡れた黒い上着を背後から着せられることくらい不快なものはない。

　この濡れた上着こそ、この世の諸悪の根源であるが、当の上着の云い分によると、

「とんでもありません。わたくしは御覧のとおり、ごく平凡な黒い上着で御座いまして、わたくしには何の悪気もないので御座います。諸悪の根源はこのわたくしに染み込んだ悪しき水であり、それが証拠に、この悪しき水をわたくしからしぼり取ってしまえば、わたくしは至って善良にしてフォーマルな、からからに乾いたドライな上着なのであります」

　とのことである。

　つまり、濡れ衣にしてからが、「濡れ衣を着せられた」と弁明しており、それでは問題の悪しき水の云い分を聞いてみれば、

「ひどい話ですよ」

とこちらも御立腹である。

「いいですか？　あたしはもともと岩清水と申しまして、生まれも育ちも由緒正しき聖なる泉のそのまた源から生まれ出てきたんです。ところが、源流から枝分かれして下流へ下流へと流されるうち、都会の非情と冷酷と傲慢にまみれて、こんなにも悪しき水に成り下がってしまいました。いい迷惑ですよ。いいですか？この際、はっきり申し上げておきますが、この世に生まれつきの汚れた水なんてものは存在しません。あたしらが諸悪の根源だなんて、濡れ衣もいいところです」

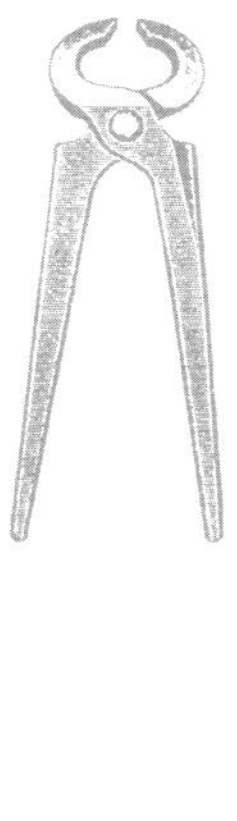

【いい迷惑】とは、決して「いい」わけではないのだけれど、そこをあえて「いい」と何食わぬ顔で付け加えることによって、通常の「迷惑」より、さらに度合いが増していることを強調する表現である。

あるいは、相手としては「よかれ」と思って好意的なふるまいをしているつもりなのだろうが、こちらにしてみれば「いい迷惑」という云い方をするときがある。

この場合は口に出して云うわけではなく、胸中にて（いい迷惑）とつぶやくのみだが、先だって、私はとあるスーパー・マーケットの総菜売場にてコロッケを物色していたのだった。夕刻から夜へとさしかかる頃合いで、私が丹念に物色しているところへ、横から割り込むように、次々と商品にシールを貼ってゆく白衣の店員が現れた。

見ると、シールには「おつとめ品・50%引き」の表示が躍っていて、目の前に並ぶほとんどの商品にシールを貼っている。

ということは、私が「買おう」と心に決めたコロッケにも、このまま待っていれば、いずれシールが貼られるかもしれず、しかし、コロッケはすでにひとつしか売れ残っていないので、ぼんやりしていたら、他の客に奪われてしまう可能性がある。

となれば、いち早く確保しておくべきところだが、確保すべくカゴに入れてしまったらシールが貼られなくなる。そして、こういうときに限って、件の店員はコロッケを迂回するようにゆっくりとシールを貼ってゆく。じつに、いい迷惑だ。もし、店員が現れなければ、迷わず確保してレジに向かっていた。なまじっか、シールなど貼り出すから、こちらはどうしていいかわからなくなる。

【なまじっか】とは、およそ中途半端な様を云い、そんなことなら、むしろ、そうしないでほしかった、というときに用いられる残念な言葉である。

夕刻の総菜売場における「おつとめ品」はその代表

的対象物で、場合によっては、「おつとめ品」のシールが貼られたことによって、値段のみならず、その商品の価値＝コロッケの味までもが安っぽくなってしまう錯覚に襲われるときがある。

【おつとめ品】とは、あらかじめ正規の値段を定めているにもかかわらず、在庫と残り時間と売り上げのせめぎ合いによって算出された値引額が、店員の胸ひとつで表示された商品を云う。

　ついいまさっきまで正規の値段で売られていたのに、シール貼りの電撃的な一瞬で、半額にまで値引きされる事態は衝撃的と云うしかない。

　この衝撃は利用客よりも、むしろ、商品の側の動揺の方がより著しい。

「え？　何で？　どうして、俺が半額に？」

　賞味期限が差し迫ったわけでもなく、どこからどう見ても何ら遜色がないのに、突然、価格が半分になってしまうという屈辱――。

「だって、お客さんはものすごくたくさんいて、勢いよく売れているし、俺たちとしても、よし、この調子で売れていこうじゃないか、と気合い充分だったのに、どうしてなんだろう？　まるで、パーティーが最高に盛り上がったところで、「宴もたけなわでは御座いますが」と閉会宣言をされたような気分だよ」

【宴もたけなわでは御座いますが】とは、それまでつづいてきた宴がいい感じで盛り上がり、この調子で都会の非情と冷酷と傲慢を忘れて「朝まで飲み明かそうではないか」と杯を掲げた瞬間を狙いすましたように水を差すセリフの代表格である。

　このセリフを口にする者は大抵の場合、宴の幹事であり、大盛況の皆の衆を前に、声を張り上げてこの決定的セリフを宣言しなければならない。その重圧は相当なもので、しかし、幹事たる者は宴が単なる空騒ぎと化してしまわぬよう、きりのよいところを見計らって、終わりとしなければならないのである。

自己紹介

【つむじ】

自分の保有物であるのに、ついぞ、この目で見たことがないのが頭頂の「つむじ」というものである。

したがって、自身のつむじが右巻きであるのか左巻きであるのか、確かなところを自分は知らない。無論、他人の目やさまざまな機器などを利用して確認することは可能であろうが、そのようにして得られた情報は真の「自己紹介」とは云えない。これは「背中」もまた同様である。

【背中】

それにしても、背中は大変に面積が広く、これほどのものを自ら見ることが出来ないというのは、いかがなものだろう。この一点からしてすでに、人間は不完全な情報しか得られないことを示している。どれほど精緻に自己を紹介しようと試みても、あらかじめ、背中一枚分の欠落がある。

「ここからいちばん遠いところは自分の背中である」

そう云い当てたのは寺山修司氏だった。

【寺山修司】

こうした至言の数々に十代で心酔し、「寺山修司」は自分の体の一部――やはり背中のあたり――に血肉化している。自分の体に埋め込まれた寺山さんの言葉と奇想は、いずれも丸みを帯びた鉛筆文字によって記されている。それはいかにも夜中の四畳半で背中を丸めて書かれた文字である。

寺山さんは一九八三年五月四日にこの世を去った。

五月四日は自分の誕生日であり、そうしたわけで、自分はこの偉大な詩人が亡くなった日を決して忘れることはない。

【鉛筆】

ところで、自分もまた幼少時より鉛筆で書くことを好み、鉛筆で書くとなれば相手は紙の帳面がふさわしく、さらには、色とりどりの消しゴムを文房具屋で購入する愉しみがついてくる。小さな携帯用鉛筆削りが欲しくなってくるし、そうした細々としたものをしまっておく筆入れもぜひ手に入れたい。パソコンや携帯機器を利用して文字を綴るとなれば、こうした愉しみは知らぬ間に自分から遠のいてゆく。すなわち、文房具屋から自分の足が遠のいてしまう。

【文房具屋】

しかし、文房具屋ほど心地よく秘密めいた場所はない。だから、本日もまた自分は鉛筆で文章をしたためる。

思えば、自分は昭和四十年代のある日の夕方、近所の文房具屋においてシャープ・ペンシルというものを知り、はたまた、新発売された強力なセメダインに目をみはった。後者は、一度接着したら「二度とはなれない」と宣伝文句にあり、どこかしら、おそるおそる購入した覚えがある。が、「二度とはなれない」の脅し文句に躊躇が先立って、ついに一度も使用することなく、引き出しにしまわれたままとなった。それでよかったのである。何か非常なる悲しい剥離や壊滅が起きても、自分には「あのセメダインがある」という安心感があった。

【シャープ・ペンシル】

いつ握っても、ひんやりとしているのがシャープ・ペンシルの身上で、いつ握っても、はかないくらいに細身であることが絶対である。生あたたかくて、でっぷりとしたシャープ・ペンシルなど考えられない。

奴は、ほとんど針のようであり、実際、自分は〇・五ミリの芯先を誤って親指の中ほどに突き刺してしまったことがある。あわてて抜き取った加減で芯先が折れ、以来、自分の親指には長さ一ミリほどの芯先が埋め込まれたままになっている。

a aaa aaaa a

a aaa aaaa a

【芯先】

この経験を自分よりも歳若い知人に話したところ、

「あ、ぼくもありますよ、芯先」

と彼の場合は人差し指の横っ腹を示してそう云った。

これを機に、会う人会う人に芯先の話を披露してみたところ、十人に一人の割合で体のどこかしらに芯先を残したままであることが判明した。

「これは自分だけの秘密である」と思われていたものが、意外にも共有できる人たちがいたのだと知り、そこに同志ならではの談笑が芽生えれば、自ずと「倶楽部」が発生する。

【芯先倶楽部】

われわれは年に何度か、夜の片隅に会合の場を設け、近況などを報告し合って静かに酒を酌み交わしている。といって、互いの芯＝傷あとを見せ合うような下世話な真似はしない。見せ合わなくとも、そこに集った数十名の老若男女の体のどこかしらに鉛筆およびシャープ・ペンシルの芯が埋め込まれていると知っている。その空想的事実だけでいいのだ。

誰が云い出し、いつ結成したのか忘れてしまったが、忘れてしまうほどの長い歴史を〈芯先倶楽部〉は有している。その発端にかかわった一員として、この倶楽部の会員であることは、名刺の肩書きより自分を示しているかもしれない。

【傷】

ろくに言葉も喋れない赤児の時分に、炬燵の角へしたたかに額をぶつけて裂傷したのだ、と母が教えてくれた。そのときの記憶は自分にないが、いまだに右の眉の一角に無毛地帯がある。

ものごころついたあとも、転げ回って遊んでいた代償として体中のあちらこちらに裂傷の跡がある――はずなのだが、いざ、自己紹介に際して点検してみると、これがどうしたことか跡形もない。何年か前にはたしかにあったのに、眉の傷を除いて、いつのまにかあらかた消えている。これは自分の体が更新されている証しなのだから喜ばしいはずであるが、どことなく寂しいのはどうしてなのだろう。

【ものごころ】

ものごころついた自分のいちばん古い記憶のひとつは、通りをへだてた向かいのアパートが全焼したさまを目の当たりにしたことである。夜中だった。

もう少し時代が下ると、海で溺れて気を失ったことがあった。さらに下ると、一メートルほどの壁の上から仰向けに落下して後頭部を強打したことがある。これもまた気を失った。

そうしたわけで、自分は火も水も苦手である。高いところに立てば、常に落下の予感に襲われる。落下によるあのときの強打によって、自分は頭の中からいくつかの能力をなくしたように思う。正しく云うと、能力のない自分の云い訳として、もし、あのときのあれがなければ、自分はもっと――と思うことにしている。

【能力】

そうしたわけで特殊な能力は一切持ち合わせていないが、唯一、自分でもおそろしくなるのは、どこに居ても、「北」がどちらの方角に位置しているかを了解していることである。体内に磁石が宿されているが如く、でたらめに引きまわされて、外の景色が見えない喫茶店の地階の一席に座らされ、珈琲を注文して雑談をしている途中で抜き打ち的に、

「いま、北はどちらにある?」

と質問されても、「こちら」と瞬時に答えられる。

しかし、それが何の役に立つということもない。おそらく、この能力が劇的に発揮されるのは、悪者に両手を縛られた上に目隠しをされて車のトランクに放り込まれたときだろう。そうした状況においても、自分は常に北がどちらであるかを云い当てられる。

しかし、よく考えてみると、たとえそうした状況にあったとして、「北」を指差したところで何の得にもならない。残念ながら、真に無駄な能力と云うしかない。

【無駄な能力】

もうひとつある。自分は冷たいものを口にしても、さして「冷たい」と感じることがない。アイスクリームなど、あっという間に平らげてしまう。ばかりか、他の食べ物よりもずいぶんと素早く食べられる。よって、アイスクリーム早食い選手権のようなものが開催されたら、必ずや上位に立てるだろう。

悲しいのは、アイスクリームは好物のひとつなのに、ゆっくり味わえないことである。

【好物】

アイスクリームに限らず好物は無数にあり、そのときどきで固執する食べ物が移り変わってゆく。現在、自分が探求しているのは、何を隠そう、ババロアであり、二十一世紀が始まってすでに二十年近くが過ぎているが、自分が知る限り、どうも二十一世紀になってから「これぞ、ババロアである」と断言しうるものが見つからなくなった。いや、ババロアという商品自体がほとんど見つからない。ゆえに、じつに虚しい二十年であった。仮に「ババロア」と称して売られているものがあったとしても、それらの大半は異様に柔らかく、変に甘かったり、余計な味が付け足してあったりして、自分が食べてきた昔ながらのババロアではない。

こうした探求はこれまでにも多々あり、どれも、探し当てるまでに多大な時間を要した。ババロアに似たものであれば、プリンがそうであったし、ホットケーキやエクレアといったものも「これぞ」というものが巷から消えて久しい。

その他にも、夜鳴きそば、太鼓焼き、ハンバーガーなど、自分が子供のころに親しんでいた味はことごとく見つからなくなった。

それらはいずれも、いわゆる「B級」なものであり、平たく云えばチープなものである。どこぞのレストランで食したベシャメルソースの味がどうのこうのという話ではないのだ。では、それら「B」なるものは、味が落ちて「C」ランクに転落してしまったのかというと、決してそうではない。

変に美味くなってしまったのである。高級になってしまったのである。Bであったはずのものが A にならんとしている。名前や見てくれが小洒落た様相に変化し、エクレアはエクレールになって、プリンはプディングに化けた。

愉快な気もする。つまり、Aに位置していたものはBに味を落としたことで「いけませんなぁ」と順当に敬遠されるわけだが、Bに位置していたものはAに昇格しても「いけません」なのである。無論のこと、Cに転落したら見向きもされない。ゆえに、Bであることを維持するのはAを維持するよりもずっと難しい。

【Bであること】

それで思い出すのは、シングル盤のB面である。

自分が小学五年生であったとき、すでにビートルズは解散していたが、町のレコード屋へ行けば、新進のあれやこれやと並んで、LPレコードもシングルレコードも現役の如くひととおり販売されていた。従兄弟の影響で買い集め出したのはシングル盤で、なけなしの小遣いを貯めては一枚五百円のそれを選びに選んで購入していた。

しかし、選び抜いたのに、なぜかA面に置かれた誰もが知る有名曲――たとえば、「愛こそはすべて」(All You Need Is Love) より、B面の「ベイビー・ユーアー・ア・リッチ・マン」ばかりを聴いていた。「ハロー・グッドバイ」ではなく「アイ・アム・ザ・ウォルラス」を。「レット・イット・ビー」ではなく「ユー・ノウ・マイ・ネーム」を好んで聴いた。

決してA面が嫌いなわけではない。

A面ももちろん素晴らしいのだが、なんというか、A面は「もう、いい」のである。A面を愛でるのは誰かに任せておけばいいのであって、自分はおそらくこの経験から端を発して、以降、レコードに限らず、何かにつけ、B面に位置するものを見て聴いて読んできた。

【もう、いい】

つい口走るように「もう、いい」などと書いてしまったものの、なかなか「もう、いい」とあきらめきれないのが自分の最も駄目なところである。

自分は父も祖父も東京の生まれ育ちなので、いちおう江戸っ子ということになるのだろうが、曾祖父はどうやら関西が出どころであるらしいので、やや、インチキな江戸っ子である。インチキなので、江戸っ子としての覚悟が足りていない。

とある江戸っ子が申し述べたところによると、江戸っ子なる人種はおよそ何ひとつ成し遂げられず、それまでこつこつ築き上げてきたのに、あともうひと息というところで、「もう、いいや」とばかりに身を引いたり、投げ出したり、逃げ出したりしてしまうという。

大いに思い当たるところがある。

要は、この「もう、いいや」を、引き際のよさ＝さっさとあきらめる潔さと見るか、単なる面倒くさがりの無責任と見るか——。

経験から云えば、どちらでもあるのだが、覚悟が足りていないので、「もう、いいや」と啖呵を切ったにもかかわらず、ぐずぐずとあきらめきれずになかなか辞められない。本来、さっさと身を引いて消え入るべきなのに、自分がこうして文字をつらねているのは、覚悟の足りなさが嵩じて、悪あがきをしている証しである。

u

【悪あがき】

悪あがきというのは、文字どおり悪いのであろうし、少なく見積もっても、みっともないことは間違いない。通りをへだてた向かいのアパートが全焼したのならまだしも、自分の家に火が燃え移ったとなれば、「もう、いいや」では済まされない。じたばたと火の中に飛び込んで、家財道具のひとつやふたつ運び出してしまうかもしれない。そうしたときに発揮される怪力を「火事場の馬鹿力」と人は云うが、ここでエクレアをエクレールと呼び換えた魔術に倣えば、「馬鹿力」を土壇場の「大逆転」と称しても、それほどインチキではないだろう。

【土壇場】

こうして導き出された「土壇場」という言葉は、自分にとって、「修羅場」や「正念場」と並んで親しみのある場所を示している。いずれの場所も自ら望んで居座りたくはないのだが、火のあるところ、水のあるところ、高いところを敬遠して自分の居場所を探していたら、ようやく行き着いたのが本に囲まれた夜中の四畳半だった。そこで背中を丸めて鉛筆を握りしめ、あることないことを、読んだり書いたりしている。

いや、ただ書いているだけでは好物が口にはいらない。食べるためには金銀が必要で、盗人になるための度胸も特殊能力も――北を指差す以外――ないのだから、ひたすら鉛筆を握りしめることで金銀を得なくてはならない。

そして、そこに立ちはだかるのが、ほかでもない「締め切り」というものである。自分の人生はあるときから、この「締め切り」という魔物に追われてきた。大いに翻弄されてきた。あるいは、助けられてきた。

「締め切り」は火事である。

締め切りに追われて「尻に火がつく」というのは冗談で云っているのではないのだ。本当に尻に火がついて、夜中の四畳半が土壇場から修羅場、正念場、火事場になる。火事場になってはじめて馬鹿力――いや、九回裏の逆転ホームランを打つ力がみなぎってくる。

もちろん、打てなければ、それきり敗北である。

【敗北】

敗北という言葉に「北」の一字が用いられた理由は諸説あるが、見ようと思っても決して見ることの出来ない「背中」にも「北」が含まれている。

いや、諸説の中で最も有力な説は、そもそも「北」という字が、右を向いた人と左を向いた人が背中合わせになっている様をあらわしたものだと解いている。

どこにいようと自分が「北」を指差しているのは、つまるところ、自分の背中を指差しているのであり、「自分の背中」とは、いよいよ切羽詰まった火事場にのみあらわれる未知の自分——見知らぬ自分のことかもしれない。

【背中合わせ】

さて、なんでも手にはいるかのように見えて、自分の四畳半からほど近いスーパー・マーケットやコンビニエンス・ストアには、昔ながらのババロアを売っていない。ビニール・レコードのシングル盤も売っていない。

売っているのは、昔の名前を捨てたエクレールやプディングばかりで、しかし、「エクレール」という名のA面を裏返せば、かならずそのB面に昔ながらの「エクレア」があらわれる——。

じつは、もともと、「エクレール」と呼ばれていたものが、日本語に翻って「エクレア」となり、やがてB級な「エクレア」に倦んできたので「エクレール」へとまた裏返された。

一度接着したら「二度とはなれない」。

お互い知らぬふりをしているが、ふたつは背中合わせで運命を共にしてきたのである。

おそらく、どんなものにもA面があってB面がある。

自分はいつでも、そのB面の方を——裏側にあって見えない背中の方を指差しながら探求してきた。これからもそうしたい。それが自分の役割である。

【自分】

しかし、自分もまたAになったりBになったり、「もう、いいや」と云ったり、「いや、まだ」と云ったり、ひっきりなしに自分を見失いがちである。

何をいまさら、自己紹介などしたところで――と鼻で笑っていたのだが、ひたすら、締め切りに追われてばかりいると、いざ、紹介する自分がAなのかBなのか分からなくなってくる。

こうした浮ついた自分をしっかり港につなぎとめておくために、人は夜中の四畳半で帳面をひらいて鉛筆を握り、芯先が折れるほどの真剣さで自分を書きとめてきたのではないか――。

書くということは、結局のところ、終わりのない自己紹介である。その作業は、きわめて心もとない不確かなものだが、キーボードを打つのではなく鉛筆を握りしめれば、折れた芯先が肉に刺さって埋もれて小さな目印になる。

そしてそれは、いつまでも小さく疼きつづける。

いまさらの話だが、自分は現在、どこに住んでいるのか、と自分に問うた。

答え＝各駅電車しか停まらない私鉄の某駅から歩いて七分あまりのところ。

この某駅より列車を乗り継いで都心に出向き、めったにないことだが、わけあって、とあるホテルに宿泊することになった。ホテルのフロントで、住所氏名を明記せよ、と求められ、迷わず自分は、某駅から歩いて七分の住所を台帳に記した。

そこでふと思いついて、ホテルのフロントに立つ男に訊いてみた。

人はなぜ、どこに住んでいるかと訊かれたとき、「某駅から歩いて何分」と答えるのか。なぜ、駅なのか。

停車場にて

なぜ、駅というものを自分の住み暮らしの、自分の生活の、自分の人生の基点に据えているのか――。

「はい？」とフロントの男は、やや困惑した表情でこちらを見た。

「それは、あの、私に訊かれましても――」

かしこまって「私」などと云っているが、このフロントに立つ男、胸の名札を見ると「樹々」と記してある。じつにめずらしい名前である。キギ氏。ミスター・キギ。そんなことを問われるとは思いもしなかった男、キギ。

だがしかし、見てのとおり、自分はまだこの文章を書き起こしたばかりである。自分の他にはフロントに立つ樹々さんしか登場していない。したがって、自分には彼以外に問う者がいない。

だから問う。

「樹々さん、あなたはどこにお住まいですか。ひとの住所を、かくも詳細に明記せよ、と命じるなら、樹々さん、あなたも御自分の住所を明らかにするのが筋ではないですか」

正論をぶつけてみた。

大体、こちらが知りたいと乞うたわけでもないのに、「樹々」などと自ら胸に示している。それならこの際、名前につづいて郵便番号、住所、年齢、身長、趣味、賞罰の有無——等々を詳らかにしてもいいのではないか。

しかし、樹々氏は困惑の表情で、こちらも彼の困惑に困惑し、ホテルの玄関先で主客ともに困惑していた。

やがて、樹々氏が困惑に耐えられなくなったのか、それとも、こちらの正論に折れるしかないと悟ったか、小声にて沈黙を破った。

「九品仏です」と。

ところで、九品仏というのは駅名であって町名ではない。およそ、都市近郊部に住む者は、こうした受け答えを平然と披露する。すなわち、「あなたはどこにお住まいですか」と訊かれたとき、多くの人が最寄り駅の名を口にする。そんなことは誰も訊いていないのに。

加えて不可解なのは、「中原第二団地入口」といったバス停の名を口にする者が皆無であるということだ。もし、駅名におのれの所在地を託すのであれば、バスを無視するのはいかがなものだろう。実際の話、樹々氏の自宅は「中原第二団地入口」から歩いてわずか三十秒のところにある。にもかかわらず、バスで四つも先の「九品仏」の名を挙げて平然としている。

これでは、なにひとつ正確なことは伝わらない。

こうした現象に一石を投じるべく、最寄り駅ではなく、正しい住所を答えようではないか、と思い決めた人がいた。日々さんである。日々氏はこちらの問いに決然とこう答えた。

「柏平向町二丁目です」と。

（それはどこなのか、日々さん）と自分はふたたび困惑した。

都市近郊部に暮らす者は、自分が住む都市の区名・町名を隅々までは知らない。はたして「かしわだいらむこうまち」はどこにあるのか？　駅の名前ならかろうじて知っているのだが——。

都市部のすべての町名に精通することは容易ではない。日々さんの登場により、住所をめぐる現状がかように厄介なものであると明らかになった。

そういった次第で、いまさらの話ではあるが、さて、駅とは何なのかとあらためて自分に問いたい。

問題は、どうやら駅なのである。

＊

いまさらの話だが、じつは何を隠そう、自分は駅というものをこよなく愛している。愛するあまり、もし、この世から駅がなくなったら——という想像ができない。

小さな駅も巨大なターミナル・ステーションも、どちらも愛する。

小さな駅を〈停車場〉などと呼んでみれば、なおさら親しみが湧く。

小さな停車場で列車を待っていると、駅というものが、ここではないよそのところにつながる入口であると実感できる。

そして、この実感には、いささかの〈彷徨〉が必要であるらしい。

*

いまさらの話だが、「中原第二団地入口」の近くに樹々という男が住んでいた。

独り者である。都心のホテルに勤めているが、年に一度のまとまった休みを利用して彷徨の旅に出る。ただの旅ではない。彷徨の旅だ。彷徨とは、あてもなくさまよい歩くことを意味する。

樹々は、自分があまりに決まりきった人生を過ごしていると自覚しており、決まりきったものから外れてみたいと、年に一度、あてもなくさまよってきた。荷物はほとんど持たない。荷づくりをする時点で、どこかしら〈あて〉が見えてしまうからだ。〈あて〉とは、云ってみれば指標のことで、指標は時間的にも空間的にも先々に向けて連なっている。

荷づくりもまた先々へ向けて行うものである。荷づくりをするときの旅人は先々を見据えている。鞄に入れるものの要・不要を、先々と照らし合わせて決定してゆく。このとき、鞄はすでに先々に属しており、先々の予定を孕んでいる。

となると、あてのない旅であったものが、鞄に導かれる旅になってしまう。鞄があてになってしまう。

頼りになってしまう。だから、あてのない旅に出るときは、鞄をあてにしてはならない。必要最低限のものだけを所持し、ほとんど隣町に出かけるような軽装で出発する。

まずは「中原第二団地」から「中原第三団地」方面へ。あくまで「方面」である。目指してはならない。気が変わったら、さっそく横道へ逸れる。

樹々は横道へ逸れて、水筒の水を飲んだ。軽装ではあるが、水筒を首から提げている。歩いて汗をかき、いずれ水を飲むであろうと予測することも〈あて〉であろう。水筒はじつに頼りになる〈あて〉だ。が、このくらいの〈あて〉は自分に許そう。樹々はそう考えてそうした。

本当のことを云うと、あてのない旅など不可能である。人が生きるということは、それだけで先々との約束をしている。生きものはこれすべて生きているから生きものなのであり、生きる、ということ自体が先々を望むことになる。水を飲むのは渇きを癒すためだけでなく、生きるためでもある。

樹々は、ときどき生きている実感がなくなるので、こうして水筒を携える。ただし、水筒を携えたからといって、急いで遠くへ行くこともない。

かつて、本当に遠いところをさまよっているときに思い知ったのである。遠いところにも住み暮らす人はいて、彼らもまた、まとまった有給休暇を利用して遠くへあてのない旅に出る。彼らにとっての遠いところとは、たとえば「中原第三団地」かもしれない。樹々は、隣町についてよく知らなかったので、遠くへ行くことと隣町へ行くことの違いが判らなかった。実際、隣町をさまよっているときに、都会の中にこんなところがあるのか、と荒野にも似た廃墟を横切ったことがある。これまで、隣町の駅の南口に降りたことはあったが、北口をまったく知らなかった。荒野を横切った果てに北口があらわれ、見知った駅が、北の果ての停車場に見えた。

こうして、さまよった時間が樹々の背中に積もっていた。遠くの町からさらなる遠くの町へ向けて旅立つように、彼は隣町の停車場に立って列車を待った。

＊

いまさらながら、間違って急行に乗ってしまったと気づく午後一時――。

先に述べたとおり、自分は各駅電車しか停まらない私鉄の某駅が最寄り駅である。急行の駅は最寄り駅から各駅で五つ先で、正しく下車するためには、五つ進んで五つ戻って来なくてはならない。嗚呼。合計十駅のロスである。時間にして四十分ほどの損失である。これを称して〈乗り過ごし〉と云う。

乗り過ごしは、午前一時あたりによく起きる。いや、起きないのだ。起きないから起きる。起きることができず眠りつづけてしまって、どこまでも眠り、その列車の終着駅まで起きなかったりする。この乗り過ごしは特別に〈寝過ごし〉とも呼ばれ、寝過ごしは、本来、朝の寝床において発生する。

柏平向町二丁目に住むミスター日々は、寝過ごしの常習者だった。彼はきわめて計算高い男であるから、これまで自分に発生した乗り過ごしと寝過ごしをすべて記録している。そして、その記録から、自分はこれまでにいったい何分のロスをしたのか算出したのである。

結果は二百四十二時間。十日あまりだった。

嗚呼――と日々氏は大いに嘆いた。自分の不注意が積もり積もって、なんと十日間もロスしてしまった。

なんともったいない。なんと取り返しのつかないことか。

嘆いて嘆いて三日間を過ごし、仕事が手につかなかったので、有給休暇をとって嘆いた。嘆くことだけに休暇を利用してしまったのも大変な損失だった。

――と、そこで氏は不意に気付いた。気付いてしまった、と云うべきかもしれない。

はたして自分は、何をロスしたのか。何をどこから損失したのか。

いったい、何を無駄にしたと云うのか。

もし、どうしてもこれに「答えよ」と誰かに迫られたら、迷った挙句、結局のところは「人生」と答えるしかない。人生をロスした。人生の残り時間を無駄にした。

しかし、日々氏は――いや、日々氏に限らずすべての人々は、人生の残り時間がどのくらいあるのか、そもそも知らない。〈あて〉にしているだけである。これこそ、人が生きているだけで〈あて〉と関わっている証しである。

もし、日々氏がこの計算の結果を得て、三日後に不慮の事故で命を落としたとしよう。この場合、彼にはあと三日しか残されていなかったことになる。そうなると、ロスした十日間はどこへ行ってしまうのか。むしろ彼はあるはずのない十日間の重みを、余計に手に入れたと云うべきではないだろうか。

こう考えてくると、寝過ごしたり乗り過ごしたりすることは、最終的に得になると考えられる。マイナスがプラスに転じるのである。

コツは、なるべく死にぎわに計算すること――。

＊

いまさらながら、マイナスであったものが、突然、プラスに転じる。そんなことがあるものか。

しかし、計算高いミスター日々が得意とする数学の世界では、マイナスにマイナスを掛けるとプラスになるという。

マイナス1×マイナス1＝プラス1。

この方程式をマイナス十日間の問題に持ち込んでみると、どこかにもうひとつ掛けるべきマイナスがあるはず――と探しても、なかなか見つからない。

ただ、マイナスを示す横棒（―）に、もうひとつマイナスの横棒（―）を掛けるとき、横棒をひとつ縦にして（｜）重ねてみれば、十字のプラス（＋）になる。

伝説のブルース・ミュージシャン、ロバート・ジョンソンによれば、十字路すなわちクロスロードには悪魔が棲んでいるらしい。そして、この悪魔に魂を売り渡すと、望みが叶うと云うのだ。

＊

いまさらながら、あてもなく彷徨していると、必ずこうした十字路にさしかかる。ミスター樹々もまた、旅の途上の十字路で悪魔と出会った。

樹々は悪魔に訊いてみた。

「さて、いったいミスター日々は、ロスしたマイナス十日間に、どんなマイナスを掛けてプラスにしたのでしょう?」

悪魔が答える。

「死だよ」

いひひ、と笑いながら。

「死こそ、最大のマイナス・ポイントだ。失われたはずの十日間に、死を掛けることでプラスに転じる。命を掛けるのではなく死を掛けるのだ。さぁ、俺に魂を売ってくれ。あんたの望みは何だ?」

樹々が答える。

「あてのない旅をつづけることです」

「それは難しい注文だな」と悪魔。

「どうしてです?」

「お前さんは悪魔ではなく人間だから気付いていないだろうが、あてのない、と注文を付けた時点で、それがお前さんの、あて、になる。目標になり、指標になる。な? あて、とはつまり拠り所のことだ。あてのない旅とは、拠り所がないことを拠り所にした旅ということになる。人はどうしても、拠り所から逃れられない。一時的に離れることはあっても、いずれ戻ってくる。そもそも、お前さんたちは、それを旅と呼んでいるんじゃないか?」

＊

いまさらながらの話だが、自分は駅にいると安心なのだった。拠り所である。小さな駅は冬のランプのあかりのようだし、大きな駅は世界そのものと云っていい。世界を丸めてコンパクトにしたものが乗り換え駅である。

自分は巨大なターミナル・ステーションで一日を過ごすのが好ましい。なんなら、そこに住んでもいい。大きな駅は大いなる可能性で、そこにいれば、いつでもどこへでも行けるのだ。出発点であり、終着点でもある。そうした場の力を持っている。

なにより、常に人が行き交っているのが喜ばしい。自分は、自分のかたわらを多くの人が行き交っているのを好む。その流動を河岸から眺め、ときに流れに加わって移動すれば、これぞ河岸を変えるというもの。具体的に云うと、自分は東京駅でこの原稿を書いている。先に書いたとおり、自分にも住所というものがあるのだが、計算魔の日々さんが計算をしたら、もしかすると自分は住所にいる時間より駅にいる時間の方が長いかもしれない。

誤解のないように云っておくと、旅好きであるとか、旅行がちであるとか、毎日、新幹線に乗っている、とかそういった話ではない。電車になどまず乗らない。電車に乗る予定を持たずに駅にいることは、宿泊客ではないのに、ホテルのロビーやラウンジで過ごす時間に似ている。宿泊や乗車といった約束事から自由のまま、純粋に駅というものを利用している。

ノートとペンと水筒を鞄に入れ、毎日、東京駅に通う。丸の内と八重洲を行き来しながら原稿を書いている。書くためのテーブルと椅子とコーヒーは、計算できないほどの数が準備されている。ついでに人の喧噪と温もりもある。

常に計算できないほどの人と物と列車が流動している。台風の目のようなところだ。自分は台風の最中、ノートとペンと水筒のみで渡り歩いてゆく。コーヒーの代金を一時間の滞在料とし、河岸すなわちコーヒー屋をつぎつぎと変えながら駅のあちらこちらで書く。台風の目であるから暴風に飛ばされる心配はない。意外に静かなところも探せばある。

駅に来たからと云って、電車に乗らなくてはならない、という法はない。駅には〈待合室〉というものがある。文字どおりの「待つ」ところだ。さて、そこで何を待つのか。

時刻表が掲示されている。さて、これは何をするためのものか。

人々がめまぐるしくあらわれたり去っていったりする中で、自分はただひとり、異星人のように待合室と時刻表を観察する。そして理解する。人々はここから先々へ出発してゆく。時間的にも空間的にもである。彼らは未来へ移動するために、すぐそこの未来まで行く列車の予約をする。時刻表には先々の時間が記してある。

彼らは待っているのだ。先々へ自分を連れ去ってくれる列車を。自分はそれをしない。自分だけは先々へおもむく約束をせずに留まっている。まるで駅のように。

かくして、自分は駅から離れたくないのだった。一生、駅にいたい。可能であれば、自分は駅そのものになりたい。駅と同化してしまいたい——。

*

いまさらながらの話だが、自分は駅なのだと思う。

多くの人がここを通過してゆけばいい。足早に過ぎ去っても構わない。乗り換えるための足がかりでもいい。ここから遠いところまで鉄の路でつながっているが、自分はここにいて、遠いところへ人を送り出すのが役目である。人々はここで出会い、ここで別れる。

大きな駅には百科事典のようになんでもある。自分はまだ大きな駅という柄ではないが、心密かに、いずれは何でも取り揃えたいと思う。いまのところは駅の構内の隅にあるキヨスクといったところか。

*

いまさらながらの話だが、樹々は若いころ、駅で働いていた。大きな駅の構内にあるジュース・スタンドで、毎日のように果物をしぼっていた。ひっきりなしに客がやって来て、無言でジュースを飲み干し、うまかった、おいしかった、ありがとう、と云い残して改札口へ去った。皆、旅に出るのだろう。樹々は空になったコップを洗って果物の皮をむいた。

自分もいつか旅に出るのだろうか、と思う。しかし、どうもそんな気がしないのだ。このジュース・スタンドこそが世界の中心であり、ここにこうして立ち、皆が通り過ぎてゆくのを見ているだけで気分がいい。自分は旅に出なくてもいい。年に一度くらいでいいのだ。

(そうか、それで自分はいま、ホテルのフロントに立っているのか――)

樹々は列車を待つ駅でそう思った。

一週間

月曜日が云った――。

俺は常に複雑な立場ですね。いや、そこそこ人気はあると思うんですよ。一週間の始まりを任じてるわけですし。月曜日って云えば、空気が新しく入れ替わるような新鮮な感じがあるでしょう?「さぁ!」みたいな。

けれど、その一方で、「また、月曜日かよ」とか「嗚呼、月曜日が来てしまう」とかね。「月曜日、うんざり」みたいな声もよく耳にします。

え? いや、耳くらいありますよ、俺にも。先頭にいるわけだし、耳をそばだてて様子をうかがう必要があるし。常に緊張してるっていうか。そこは、確実に他の曜日よりね。

たとえば、木曜日なんて、すごく楽してるわけです。目立たないし、あ、お前そこにいたのか、みたいなところがあるでしょう、木曜日って。うらやましいですよ。こっちは常に最前線に立たされて、いちいち、なんだかんだ云われますから。

こないだ、火曜日とも云ってたんですが、基本、同じ「曜日」なわけじゃないですか。

同じ一日、同じ二十四時間ですよね。なのに、どうして俺らにだけ辛くあたるのかって話ですよ。

はっきり云って、名前が違うだけなんです。それぞれの一週間の立ち位置から単体で取り出したら、見分けがつかないんじゃないかな。というか、同じじゃないですか。どれも同じ一日ですよね。だから、こちらに問題があるわけじゃなく、命名者の――まぁ、人間ということになりますかね、人間の都合で俺なんかの分が悪いというか。

しかし、俺もこのごろ愚痴ばっかりで、こういうところを反省しないといけないのかな。まぁ、来週までにそのあたり考えてみますけど。

火曜日が云った――。

そうですね、月曜日ほどじゃないですよ、私は。いろいろな意味でね。人気もそこそこですし。その代わり、反発もあまりないです。地味ってことじゃないですかね。

金曜日に云われたんです。「君はなんとなく手堅い感じがする」って。まぁ、そうなんでしょう。手堅いというか、「火曜日なら間違いないだろう」と思うようで。ええ。来週のことなんかを決めるときに、月曜日だと間に合わないかもしれないけど、火曜日なら大丈夫だろうって。俗に「大丈夫の男」なんて云われてますよ。私はちっとも嬉しくないですけどね。

いや、アレです、「大丈夫」って言葉が、最近、イヤなんです。やたらと使うでしょう？たとえば、コンビニで総菜とか買うときに、レジで「お箸、お付けしますか」ってなりますよね。それに対して「大丈夫です」と答える人が急増しているんです。おかしくないですか？　付けてほしいのか、ほしくないのか、一瞬、判らないでしょう。ここは男らしく「要りません」か、あるいは女性らしく淑やかに「結構です」あたりが順当な答えだと思います。

まぁ、こういうこと云うから、手堅いだけじゃなく、頭も固いなんて云われてしまうわけで――ええ、そうです、固いイメージがあるみたいで。だから、「あなたは何曜日が好きですか」といったような正面からの質問では、ほとんど誰ひとり「火曜日」と答えないみたいです。特に若いお嬢さんなんかはね。そこは木曜日といい勝負で。なんとなくつまらない印象なんでしょう。

ただ、正面から訊かれなければ、ひそかに「火曜日っていいよな」と思う人はそこそこいるみたいです。「大人っぽい」とか「落ち着いた印象」とか「シックな服が似合う感じ」とか云われたりして。そこは納得です。

あ、そろそろ、時間じゃないですかね。それではまた来週。どうぞよろしく。

水曜日が云った――。

「え、水曜日って女なんだ」って云われるのが、あたしとしては「だから何なのよ」って感じで。そう思いません？　「うわぁ、意外だなぁ」とか平気で云う人がいて。「髪が思ったより長めですね」とか、「ずっと、ショート・カットのイメージでした」とか。

あたし、こう見えて、結構、傷つくタイプなんですよ。落ち込んで三日くらい寝込むこともあるし。

でもまぁ、基本は明るいですよ。八方美人みたいな云われ方もしてますけど、そこはまぁ、実際そうなので。

うん、そうですね、月・火とも仲良いし、木・金とも。まぁ、土・日っていうのが遠いから、あたし。向こうがどういう目で見ているか知りませんけど、当然、疎遠ですよね。関わりようがないっていうか。

そのあたり、月曜とか金曜なんかに訊いてみると、彼らは土・日からかなり影響受けているみたいです。

もちろん、土・日あっての一週間なわけで、向こうはスターですから、特に金曜日なんかは土曜日の真似っていうか、土曜日のフリをしてるというか。その方がいいんですって。それを怠って、いかにも金曜日っぽく振る舞っていると、「早く土曜日にならないかな」みたいな感じで疎まれるらしくて。だからもう、ほとんど土曜日になりきって、特に夕方近くからは土曜日と見紛うくらいになりきるって云ってた。

あたしは、その点、自由ですから。もう、我が道を行くって感じで。「みんな、元気出して行こうよ」っていうのが、あたしのメッセージなんで。

そうなんです、あたしも火曜とか木曜とかに引っ張られちゃうと——特に木曜日の方に傾くと、カレンダーを見た人が「まだ水曜日なのかよ」みたいなことを云うわけです。それは木曜日に云ってほしいのよ。あたしは、週の真ん中でちょっとひと休み、楽しく行きましょうって云いたいだけなのに。

まぁ、それだけですけど。はい、また来週ね。

木曜日が云った——。

……あ、水曜日がそんなこと云ってましたか。ええ、まぁ、そうなんでしょう。人気ですか？　ないですよ。あるわけないじゃないですか。とにかく人気は最低で、隠れファンとかカルト的人気とか、そういったものも皆無です。自分はもう存在していないに等しくて。

「じゃあ、木曜日に会いましょう」なんて、まず云わないでしょう？　「木曜日が待ち遠しい」なんて聞いたことありません。

なにしろ、水曜と金曜という華のある曜日に挟まれているわけですから、まぁ、忘れがちですよね。

え？　趣味ですか？

それはまぁ、クロス・ワード・パズルとか、あとは陶芸かな。

ああ、そうなんです。我々は自分の曜日以外の六日間は休日です。週に二十四時間働けばいいんですよ。だから、余暇の過ごし方は結構重要で——。

え？　いや、休み中に他の曜日に会うことはまずないですね。少なくとも僕はそうです。金曜日と仲が良いんじゃないかって思われてるみたいですけど、それは彼の偽善ですよ。人気のない僕と親密であるかのように見せかけて、「あ、金曜日って意外にいいところあるんだ」みたいなことでしょう。利用されてるわけです、僕は。

水曜日には無視されてますし、土・日なんて僕のことまったく知らないんじゃないかな。そんなもんです……あ、もう終わりなんですか。ああ、はい、また来週ね。

金曜日が云った――。

あ、ちょっと待ってください。いま、これ、やっちゃいますから。いや、アレですよ、サインをしてくれって頼まれちゃいましてね。

まったく、自分がこんなに人気出るとは、まさかね。いや、最近です、こうなったのは。ちょっと前までは土曜日だっていまほどじゃなかったわけですから。いや、つまりね、土曜日って、終日じゃなくて、午後から休みみたいな感じだったでしょう？

あのころの自分は、まったく休日とは無縁で、むしろ、蔑ろにされてたわけです。土曜日を待ちきれない人たちが、「金曜日なんか早く終われ」とか云って。

でも、土曜日が終日の休みになってからは、それまでの土曜日の喜び、楽しさみたいなものが、こっちに回ってきたわけです。思いもよらないですよね、自分が土曜日になるなんて。

え？　真似ごとですか？　いや、そんなつもりはないですけど、え？　水曜がそんなこと云ってました？　参ったなぁ。誤解ですよ。

たぶん、月曜日あたりが誰かから聞いて、火曜日に吹き込んで、火曜日が真に受けて真顔のまま水曜日に云ったんでしょうね。まぁ、いいですけど。人気があるのは事実ですし。金曜日が土曜日的になってきたのはそのとおりですから。

でも、いいですか。これだけは云っておきたいんですけど、自分は金曜日としての誇りというか、金曜日ならではのものがあると思ってるし、ちょっとキツい云い方かもしれませんが、土曜日とは一緒にしないでほしいっていうかね。自分は自分ですから。

え？　顔が笑ってる？　そうですか？　参ったなぁ。あ、すみません。じつはこのあと、他に取材があるんで、つづきはまた来週ってことでいいですか。

土曜日が云った――。

そうですねぇ、わたしはまぁ、基本的にのんびりでして。性格でしょうかね。あくせくするのは性に合わないというか。日曜日によく云われます。「あなたには悩みというものはないのですか」って。最初、質問の意味が判らなくて。悩みが、あるとかないとか。「さぁ」とお答えしておきましたけど、さすがにねぇ、いくらわたしだって悩みはありますよ。悩みのない曜日なんて存在しませんから。要はそれとどう付き合ってゆくかなんです。

わたしたちより下の世代の〈日時組〉の連中も悩みが多いようで――あ、〈日時組〉というのは、われわれ〈暦世界〉の「曜日」の次にくるラインで、一日から三十一日までの三十一名と、一時から二十四時までの二十四名。その下には〈分秒組〉というのがありまして、まぁそこらへんになってくると、個々の性格がどうこうではないわけです。お判りでしょう？「四十五分二十秒」と「五十二分十秒」では大差ないわけで。性格的にはです。もちろん、特にスポーツの世界なんかでは、一分一秒がものを云うわけですから、重視されてはいます。しかし、個々の性格――個性ということでは、わたしたち〈曜日組〉や、上のラインの〈月組〉や〈年組〉に比べたら、かなり希薄なんです。わたしはね、そういう子たちの「自分がよく判らない」といった悩みを少しでも解消できないものかと、最近はそればかり考えています。

はい？　余裕がある？　さて、どうでしょう？　質問の意味が判りませんね。それ、来週までの宿題にしてもいいですか。

日曜日が云った——。

ＯＫ。なんでも答えますよ。今日は調子もいいし、いい感じで仕上げてきましたから。ええ、それはそうなんです。ボクのコンディションひとつで、一週間のすべてが左右されますから。たとえば、いいですか。大雨だったりするわけですよ、日曜日がね。いや、もちろんボクのせいじゃないですよ。そこはアレです、〈天候班〉の領域ですから。ボクはいつだって陽気な日曜日なんです。でも、大雨だとみんな嘆くわけです。この世の終わりみたいに。「ふざけんな」とか罵られますから。

こっちはもう、とにかく最高の日曜日をお見せしようとそれだけで、毎日、ジムに通って、朝は走って、食事にも気をつかって。チーム組んでますからね。〈ゴールデン・サンデー〉って云うんですけど、専門家を集めて、とにかくいい日曜日にしようって——。

え？　それはそうですよ、当たり前じゃないですか。ボクがそうした努力を怠ったら、日曜日が日曜日じゃなくなるんですよ。そこがね、伝わってないんです。皆さん、当たり前だと思ってるんですよ。日曜日って最高、ハッピーみたいな感じで、日曜日が気分いいのは当たり前みたいなね。そんなわけないでしょう。もともと、ただの曜日なんですから。一週間の中のごく当たり前のね。実体は平凡な一日なんです。それを、ボクがここまでのものにしてるんですよ。毎週毎週ね。

あ、ちょっとボク、喋り過ぎてますかね。これ以上はちょっとアレなんで、来週また同じ時間に。OKです。

月曜日が云った――。

ああ、そうですか。土曜日がね。下の子たちの悩みを。ふうん。まぁ、余裕があるんでしょうね。もともと男性だったんですよ、土曜日。でも、最近少しずつ女性的になってきて。そういうところがまたいいんでしょう。

で、日曜日は？　ああ、そうでしょう。体調管理ね。結構、いい歳だから。オッサンなんですよ、いまの日曜日。たぶん、歳ごまかしてると思いますよ。帽子とか被ってたでしょう？　野球帽系のヤツ。そうそう、アレってカモフラージュなんです。アレで日曜日っぽい感じが出るじゃないですか。

え？　俺ですか？　いや、俺はまぁ――あ、気づいてました？　そうそう、体重をね、少し調整して、なるべく太らないようにしています。だって、どうです？　月曜日が太ってるってなんかイヤでしょう？　月曜日ってのは、良くも悪くも引き締まったタイトな感じを維持しないと駄目なんです。ストイック？　まぁ、そうですね。土曜や日曜とは違うってことを、朝一でぶつけていかないと。こう、なんていうかピリピリした空気っていうのかな。そのためにね。一応、俺も努力してるんです。

ええ、はい。また来週ですね。はい、判りました。


火曜日が云った――。

そうだなぁ、私は努力とかそういうのは自分から云うことじゃないと思うし。月曜日の気持ちは判りますよ。彼にはああいう感じが必要なんです。でも、私はね。

いや、それはもちろん火曜日を火曜日っぽく維持してゆくのは地味なだけに大変なんです。うっかりすると、木曜日っぽい感じになってしまって、「あれ？ 今日ってまだ火曜日なのか」みたいな、最高にがっかりするようなことを云われたりして。

それはもう、私だって羽目を外したいですよ。本ばかり読んでいるのはもう飽き飽きです。もっとね、なんていうか、躍動的な曜日でありたいんです。

でも、火曜日っていうのは、大体、歯医者の予約とか、勉強会とか、稽古ごととか、そういう地味な体力・労力を使うことにあてられます。悪いけど、そういうのは木曜日にまわしてくれないかなぁ、と思うんですが、皆さん、木曜まで体力が保たないんですね。まぁ、宿命ですよ。ええ。来週またね。はい、またどうぞ、お元気で。

水曜日が云った――。
二日酔いなんです。すみません、頭痛くて。ごめんなさいね、髪もボサボサで。ああ、はい。そうね。紅一点ね。まぁ、いまのところはそうですけど、なんか最近、土曜日さんが女性化してきたって聞いてますから、そのうち紅一点でもなくなるんでしょう。

あたしはね、どちらかというと男になりたいくらいで。あのね、水曜日って「水」って漢字のせいで、みずみずしく爽やかみたいなイメージがあって、だけど、爽やかな女って難しいんですよ。スポーツとかやってれば恰好がつくけど、ここだけの話、あたし、運動神経ゼロでね。だからまぁ、男だったら、これ見よがしに歯を白く磨いたりして爽やかなフリが出来るでしょう？「やぁ」なんて云ったりして、短髪にして。あ、そういえば、ショート・カットがどうの云ってたな。そうか。ひさしぶりに、髪、切りに行こうかしら。来週の——火曜日なら大丈夫かな。そうします。じゃあ、また来週。

木曜日が云った——。
……ええと、何も変わらないですね。特に云うことなしです……すみません。はい、また来週ということで。

金曜日が云った——。

あ、ちょっと待ってください。いま、これ片付けちゃいますから。はい、いいです。終わりました。はい。ふう。で、なんでしたっけ？　先週のつづき？　なんでしたっけ。いやもう、とにかくめまぐるしいんで、何も覚えてないんですよ。え？　金曜日としての自負？　そんなこと云いましたっけ？

ああ、金曜日ならではのね。そうだなぁ、ま、ひと言で云うと、「希望」ですかね。

サインするときも、何かひと言って云われたら「希望」って書いてます。もしくは、「夢」ですよね。いや、そこが土曜や日曜と違うところなんです。彼らは休日そのものでしょう？しかし、自分は休日を前にした「夢と希望の曜日」なんです。だから、自分に云わせれば、月曜日って云うのは、場合によっては「夢と希望が終わった曜日」ですよ。

キツいでしょうね、月曜。余計なお世話かもしれないけど。

まぁ、自分は自分ですから、たとえ月曜日に夢破れたとしても、金曜日の役割として、そこはたっぷり夢と希望を振りまきます。ええ、来週も期待してください。

土曜日が云った――。

はい。宿題ですね。じっくり考えてきましたよ。わたしに余裕があるかどうか、ですよね。だけどこれ、よく考えたら、すごく失礼な質問ですよね。わたし以外の曜日は皆、努力して、それぞれの曜日のイメージを維持しているのに、土曜日だけはのんびりして余裕があるみたいな、そういうことでしょう？

しかし、そうなんですかね？　土曜日って、放っておいても、どう転んでも、土曜日なんですか？　はっきり云って、わたしも立場的に微妙なんですよ。中途半端と云うか。休日なのかそうじゃないのか「はっきりしろ」みたいなことを云われるし。わたしとしても、実際、どちらに仕向けるべきなのか答えが出ないんです。まぁ、わたしがこんな感じだから、土曜日はどっちつかずになっているとも考えられるし。堂々めぐりですよね。

とりあえずの結論としては、無責任かもしれませんが、この保留状態が土曜日というものに見合っているように思います。たぶん、土曜日に答えを出しちゃいけないんですよ。あ、でも、わたし、あれこれ考えていたら、ひとつ答えが出たので、皆さんに云いたいんです。いいですか。あのね、もし、人生を楽しく生きたいなら、コツはただひとつ、すべての曜日を等しく愛することですよ。本当にそれだけでいいんです。

日曜日が云った——。

ＯＫ。一週間ぶりのご無沙汰でした。さぁ、元気よく始めましょうか。素晴らしい日曜日を。雨だけど。それも結構な大雨みたいだけど——。

〈デイリー・プラネット〉に書いた6つのコラム

1

『ノース・マリン・ドライブ』を買った日

　本ばかり読んでいて、音楽のことなどまったく気にかけていなかったとき、たまたま通りかかった小さなレコード屋で、タイトルとジャケットに魅かれて買った。まだそのころはCDではなくレコードだった。

　とても寒い日で、街も寒いし、帰りの電車の中も寒かった。部屋に戻ってストーブをつけても、全然あたたかくならない。マフラーを解く気にもなれないまま、レコードを袋から取り出すと、レコードもすっかりつめたくなっていた。タイトルとジャケットに魅かれたとはいうものの、タイトルもひんやりしているし、ジャケットには北の海の凍てついた波しぶきが写っている。

　インスタントコーヒーを飲んでひと息つき、それから、ゆっくりそろそろとレコード盤に針をおろしてみた。

まずはギターの音。それから、声。

たちまち、凍りついた。

レコードの中にまで冷たい空気が流れている。

　というより、レコードの向こう側にも寒い街やストーブの匂いがあり、マフラーをしたままコーヒーカップで掌を暖めている人の姿がはっきり浮かんできた。息とコーヒーの湯気が白くけむって、その人はしきりに何かを思い出そうとしている。

　以来、このレコードの中に閉じこめられている冬の時間を小説に書いてみたいと思いつづけてきた。本ばかり読んでいたときには得られなかったものが、この音楽の中には確かにある。

　が、なかなか言葉にならなかった。聴くたび、頭の中に風景が立ち上がり、白い息の人々がすれ違ったり、ちょっとした短い会話を交わしたりするのに、それを自分の文章として書くことが出来ない。

　出来ないまま冬が終わって寒さが遠ざかってしまうと、氷が溶けるように風景も溶けてかたちがなくなった。

　だから、夏にこのレコードを聴くことはない。秋も終わりになってくると、また思い出したように取り出して聴く。聴くたび、もどかしい思いになりながらも、すっかり馴染みになってしまった冬の空気をまた吸い込む。

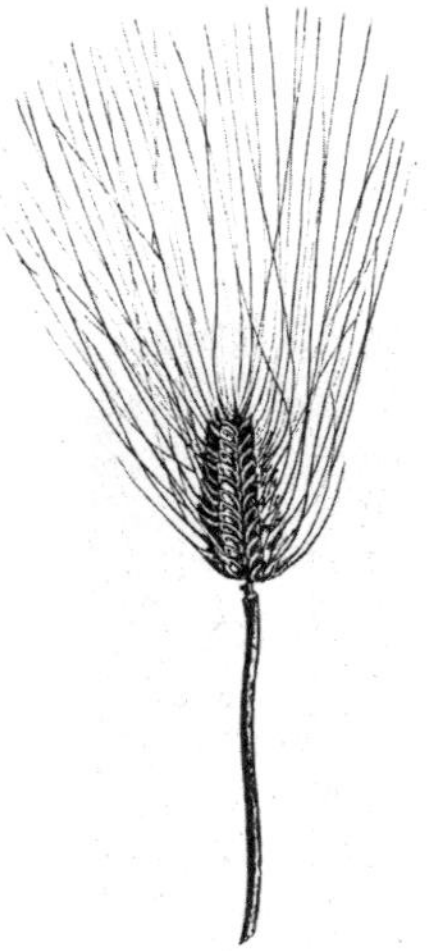

2 頁の奥の『陶然亭』

　岩波文庫〈青〉の一六五の一『華国風味』なる薄手の一冊を何度もひもといてきた。著者は青木正児。中国文学の泰斗である。岩波文庫の〈青〉は書店の人文コーナーに収まる固めの本の一群だが、哲学や文学論や歴史などが並ぶその青い森をさまよい、こちらの頭も少々固くなりかけたところにこの一冊を見つけた。「風味」という二文

字が固めの中に柔らかく映り、本から漂う香ばしさと甘い酔いを象徴しているようだった。

読んでみると、中国食通史とでもいうべき内容で、全編、かの大陸の食と酒をめぐる文化史かと思いきや、巻末近くの『陶然亭』と題された四十頁あまりの一篇に引き込まれた。

表題に示されたのは京都高台寺に暖簾を掲げる酒亭の名で、固めの青い森から紛れ込み、華やかな大陸の食卓史を学んできた頭には、ひょっこり現れた京の町はずれの酒亭の店構えがなんとも懐かしい。冷たい水が撒かれた石畳に立たされたような清楚を覚えた。四十頁の中に店の風情が料理や燗酒の湯気と共に閉じ込められている。中ほどには百五十品目に及ぶ「酒肴目録」が余さず紹介されていた。

仕事のあとの夜の時間にこの目録を眺め、心静かに肴の名を追っていると、実際にこの瀟洒な酒亭を訪れた心地になる。何度読み返しても必ずそうなる。読み返すたびそうなるということは、本の中に行きつけの酒亭を持ったことになり、もちろん現実の酒もいいのだけれど、俗世に嫌気がさして静かに飲みたいときは、頁の奥の『陶然亭』に限る。青い森の隠された一角で、心地よい魔法にたぶらかされながら酔いを愉しめる。

魔法の秘密は丁寧に蒸溜された簡潔な文章にある。込めた時間を確実にたちのぼらせ、それが現実の時間から逸れてゆく加減がいい。

時空の溶けた隅の席に腰をおろし、目録の中からたとえば「塩炒豌豆」や「湯豆腐」や「黄金海老」といった肴を選び、酒は透明なとろりとしたのを手酌でいただく。正確には「いただいた気」になり、肴を「味わった気」になる。

いや、それなら本を閉じて実際に京都まで足を運び、現実の舌で味わうべきだと誰もが思うだろう。

が、四十頁を読み終えた文末には、この一篇が戦後の窮乏著しい昭和二十一年に発表されたことが明記してあった。現実の高台寺に百五十品目を揃えた『陶然亭』を探すのは野暮なことである。著者もまた「いただいた気」「味わった気」を、書きながら夢想していたに違いない。

3

都〇一系統

一度きりの幻の上映

鈴木清順監督と、二人きりで都バスに乗ったことがある。正確に云うと、バスの運転手も含めて三人だが。

午後三時ごろだった。渋谷から新橋に向かう都バスである。「都〇一系統」と呼ばれ、西麻布、六本木、虎ノ門を経由してゆく。その日は新橋に用事があったのだが、なぜか、銀座線ではなくバスに乗ってみたくなった。たぶん天気がよかったからだろう。それに、その時間帯はバスがエアポケットのように空くのを知っていた。

案の定、乗客はまばらで、〈非常口〉と書かれた窓の前に腰をおろして、ぼんやりと渋谷の雑踏を眺めていた。

バスの窓の高さというのはじつに微妙で、見慣れたものが少しずつ違って見えてくる。

そのうち、尻のあたりがぶるぶると震動し、挨拶もなしにバスは動き始めた。が、発車してすぐ赤信号につかまったり、駅周辺の渋滞に巻きこまれたりで、なかなか渋谷から抜け出せない。

ときどきピンク色のブザー・ランプがいっせいに光った。ひとりまたひとりと客が無言で降りてゆく。しだいにバスがスピードを増すと、窓の向こうに東京の風景がせわしなく行き過ぎた。そこにたびたび〈非常口〉の三文字がかぶさってくる。

いつのまにか客は二人きりになっていた。左斜め前方に、あの頭が見え、もちろん帽子を被っていた。

あの帽子を含めた頭部の様子は、うしろから見ても絶対的なもので、間違いようがなかった。ちょっと、そっぽを向くように横を向いたときには、あの鬚も見えた。何を思いついたのか、口もとが不敵に笑っている。

いま、こうして思い出せる記憶のすべてが、鈴木清順監督『都〇一系統』なる作品のように思えてならない。これぞ幻の作品である。

ただ一度きりの上映に乗り合わせたことを光栄に思う。

4 小さな幸せはどうすれば得られるか、と考えた話

「本日は終了しました」

この世にこれほど残酷な一行はない。予告もなしに、店先や窓口などに、あっけなくこの一行が示されている。

「つい、いまさっきまではありました」と云わんばかりに空のショーケースだけが残っていたりする。

たとえば、大福である。

「あそこのは旨い」「素晴らしかった」と絶賛されていて、特に大福に強い関心を抱いてきたわけでもなかったのに、たびたび評判を聞かされるうち、「そろそろ行かなくては」と考えていた。

それで、ある日とうとう意を決してその店に行ってみた。なかなか遠いところにある店で、評判のいい店というのは、どういうわけか遠くにある。途中で電車の乗り換えをしなくてはならず、しかし、それでもひたすらまっすぐに大福を目指した。大福などどうでもよかったのに、（さて、いくつ買おうか）と鼻息が荒くなっていた。

（今日は夕方にNさんと会う約束をしているから、彼女の分も買おう）

Nさんは無類の甘党だった。

最寄駅から歩いてようやく店にたどり着き、行列が出来ていないことに安堵して暖簾をくぐると、

「本日は終了しました」——。

夕方になってNさんと会い、いつもどおり、街角の安上がりな酒場で乾杯をした。

「あのね」とNさんは会うたびに云う。

「人生って、誰かと乾杯するためにあるんだと思う」

甘党にして酒豪でもある彼女は人生の甘いところと辛いところを存分に味わってきた。その結果として、いまは定職に就いていない。

「できれば、小さなお店を開きたいの。お客さんが幸せになるようなものを売るお店。乾杯みたいな小さな幸せでいいから——」

そこで、ふと思いついた。

「最後のひとつ、を売る店というのはどうだろう？　その店には売りきれというものがなくて、いつ行っても、最後のひとつを売っている——」

われながらいいアイディアだと思った。最後のひとつが売れのこっていたときのあの喜びこそ「小さな幸せ」ではないか。

「でもね、あたりまえのように喜びがつづくと、なぜか人は幸せを感じなくなるものなのよ」

幸せとはじつに難しいものである。

5 あきらめきれなくて、自分で書いたこともある。

夢の中の古本屋

夢の中でよく本を見つける。たいてい古本屋の店先で、目覚めてから思い返してみると、まったく知らない古本屋なのだが、夢の中では「この店には前にも来たぞ」と呑気に棚の背文字を眺めている。

いい古本屋なのである。その証拠にかならず「おっ」と手に取る本が見つかる。見たことのない本だが、いかにも自分好みの奇妙な本だった。

たとえば、『新しい色のつくり方』とか『耳の寸法について』とか『ある庭師の一生』とか『寝汗』とか、そんな表題が付いている。

『寝汗』は古風な随筆集で、「寝汗をかきやすい自分は、寝汗をかいて見た夢などについて書いてみる」と「前置き」にあった。「前書き」ではなく「前置き」というのがいい。よし、これはあとで買おうと棚に戻したら最後、夢の時間はそこから出鱈目に流れ、いつのまにか、見知らぬ土手で風に吹かれながら草野球を眺めていたりする。古本屋にはもう戻れない。

無事に買った本もあった。

『バーベキュー大全』という分厚い本で、目次をめくると、「人はなぜ、バーベキューをするのか」「思い立ったときがバーベキュー日和」といった〈入門編〉に始まり、つづく〈実践編〉では「川辺にて」「ベランダにて」「ガレージにて」「公園にて」とある。詳細なイラスト付きで、それぞれの場所に適応した方法と「気をつけなくてはならないこと」といったコラムが配されていた。

さらに、〈上級編〉では、「路上にて」「他人の家の庭にて」「会社の廊下にて」といったゲリラ的な方法について解説され、最終章の〈秘密編〉は袋とじになっていて簡単には読めなかった。値を見ると五千円だったが、この袋とじの誘惑に魅かれて買ってしまった。買ってしまえばこっちのものである。

が、夢の中の本は買っても買い逃しても同じなのだった。夢から覚めた瞬間、幻の本と化す。

その事実がどうにも受け入れ難く、しばらく呆然として一週間ほど頭から離れなくなった。うなされたようにバーベキューの「秘密」をめぐって考察し、あきらめきれなくて、自分で書いたこともある。

この文章も、いずれ『寝汗』に収録される予定である。

6

この世はさびしさでまわっている。

さびしさの効用

じつを云うと、この世の大抵のことは、さびしさをまぎらせるためにつくられてきた。巧妙に「文明」や「文化」といった言葉にすり替えられているが、なんのことはない、みんなさびしかっただけである。

無論のこと、虫も魚も鳥も犬も猿もさびしかった。彼らなりに、さびしさをまぎらせる方法を試行錯誤してきたが、「もうちょっと、なんとかならんのか」「まだ、さびしいぞ」と、募る思いが、やがてヒトという生き物に進化した。ヒトの脳が発達したのは、ただただ「さびしかった」ゆえである。

なにしろ、地球という惑星からして孤独なのである。

原始のヒトが「夜とは暗くさびしいものだ」とため息をついたとき、すかさず地球が「おい、俺なんて半分はいつだって真っ暗なんだぞ」と訴えた。

「俺は気が遠くなるくらい広いところで、延々、同じところをまわっている。おまけに、いつでもどこかしらに大怪我を負っている。ひどい話だよ。君もさびしいなら、なんとかしてくれ」

それでヒトは、夜に昼を取り込むべく火をおこすことを思いつき、ずっとあとになって、小さな太陽を——電球を発明して、夜のさびしさをささやかながら追いやった。

が、それでもなお、さびしさは消えてくれない。

夜のしじまの中で、ヒトは「さびしさ」について考えた。

「さびしい」とは一体どういうことか、あるいは、「さびしくない」とは、どういうことか、たとえば、どんなときにさびしくないのか——ひたすら考え、考えるたび、昼のあたたかさと明るさと優しさと華やかさを想った。

そのうちヒトは、ヒトと寄り添うことを思いつき、奪い合ったり殺し合ったりするのをやめて、分け合ったり、集まったり、語らったり、一緒に笑ったりすることで、さびしさをまぎらせ

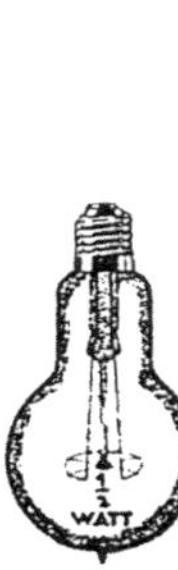

る術を発見した。

「君はさびしいか？」

「いや、君といるとさびしくない」

「なぜだろう？」

「なぜだろうな」

　なぜかわからないが、寄り添うだけで、さびしさがやんわりと消えた。寄り添うと相手の体温が感じられる。おかしなことだが、ヒトはひとりきりでは自分の体のあたたかさを確かめられない。寄り添った途端、あたたかさが伝わり、それがヒトのあたたかさなのだと、はじめて知ることになる。

　しかし、それでもまだ、さびしさは消えなかった。

「まいったなぁ」とぼやき、ヒトは華やかな毛皮を身にまとって美しい花を髪に飾り、誰かと寄り添うために声をあげて相手を探した。

「どこにいるんだ？」

「ここにいる」

　呼び合ううちに歌が生まれた。

「ここにいる、ここにいる」

　と確かめ合い、声をそろえて歌うと、嘘のようにさびしさが消えることを学んだ。歌いながら体を揺らすと、さらにさびしさが消えて息がはずんでくる。寄り添わなくても自分の体温を感じることができた。

「こりゃあ、いい」

　発明はとめどなく生まれてきた。

　絵を発明して思いを伝え、字を発明し、本を発明し、写真と蓄音機を発明して、映画と電信を発明した。

　そうすることで、遠く離れていても、寄り添うことができると信じた。体温を交換しうると信じた。皆が自然と寄り添い合い、出来るかぎりたくさんの「線」をつなぐために社会や国家といったものが更新された。そうして、ひととおり身のまわりのあれこれと寄り添ってしまうと、今度は海の向こうの遠い国に「体温」をもとめた。さびしさのあまり、ヒトは船と車と飛行機を発明した。ロケットも打ち上げた。

　それでも、ひとりきりになると、心もとなくて酒を飲む。この世に酒が発明されなかった国はない。少々、体に悪くても、決して禁止しない。さびしさをまぎらすことに、いまだに誰ひとり成功していない証しだった。

が、たぶんそれでいいのである。

　もし、どこか遠い星から異星人がやって来たら、われわれの「文化」や「文明」に目を見張ってこう云うだろう。

「どうして君たちは、こんなに色々なことを思いついた？　そして、どうやってそれを維持できたのだ？」

「さあて」とヒトは首をすくめる。「そんなことより」とヒトは異星人に寄り添って握手をもとめる。

「そんなことより、何かびっくりするような楽しいことを教えて下さいよ」

C

SKY WITHOUT LUCY

ルーシーのいない空

塵と半券と世界の袖

三つあげてください、と他の惑星からやって来た友人が囁いたのである。彼にして彼女（両性具有なのだ）の声は常に囁き声で、じつに奥床しく、なおかつ官能的である。彼／彼女らは大変すぐれた学習能力を持っているので、我々の言語とその意味するところを、きわめて短時間に会得してしまう。

「三つあげてください」と囁く日本語のなめらかさも申し分なかった。三つ？　と百科事典執筆者であるところの自分は指を三本立て、三つだけですか？　とマユズミに問い返した。

マユズミというのは、彼にして彼女の名前である。何を隠そう自分が命名したものだった。マユズミが我々のこの星に立ち、最初に感嘆したのがニンゲンの眉で、マユズミの生まれた星の人々には眉というものがないのである。

「いいものですね」とマユズミは眉を指して囁いた。

「ああ、それならいいものがありますよ」

自分はそう答えながら、なんとおかしな会話だろうと自ら訝しんだ。「いいもの」と「いいもの」がぶつかり合っている。が、彼／彼女はこの会話ですら難なく理解した。次に会ったときに、あらかじめ百貨店で購入しておいた眉墨を、「ほら、これです」と手渡したときのことだ。彼／彼女は、小さなリボンを解き、百貨店の包装紙を解くと、中から出てきた細長い小箱のふたを外した。そして、そのいちいちに感心しながら、ようやく眉墨に触れて「これが」と囁いた。

「これが、このあいだおっしゃっていた、いいものですね」

さらに次に会ったとき、彼／彼女は眉墨の使い方を正確に理解したことを、青みを帯びた瞳の上に施された淡い描線によって示した。

「本当にいいものでした」とマユズミは囁いた。「それから、このホーソーシも」

マユズミは百貨店の名前があしらわれた特にこれといって特徴のない包み紙を、丁寧に折り畳んでシャツのポケットに差していた。

彼／彼女には名前がない。正確に云うと、名前という概念がなかった。

しかし、こちらのわずかな説明だけで、たちまち理解してしまうのだ。

百科事典の記述でいえば、最初の一行を読んだだけで、「なるほど」と把握する。我々地球人の脳など何ほどのものか。たびたび、マユズミに教えられた。

たとえば、「名前というものは、自分でつけるものではないのですね」とマユズミは囁いた。

なるほど、たしかにそうだ。名前はいつでも与えられるものである。呼ばれるものである。

「そして、この星には、すべてのものに名前があるのですね」

さて、それはどうだろう。百科事典を執筆している者としては大いに考えさせられる。いったい我々はこの星のすべてを知り尽くしているのか。いや、まさかとんでもない。知らないことの方がよほど多い。我々が日々書き綴る百科事典の項目よりも、我々の知らないものばかりが列挙された『未知事典』の方がよほど分厚いに違いない。我々はその事典を決して手にすることはできないが、あるいは、マユズミになら『未知事典』を執筆できるのかもしれない。彼／彼女は我々の感知していないものを素早く——最初の一行だけで——感じとる。

「あれはなんですか」

というのがマユズミの口癖である。

ときに、彼／彼女は、我々の視力や聴力を超えて「あれ」を見聞きしている。

「見えませんか」「聞こえませんか」「ほら、あれですよ」「この音です」「この小さな」「このわずかな」「このかすかな」「微小な」「はかなげな」「あえかな？」

言葉を尽くした彼／彼女の囁きに促され、目を見開き、耳を澄ましてみるも、およそ何も感じとれない。

が、百にひとつほどの確率で自分にも触れてくるものがある。錯覚だろうか。いや、そもそも錯覚とは何か。あの錯覚の瞬間、我々は百にひとつほどの確率で、体のどこかにのこされた野性の体毛が反応し、はかなげであえかな何ものかを察知したとは考えられないか。何ら熟知していない我々が、なぜ、あの瞬間を錯覚と断定できるのか。

「チリ」とマユズミが囁いた。

「チリ？」と訊き返すと、マユズミはポケットから眉墨を取り出して、手帳に「塵」と書いてみせた。墨で書かれた「塵」という字は輪郭がぼやけ、彼／彼女はそのあいまいな輪郭を爪の先で叩きながら「ここにも」と囁いた。

「この、ぼかされたところ、文字のまわりのぼんやりしたところを拡大すれば、無数の塵が見えてきます。この星のひとたちはそれを知らないのですか？」

＊

叩けば埃が出る、という話ではないのである。すべては、万物は、つまるところ宇宙は、無数の、無限の？　塵によってつくられている。というより、じつのところ宇宙には塵しかない。塵に何らかの偶然と指向が与えられ、さまざまなかたちや色を成している。分解すればこれすべて塵なのだ。おむすびが飯粒の集積であるように、むすびがほどければ、口の端に飯粒がひっつく。

「ひっつく、くっつく、ひっつく、くっつく」

マユズミは言葉を覚えるために囁いた。マザー・グースの童謡を歌うみたいに。次々と我々の言葉を習得していった。

「こぼれたものが、ひっついて、くっついて――」

「こぼれる？」

「はい」とマユズミ。「ほつれて、ほどけて、ほぐれて、こぼれ出てきます」

「さて、何がこぼれ出てくるんだろう？」

「ですから、塵ですよ。この塵という字の輪郭にぼんやりひっついているのは、こぼれ出た塵なのです」

マユズミが云うには、万物は塵のかたまりであるけれど、完全にかたまりが保たれているものは皆無で、どんなものであれ崩れを起こしているという。

その崩れが我々地球人にも認識できるのだろうか。微細な崩れは「なんとなく」しか感じとれない。

なんとなく。そこはかとなく。気配。ニュアンス。あるいはノイズのようなものとして——。

＊

〈ノイズ〉は日本語で「雑音」と訳される。それこそ雑な翻訳ではないか。

「三つあげるなら」——と自分はようやくマユズミに答えた。「最初のひとつはノイズかもしれません」。

マユズミの問いは、こうだった。

「あなたが好ましく思う、この惑星ならではのものを三つあげてください」

この「ならでは」が曲者である。が、あれこれ思いをめぐらせても、おそらく、ノイズは外せない。若い時分には漠然と気になっていた程度だったが、歳を重ねるにしたがい、ノイズおよびノイズに類する塵のようなものがじつは重要なのだと思い至った。

この「歳を重ねる」の意味は、自分の年齢だけでなく、この惑星の、つまりこの世界の年齢でもある。我々はひたすら歴史を前へ進めながら、進化の証しのひとつとして、この世界からさまざまな汚れを取り除いてきた。

というか、前進や進化というものが本当は何なのかよく判らないまま、仕方なしに手短にできることとして、まずは掃除をして身ぎれいにした。何であれ、きれいにするのだから誰も文句は云わない。

ところで自分は百科事典の執筆者であるから、あたかも世界のあらゆることに精通しているかに思われる。しかし実際はまるで違うのだ。世界のことなどほとんど知らない。「進歩」「技術」「発見」「革新」——あるいはこれらの言葉を組み合わせた聞こえのいい、見栄えのいい文言について記述するのがままならない。

自分がよく知っているのは、自分が日々の生活の中で親しんできたもの、たとえば、ラジオやレコードや本や映画である。音と印刷物と映像である。

「三つあげてください」の問いに軽い気持ちで答えるなら、本当はこの三つで充分かもしれない。音楽と本と映画。その三つこそ、全宇宙にお薦めしたい地球ならではの三大発明である。もちろん他にもあるだろうが、他のあれこれは、この三つの前身かバリエーションか掛け合わせではないか。

従って、自分が云う塵やノイズは、主にこの三つから発生するものを指す。レコードのスクラッチ・ノイズ、ラジオ放送の受信ノイズ、印刷物のかすれ、インクのにじみ、印刷用紙に混在する不純物——等々。しかし、それらのノイズは、技術の革新と発見によって進歩し、忌むべきものであるかのようにことごとく除去されてきた。デジタル化とは何であったかと軽い気持ちで思い返せば、こちらに判りやすく理解できたのは、汚れの除去＝ノイズの消滅だった。

「ノイズを消すのはいいことなんだろうか」

と自分に問うのと同時に、マユズミに深夜の街を歩きながら意見をもとめた。我々はレイト・ショウの見物に出かけるところで、シネコンと呼ばれる映画館の百貨店に向かっていた。

「昔は小さな街にも映画館があって、郵便局や駅と同じように気楽に利用していたんですが——」

マユズミには、そこから説明しなくてはならなかった。

「でも、いまは人が集まらなくなって、映画館は次々と閉館してしまいました」

これは自分ではなくマユズミが囁いたのである。

「この星で起きていることはすべてそれですね。いまあるものをより良くサポートするための発明ではなく、いまあるものをお払い箱にして、システムごとつくり変える発明をする」

「お払い箱？　どこで、そんな言葉を覚えたんです？」

「だって、あなたがよく云ってるじゃないですか」

＊

深夜の最終回は、フィルムではなく最新デジタル式による上映だった。これまでに経験のない目の覚めるような映像である。ノイズは皆無だった。

「この街は深夜の方が好ましいですね」

マユズミは上映後の焼きそば屋でそう囁いた。深夜二時の大通りに面した、焼きそばのみを食わせる店で、席のあらかたは外へせり出している。大きな屋台のようで、マユズミは味もさることながら、深夜の街と店のたたずまいが気に入ったようだった。

「人が少なくなって、ぎらぎらしたものがうんと減って、風が吹いて、ソースの香りがして」

「ソースが気に入りましたか」

「ウスターソース！」

マユズミは（大きめの）囁き声で答えた。

「どうしてこんなものを発明したのでしょう？」

マユズミにそう云われると、しんとなって考えてしまう。いずれ、〈ウスターソース〉の項目も執筆することになるだろうが、事典の記述は基本的に「どうして」が省かれている。考えてみると、それはまた「どうして」なのかとさらなる深みにはまってゆく。

この深夜焼きそばの大屋台に、ひとつだけケチをつけるとすれば、自動販売機で食券を購入するシステムを導入していることだった。メニューは焼きそばだけなのに、大・中・小、味つけ、ソースの種類、セットメニュー等々とやたらに選択肢がある。しかし、それもまたマユズミは「面白いです」と興味深げだった。

「この惑星では、小さな紙きれのやりとりが頻繁に行われています」

マユズミが云っているのは紙幣と切符＝チケットのことらしい。以前に比べればずいぶん減ったが——と思う間もなく、焼きそばの皿の横に、彼／彼女は映画館の半券と「ソース焼きそば・小」と記された食券を並べた。「まだあります」とポケットを探り、領収書とレシートを何枚か取り出し、「まだあります」と今度は名刺を並べ始めた。

一時期、自分はそうした半券や小さな印刷物の類をスクラップ帳に貼り付けていた。

「スクラップ帳？」とマユズミがさっそく身を乗り出す。

「それはですね」と説明するべく、「スクラップ」なる言葉を頭の中であらためて点検してみた。たしか、「屑」という意味だ。「ゴミ」ではない。たとえば、車なんかが「スクラップ」されて金属片に戻される。しかし、スクラップ帳に貼り付けるものは金属片とは限らない。基本は紙である。紙片である。そのふたつを結ぶものは「片＝かけら」か。

「塵ですね」とマユズミが囁いた。「ニンゲンの目に見える塵と見えない塵があるとすれば、こうした半券は見える塵です。すでに終わってしまったものの——」

「記憶の糸口」と自分が補足した。

「糸口？」とマユズミが興味を示す。

「名残りというか、目印というか——」

「袖口とは違うんですね」

「ええ、違います」そう答えながら余計なことを思いついた。「〈袖〉という言葉には、糸へんの領域から離れた〈舞台袖〉という言葉がありまして――」

「ブタイソデ、ブタイソデ」とマユズミは試験に出るかもしれない単語を覚えるように繰り返し囁いた。

大通りに面しているものの、焼きそば屋の周辺には駅がない。地図をひろげれば、人が行き交って寄り集まるところからわずかに外れていた。時刻は午前二時三十三分。時も場所も世界の舞台袖のようなところに、「いま」と「ここ」があった。

自分が好ましく思うのは、こうした「袖」のような場所の風情である。皿の横に並べられた半券その他に触れながら、思えば、街なかの小さな映画館には自分がこの惑星で好ましく思う三つのものがすべて揃っていたと気づいた。

ノイズと半券と舞台袖である。

＊

自分が本来身を置くべきところに大人しくかしこまっているのが嫌で、社会とか世間とか世界といったものから、しばしば抜け出してきた。それが昼どきであれば、なるべく夜のようなところにひそひそと潜り込んだ。

かつて、この惑星には街の至るところに昼であっても闇が用意されていた。映画館である。窓口で百円玉を何枚か渡すと半券が引き換えに渡され、残りの何枚かの百円玉で自動販売機のまずいコーヒーを買う。

まだ前の回の終わりのところが上映中で、次の回を待つ人たちがロビーの椅子に座り、それぞれに安い飲み物と安い食べ物を口にしていた。一体、こんなところで何をしているんだ、と自分は自分に問う。

しかし、この時間のこの狭い空間の居心地の良さは何ものにも代え難い。重たいドアの向こうから、セリフと音楽が漏れ聞こえる。よくは聞こえない。エコーのかかったくぐもった音だ。プチプチとノイズを伴い、一体、映画を味わうにあたって、あのノイズを取り除くとはどういう了簡なのか。あのノイズが、あのプラスチックな感じの、はぜるようにプチプチというノイズが耳に心地いいのである。そして、あの時間である。正体不明の観客たちと世界の袖のようなところで過ごすひととき——。

何かが始まる前の、もどかしいような、少し面倒なような、楽しいはずなのに、逃亡者ゆえの罪悪感がまぶされ、清濁入り混じってどうにもいたたまれない。が、確実に自分が世界からはみ出している感触を得られた。自分もまたひとつのノイズとなり、世界の輪郭からにじみ出して、ほつれて、ほどけて、ほぐれていった。

「どうして、袖がいいのですか」

マユズミが囁いた。

「そこに本当のことがあるような気がするからです」

と自分はうそぶく。こぼれ落ちたものが吹き寄せられるところ。浮遊する塵芥がひとまず落ち着くところだ。

舞台の上で照明を浴びているものが偽物であるとは云わない。そこにも無論のこと、それなりの「本当」がある。しかし、この世のどこかに読めない『未知事典』があるように、そこに舞台があれば必ず舞台袖というものがある。そして、舞台の上の「本当」が、いささか大仰に感じられたとき、もうひとつ、こんな暗がりにも「本当」のことがあるのではと、まずくてもいいからコーヒーを一杯飲んで、気持ちを落ち着かせたい。

この惑星の人たちは、歴代、そうした「袖」の場所を無意識につくってきた。もしくは、無意識に継承してきた。ノイズの除去が進むにつれ、日に日に「袖」の場所もなくなってゆくが、探せばまだ見つかる。

「たとえば――」と云いかけたら、マユズミが「先日、自分は百貨店というものに行ったのです」と囁いてから口をおさえて笑った。「すみません。いまのは、あなたの話し方を真似してみました」

彼／彼女は声帯模写に長けているので、言葉だけではなく口跡までそっくりに演じてみせる。

「百貨店も百科事典も、なぜ百なのですか」

「百は大きな数字の象徴で、沢山のものを取り扱っているということです」

「たしかに沢山のものがありました。すべてを見るのに丸一日かかりましたから」

「すべてを見た？　すべての商品を？」

「ええ、地下一階から地上八階まで。屋上にも行ってみました」とマユズミは活き活きと囁いた。

「とても幸福なところでした。百貨店は袖のような場所ではなく舞台そのものです。すべての商品が輝いていました。この惑星には、こんなにもさまざまな塵のかたまりがあるのかと感激したのです。いえ、あれらのものを指して、塵のかたまりと呼ぶのは気が引けます。どれも見事に形成された本当のものでした。輪郭もぼやけていない素晴らしい結晶です。袖もいいですが、舞台もいいものです」

「ふうむ、そうですか。百貨店というのは、どこも同じようなもので、自分たちはもう感激するようなことはないんですが」

「それは残念です。百貨店に並ぶ品々をひとつひとつ見て思いました。とても三つに絞り込むのは不可能だと。ですので、あのクエスチョンは撤回します。最低でも百はあげたいでしょう。不勉強でした。この惑星では、対象物へのニンゲンの敬意がじつに見事です」

「敬意?」

「はい。すべての商品に名前が付いていました。あなたたちは、気の遠くなるような数の名前を考え出したのです。それは敬意のあらわれでしょう? マユズミはそう思います。名前はいいものです。名前が付けば、それでもう本当のことになるのです」

大通りの端の焼きそば屋で、夜空を見上げながらマユズミは囁いた。

「でも、まさか、あの星々には名前をつけていませんよね? さすがのあなたたちでも――」

二階

【二階】

二階とは一階のひとつ上の階を云う。一般的に、地上から数えて二番目に位置する階層を指す。

したがって、やや上目づかいで二階の話をする者の多くは、およそのところ一階に位置しており、現にこれから二階の話をしてみようか、と腰を据えた自分の勉強机も御多分に漏れず一階にある。

いや、そんな机とか椅子とか部屋といった小さな話ではない。空間を思いきり大きく捉え、この世とかあの世とかの話をしてしまえば、われわれがいるこの世とは地に足をつけた一階に他ならない。そして、「お天道様は見てござる」のお天道様や、あの世の「あの」は、およそ天上にある。

「二階」にはきっとそのような意味もあるだろう。

【二階ぞめき】

古典落語の演目のひとつ。

吉原通いが嵩じた若旦那のために番頭が自宅の二階に吉原遊郭そっくりのセットをつくるというきわめてシュールな噺。

若旦那は父親に禁じられて本物の吉原に通えなくなり、仕方なく二階のセットに通うが、これが現実と見紛うばかりによく出来ている——。

【今昔物語】

私鉄バスの窓からその本屋が見えたとき、外気の冷たさが窓を曇らせて、自分の頼りない動体視力が奇妙なものを見せたのだと思い込んだ。

ところが、一週間後にふたたびバスに乗って病院へ向かう際、やはり本屋はそこにあって、一瞬の確認が目の底にこびりついた。

そもそも、本屋の存在を問う前に、バス通りの端に森の入口らしきものが認められたことが異様だった。所番地は世田谷区である。

そのあたり、木立はそれなりに見受けられるが、信号機や横断歩道の隣に、森と呼んでしかるべき奥深い緑の連なりが口をひらいていた。めずらしかった。まず見たことがない。

お伽噺ではなく、実際の経験である。

ときどき、自分が事典執筆者であるがゆえに世界が歪んで見えているのではないかと訝しんでしまう。が、それは間違いなく森だった。

そして、森の入口に〈牧野書店〉は確かにあった。

病院の帰りにバスを降りたのは、〈牧野書店〉で本を買いたかったからで、とにかく何であれ、本を一冊買ってしまえば、歪んだ世界が少しは現実の色を帯びる。

〈牧野書店〉の店内は、昭和四十年代——自分が子供のころに通っていた書店そのもので、少し薄暗くてひとけがない。書棚はきちんと整理され、色とりどりの背表紙が——少しくすんではいるが——行儀よく並んでいる。

で、何を買えばいいか——。

ずいぶん迷って、文庫版の『今昔物語』を購入してみた。これもまた事典執筆者としての選択である。

書きあぐねていた項目のいくつかが、いずれも『今昔物語』におさめられた物語に端を発するものだった。

事典をつくりだしたときには思いもよらなかったが、結局、あらゆる事物の由来はいくつかの古典的物語に収斂される。『今昔物語』はそうした説話の集大成と云ってよく、だから、事典を執筆する者としては、『今昔物語』の見知らぬ版や、ビギナー向けに易しく説かれた新刊を目にしたときは迷うことなく購入してきた。

妙に寒い午後で、コートの袖をまくってドイツ製の腕時計の文字盤を確かめると、時すでに午後四時である。〈牧野書店〉と名がはいった濃紺のブックカバーに『今昔物語』は包まれ、自分はそれを脇に挟んで、書店の裏手にひろがる森を見た。

こうした場面においては、脇に挟んだ一冊の書物が眼前の森の印象を決定づける。だから、その森は世田谷区の地図のほぼ中心に位置しているというのに、人里離れたいかにも古典的な「いまはむかし」と語りたくなるような様相を呈していた。

風をひとつふたつと数えるのは正しくないだろうが、森の方からひやりとした冷たい風がひとつ吹き、自分の体を中心に小さく渦を巻いて通り過ぎていった。


【羅生門】


他の惑星から来た友人であるマユズミに会い、彼／彼女（両性具有である）の指定で、京王井の頭線・神泉駅にほど近い〈マキノ〉という名の喫茶店で一時間ほど話をした。

彼／彼女はたったいま黒澤明の『羅生門』を小さなシアターで観てきたばかりで、このあと、別の小屋で『フランケンシュタイン』を観るのだという。

「映画というものは、この星で発明された最上のものですね」

マユズミは流暢な日本語でそう云った。

知り合った当初はまだ地球に来たばかりということもあって、風貌にも言葉にも異邦人のおもむきが濃かった。

「『羅生門』を観たことはありますか？」

彼／彼女はコーヒーをひと口飲み、どこか神妙な様子でこちらを見た。

「むかしね――」と自分は口ごもった。「むかし、観たことがあるけれど」

どこか云い訳がましい物云いになってしまったのは、確かに観たはずなのに、いつどこで観たのかはもとより、内容も正確に覚えていなかったからだ。

思い出されるのは、誰もが知っている芥川龍之介の短編小説が原作であること。ただし、題名は『羅生門』であっても、主たるストーリーは芥川の別の短編である「藪の中」によるもので、映画における「羅生門」は物語の外枠に置かれたト書きのような役目を果たすのみだったと記憶している。

そうしたことを、知ったかぶってマユズミに話すと、

「では、『羅生門』というのは、どんな小説ですか」

彼／彼女は興味深げにそう訊いてきた。

「ええと――」と自分はまた口ごもる。「むかし、読んだきりだから」と言い訳をした上でおよそのあらすじを話してみるが、どうにも自信がない。


【時間】

時間とは、かつて観た映画や読了した小説などを人知れず忘却の彼方に追いやる抗い難い力のことを云う。


【忘却】

忘却とは、かつて楽しんだ映画や小説を、ふたたび楽しめるよう、もとのまっさらな状態に戻してくれる人間にとって不可欠な力のことを云う。


【記憶】

記憶とは、時間と忘却の力が及ばなかった、塗りのこしの余白のようなものを云う。したがって、それは大変に心もとなく、にもかかわらず――あるいはそれゆえに――まばゆく光り輝いている。


【鞄の中】

鞄の中とは、わずかながらも光り輝いている記憶の断片が実感を伴うかたちで仕舞い込まれている暗い闇のことを云う――。

マユズミと別れたあと、ふと思い出した。

芥川の「羅生門」は『今昔物語』におさめられた説話に材をとって書かれたものだった。

以前、自分が編集に携わった百科事典にそう記した。忘却の闇の向こうからそんな記憶がよみがえり、同時に、右肩に提げていた鞄の闇の中に、〈牧野書店〉で購入した『今昔物語』が仕舞い込まれたままであるのを思い出した。


【楼上】

楼上とは、上階のことを云う。

もし貴方がこの世の一階にいるのなら、そして、そこがそれなりの高さをもった建物の内部であったなら、見上げた二階は「楼上」と呼んで差しつかえない。

【羅城門】

『今昔物語』に登場するのは羅生門ではなく羅城門で、しかし、このふたつの門はじつのところ同じ門である。時間をさかのぼって確認すれば、いにしえの京の都に実在していたことがわかる。

自分は濃紺のブックカバーをかけた『今昔物語』をひもとき、「羅生門」のもとになった説話を探し出した。風にあおられながらひらいた文庫本の見開き二頁におさまる短い説話である。

舞台は羅城門の楼上＝二階で、主人公たる男は、その楼上にて、老婆が若い女の死体から髪の毛を抜き取っているのを見出す。この二階には骸骨が数多く打ち捨てられており、つまりは、行き倒れて息絶えた者が放置されているのだった。

【雨】

「激しい雨が降っていました」

マユズミがそう云っていた。

それを聞いて思い出した。

たしか、映画の『羅生門』は語り部の男が雨に追われて羅生門で雨宿りをするところから始まっていた。しかし、もとになった『今昔物語』の説話に雨の描写はない。それでどうにも気になって、神泉から渋谷の街なかへ繰り出し、書店へ駆け込むなり文庫の棚から芥川の「羅生門」を見つけ出して立ち読みした。すると、芥川が羅生門に雨を降らせているのだった。かなり忠実に『今昔物語』を下敷きにしているが、原典にはなかった「雨」を芥川が追加している。

何故なのか。事典執筆者としては、こうしたことが気になって仕方ない。

【フランケンシュタイン】

とそこで、ポケットに忍ばせた携帯電話が着信を示し、見れば、マユズミからメールが届いていた。

「いま、『フランケンシュタイン』を観終えたところです。この映画にも激しい雨が降っていました」

なるほど、そうだったかもしれない。いや、きっとそうだ。

『フランケンシュタイン』を観た記憶も忘却の力によってほとんど消えかかっているが、フランケンシュタイン博士が造った怪物＝人造人間は、豪雨の最中に雷に打たれて命を与えられるのではなかったか。

しかも、博士の研究所は塔か城を思わせる石造りの建物の楼上＝二階にあったように思う。

【二階の遊興】

ところで、「羅生門」に原典があったように、「二階ぞめき」にも、もとになった小咄がある。

延享四年（一七四七年）に刊行された笑話集『軽口花咲顔』におさめられた「二階の遊興」がそれである。しかし、この『軽口花咲顔』は実在を疑われるほどの稀覯本で、文庫本で手軽に買えるようなものではなかった。というか、まずお目にかかれない。そもそも、自宅の二階に遊郭をこしらえてしまうなど、あまりに

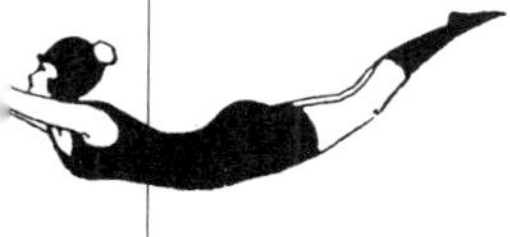

現代的なナンセンスで、二百七十年も前に刊行された書物に記されているのはいかにも信じ難い。

はたして本当なのか――。

この真偽を確かめないことには、【二階ぞめき】の項目を正しく埋めることが出来なかった。

【長谷雄草紙】

一方、羅生門をめぐる調査は『今昔物語』からさらなるひろがりを見せ、さまざまな方面に飛び火をして、ついに絵巻物語『長谷雄草紙』に辿り着いた。

その物語は次のようなものだ――。

双六の名手である長谷雄に、奇妙な男が双六の勝負を申し込んできた。勝負の場は平安京の朱雀門。男は長谷雄を担いで門の楼上＝二階にのぼるのだが、この奇妙な男、じつのところ、朱雀門に棲む鬼なのだった。

長谷雄はこの勝負に自分の全財産を賭け、鬼はといえば「絶世の美女」を賭けると云う。その結果、長谷雄が勝利し、鬼は約束どおり長谷雄に美女を差し出す。

ただし、「百日のあいだ、女と契ってはならぬ」とのこと。長谷雄は鬼の言いつけを守って過ごしたが、八十日を経たところで欲望に抗えずついに女を抱いてしまう。

　すると、女の体は水になって流れ失せ、物語の末尾に、女は「諸々の死人の良かりし所どもを、取り集めて人に造りなして、」と記される。

　どうやら、百日経てば真の人間になるはずであったことが最後に明かされるのだ。


【人造人間】


「諸々の死人の良かりし所どもを、取り集めて人に造りなして、」とは、まさにフランケンシュタイン博士が造り出した怪物そのものである。

　メアリー・シェリーが『フランケンシュタイン』を著したのは一八一七年のことで、『長谷雄草紙』はそれより五百年ほど前に成立したと考えられている。

　興味深いのは、時と場所を大きく違えた二体の人造

人間が、いずれも二階で産み出されていること——。『長谷雄草紙』の水と化す美女は、朱雀門の二階に棲む鬼が造ったものなのだった。

【鬼】

「鬼」なるものを物語の側に寄せて説けば、あの世＝異界からこちらへ訪れた異形の者ということになるだろうか。

しかし、これを二階から一階へ引きずりおろし、物語の魔法を解いて説明するなら、「人の中に隠されていたもの」が人の形を得て外在した状態を「おに」と呼んだのではないかと推察される。「おに」の語源はおそらく「おん」＝「隠」である。

メアリー・シェリーが描いた怪物もまた、一見、あの世からよみがえったゾンビと見せかけ、じつのところ、フランケンシュタイン博士の分身であることが次第に詳らかになってゆく。

【魂】

ところで、「人の中に隠されていたもの」が外在した状態と云えば「魂」が思い浮かぶ。

では、魂とは何だろう。

古今の文献をひもとく限り、魂はおおむね「浮遊するもの」であり、つまりは二階に属するものと思われる。しかし、浮遊する以前は「人の中に隠されていた」と見なされ、ゆえに、それがどのようなものであるのかを言い当てるのが非常に難しい。

【反魂丹】

「反魂」とは死者の魂を呼び戻して蘇生させることを意味し、「反魂丹」は物語の世界において、蘇生を促す秘薬・霊薬であった。が、実際のところは胃痛＝腹痛を治す薬として重宝されてきた。

【反魂香】

「反魂香」は焚き上げた煙の中に死者の姿があらわれると云われている伝説の香の名である。しかし、これまた古典落語の演目名でもあり、伝説の「反魂香」と「反魂丹」を取り違え、腹痛の薬を焚いてしまうという滑稽咄である。

もとを辿れば、享保十八年（一七三三年）に刊行された笑話集『軽口蓬莱山』におさめられた「思いの他の反魂香」が原典であるらしい。

【軽口】

どうやら、自分が百科事典に記したい事柄の多くは、「軽口」の二文字を冠した江戸時代の小咄本に集約されているようだ。

そこで、本腰を入れて調査してみたところ、『噺本大系』（全二〇巻／東京堂出版）と『日本小咄集成』（上・中・下、全三巻／筑摩書房）に主だった刊本が集約されていることが判明した。前述の『軽口花咲顔』も、『軽口春の遊』と書名を替えたものが、『日本小咄集成』の上巻に収録されていた。

ようやく真偽を確かめられると頁を繰ってみれば、はたして「二階の遊興」は確かにそこに存在し、わずか二百字で簡潔に語られた小咄は、古今亭志ん生の名調子で親しんできた「二階ぞめき」と、まったく同じ内容なのだった。

【蘇生】

たぶん、ある日、気付いたのである。すべては消えてなくなるのだと。記憶は忘却の力に負け、生は死によって制され、人は鬼となって、魂が抜き取られてゆく。

どうもそういうことらしい。

しかし、それはいかにも残念な話ではないか。なぜなら、記憶は美しく、生は喜びに充ち、人は人に笑いをもたらすことが出来るからだ。

それで人は、忘却の力と鬼のおそろしさにどう立ち向かうか、どう対処すればいいのかを考えつづけてきた。

火を絶やさないことである。

絶えても、ふたたびよみがえらせること。二階を設けること。自分をもうひとりつくること。つまりは「子」をつくること。

かたちを変え、名前を変えながら、何度でも何度でも同じことを繰り返すこと。唱えつづけること。継承すること。埋もれていたものを手を汚して掘り返すこと。なるべくそっくりに。魂が抜け落ちないよう。重ねられたものをめくり、剝ぎ取り、正体をあばき、ときには整理し、余計なものを削ぎ落とし、受け継がれてきた魂がどんな色でどんな香りをもたらすものか、正しく読み取ってしっかり定着させる。

本を読んで、本を書くこと。あるいは、事典をつくるというのはそのようなことだった。

あたらしい、オリジナルの、誰も見たことのないようなものをつくり出すのではなく、繰り返し歌い継がれてきた当たり前のものを、消えないよう、こぼさないよう、磨いて、蘇生させ、いずれ、自分そっくりな誰かにそれを手渡すこと――。

コーヒーのある世界

男はこう云った。

私、生まれる前の記憶がありましてね、あっちの世界から生まれ変わるときに、髭の老師に訊かれたんですよ。お前さん、どうする？　次は「コーヒーのある世界」と「コーヒーのない世界」のどちらに生まれてみるか、と。

それはもう、コーヒーのある世界でお願いします、と二つ返事で答えたんですが、このごろ、ふと思うんです。つまり、私は自分の人生をコーヒーというものに託して再生したわけで、はたしてそれでよかったのかと。コーヒーがそんなに重要なものだったろうかと。

以来、その男の頭の上に浮かんでいた疑問符が、自分の頭上にも浮かんだままである。

もし、自分が「コーヒーのない世界」を生きるとしたらどうなるか。想像しただけで、背筋のあたりが心もとなくなる。自分にとって、コーヒーというのは何かしら心もとない思いを温めてくれるもので、香りと湯気と色と味、さらには「こおひい」という言葉の響きそのもの、そういったものをひっくるめて、かけがえのないものになっている。

「コーヒー」というこの四文字からして好ましい。「珈琲」といういささかインチキくさい宛て字もまた悪くない。「COFFEE」という英字表記をじっくり眺めてみると、なかなか面白い文字の並びではなかろうか。特にFFEEとつづくところに価値がある。

寒い街路を重たい本を抱えながら歩き、すでに陽も暮れかけたが、帰路はまだ半ばである。喉も渇いてきた。

そうした場面で、街路の端に「コーヒー」の看板を見つけたときの喜び。その書体がわずかな丸みを帯びたゴシック体であったりすれば、それだけでもう救われた思いになる。このわずかな丸みは、その店のテーブルの上にあらわれる白いカップの曲線そのものでもある。カップからは湯気が上がり、熱々のブラックをそのまま飲むのもよいし、牛乳などを混ぜ入れてブラックの正体がブラウンに暴かれてゆく様も魔法めいて面白い。ついでに味もずいぶんとやわらかくなる。

しかし、こうした幸福は二分と保たない。最初のひと口を飲んで満足すると、ノートを鞄から取り出して何ごとか書き始める。あるいは、抱えていた包みをひらいて入手したばかりの新旧の書物をひもとく。いずれにしても、そうして手が動き出すと、コーヒーの有難さは後退して忘れられ、「旨い」とも「まずい」とも思うことなく飲んでいる。自分にとって、コーヒーとはそうした飲みものである。

自分は酒も煙草も嗜まないが、おそらくは、どちらも最初のひと口にこそ神髄があるのではないか。あとは少しばかり刺激のある液体および煙を体内に送り込んでいるに過ぎないのでは——。

それとも、煙草は吸い始めて三口目が「最も旨い」とか、四口目こそ「肺にしみわたる感じがする」というような愉しみがあるのだろうか。

自分がとりわけ好ましく感じる「温かいコーヒー」には、刻一刻、冷めてゆくという宿命がある。これはつまり、命あるものが時間の経過と共に劣化してゆく宿命に似ている。

ところが昨今、「バリスタ」を名乗る者が取り沙汰され、そのバリスタが云うには、「本当においしいコーヒーは、ワインのように時間経過に従って味が変幻するものがある」とか。

さてそれでは、その変幻が、「命あるもの」であるところのヒトにも転用されるだろうか――とコーヒーの最初のひと口を飲みながら考えた。

冷めてゆくに従って味わいが変わりゆくのはブラックがブラウンに変化する魔法にも似て、コーヒーが内包する秘密のひとつかもしれない。

では、ヒトに何を足せば、本来の色を顕してやわらかくなるだろう？　ヒトはどうすれば劣化と反比例するように、自らを変幻させて退屈な成り行きから逃れられるのか。

じつのところ、自分はこの命題を右から左から上から下から突っつくためにコーヒーを飲んでいる。さかさまに云った方がいいかもしれない。自分がコーヒーを飲むのは、どうしたら心愉しく前へ進むことが出来るか探り出すためである。要するに「考える」ときのかたわらにコーヒーが欲しい。

なにしろ、煙草は体に悪い。酒はすぐに酔いがまわる。茶葉によるＴＥＡの類は劇的な色の変化に乏しく安定感がある。ゆえに魔法がない。

こうした引き算を経て、コーヒーこそが「考える」ときの友にふさわしいという結論に至った。他に何かあればそれでもよかったのだが、しかし、何があるだろう。

他の惑星から来た友人であるマユズミに訊いてみた。

「どうか、君の公平な目で判断して欲しい。この地球上に存在する嗜好品の中で、物ごとを考えるときに喫するものとしてふさわしいのは何であるか」

すると、彼／彼女は間髪入れずに「コーヒーは毒ですか」と問い返してきた。

「わたしが解しかねるのは、この星の人々が微量な毒を嗜好しているということです。つまりは、刺激が欲しいのでしょうか。一方、麻薬と呼ばれているもの、さらには、劇薬とカテゴライズされているもの、そうしたものを吸飲することは禁じられています。しかし、アルコールにしてもニコチンにしても、わたしから見ればマイルドな毒でしかありません。もちろん、我々の星では禁じられています」

そう云いながら、マユズミは手もとのコーヒーにミルクを混ぜ入れた。

「牛乳にも最初は驚きました。ヒトは生まれてしばらくはヒトの乳を飲んでいるのに、あるときから、ヒトではなく牛の乳を飲むようになります。そんなことをしたら、牛になってしまうのではないかと我々の星では考えられています。しかし、ミルクはおいしいものです。結局のところ、おいしい、ということが、あらゆる概念を変容させてしまうのではないでしょうか。ですから、毒と知っていても飲んでしまう。わたしの理解はいまのところ、そこまでです」

で、コーヒーはどうなのか？

「そうですね――」

マユズミはもうひと口、コーヒーを飲んだ。

「わたしも自分の星で過ごしているときは気付かなかったのですが、この星へ来て、初めて思い至りました。何かを愛おしいと感じたり、好ましく思ったりする気持ちには、それ自体の魅力だけではなく、その周辺の時間や空間、空気、さらには音、匂い、天候――もっと云うと、記憶であるとか体調であるとか、そういったあらゆる条件が渾然一体となった状態で、いいなぁ、好きだなぁ、と思うのではないでしょうか。だから、コーヒーはコーヒーそのものがこの惑星を代表する普遍的な飲みものなのではなく、コーヒーにまつわるコーヒーの周囲にあるものが好ましいのかもしれません。わたしの率直な意見としては、この星で屈指の飲料物は純粋で無色透明な水です。これに優るものはないでしょう」

水か――。

「飲みものとしてのコーヒーは、結局のところ、焦がした豆の濾し汁ですから」

そう云われてしまうと身も蓋もない。

「この星へ来た当初、わたしも興味を持って調べてみたんですが、コーヒーの発見は、山火事が起きたときに実っていた豆が燃えて香りを放ち、それがきっかけで煎じて飲んでみたらおいしかったとか――」

百科事典にそうした記述があったかどうか記憶にない。コーヒーがかつて「悪魔の飲み物」であったというのは読んだことがある。山羊がコーヒーの実を齧って興奮し、それを見た山羊飼いの少年が真似てみたのが発祥であったというのも読んだことがある。しかし、山火事の話は初耳だ。

「そうですか」とマユズミは巧みに描かれた自身の眉をひそませた。「では、わたしが聞いたのは都市伝説の類だったのかもしれません」

いやはや、手ごわい異星人である。わずか半年ほどの地球滞在で「都市伝説」という言葉を理解し、さらにはこんな知識まで披露してみせた。

「珈琲という宛て字には前身があるようです。もともとは可否と表記されていたようで――」

マユズミはその二文字を指で宙に描いた。彼／彼女の指先からは、ほのかな霞のようなものが滲み出る。数秒で消えてしまうが、文字どおり、宙に絵なり字なりを自在に描くことが出来る。

「可決の可。否決の否。つまり、イエスとノーです。これは、この星全般に云えることなのか、それとも、あなたたちの国、もしくはこの混沌とした都市に限ったことなのか判りかねますが、少なくとも、いまここで新聞を読んだりインターネットを通じて世の中の事象を見聞する限り、およそすべての事象がイエスとノーのふたつの意見を生んでいます。どちらかに傾くということがありません。答えはいつもふたつあります。大変に健全なことであるとわたしは思います。ええ。わたしがこの星で最も感心したのはそれなんです。答えが常にふたつあるということ。意見が分かれるということです。すべてのヒトが同じ方角を向くことがない。致し方なく、いざこざや争いも頻繁に起きますが、おおむね、お互いの意見を尊重して波風が立たないよう制しているように見えます。右にして左。黒にして白。上でも下でもなく、イエスと云ったりノーと云ったり――」

「しかしね」と自分としてはマユズミに云わなければならなかった。「世の中ではそうした人物を、煮え切らない、曖昧な、優柔不断な、矛盾に充ちた者として批判する傾向にあって――」

「いいえ」とマユズミは笑みを浮かべた。「傾向と云い切るのはあなたのジャッジでしょう。わたしの判断は違います。なぜなら、今日の傾向が明日にはもう逆転していることが多々あるからです」

「いや、だからそうした態度をよしとしないというか」

「優柔不断という言葉が示すものと、柔軟な思考という言葉が示すものは同じものではないでしょうか。答えはいつもふたつあるんです。あなたたちがこの混乱した星の営みをなんとか乗り切ってきたのは、その柔軟性を発揮し、可でもあれば否でもあるという矛盾と根気よく付き合ってきたからではないですか」

もし、マユズミの云うとおりなら、自分が百科事典を執筆する意義はどこにあるのだろう。ある事象について定義することは、ふたつある答えのひとつを抹消することに他ならない。

それとも、成熟したこの世界では、百科事典が説いているのは不完全なひとつの意見に過ぎないとハナから見なしているのだろうか。あるいは、百科事典をひらくことが、別の解答や独自の見解を探り出すきっかけになると捉えているのかもしれない。

「いや、それはどうだろう――」
と懐疑的な物言いになったのは、〈夜汽車〉の切符売りのモンクである。モンクは文句と書く。彼の名前である。

彼は俗に〈いつかまた〉と呼ばれる移動式屋台を操作して、〈夜汽車〉の切符を売り歩いている。彼の本来の居場所は〈壁のある東京〉で、いずれ、こうした項目も百科事典で説くことになるだろうが、その予告編として書けばこうなる――。

〈壁のある東京〉とは、実際の東京を模した仮想都市である。高さ五・二メートル、厚さ一・五メートル、地中に埋め込まれた深さ二メートルの巨大な壁が山手線の西側の曲線に沿って建てられ、一切の通行を遮って東西を分断している。この壁を往き来できる者は〈出前屋〉と呼ばれる特殊なデリバリー・システムを牛耳る〈可否奏者〉＝〈コーヒー・バリスタ〉のみで、彼らは分断された東京の東側を「可」（コー）と呼び、西側を「否」（ヒー）と呼んでいる。

この特殊な東京を舞台にして、さまざまな物語が形成され、物語の作成に携わった者には、現実の東京に存在する〈不可視の壁〉を越境する切符が与えられる。越境の時間帯が深夜に限られていることと、越境がかつて走っていた都電の〈残像〉を利用していることから、越境それ自体を〈夜汽車〉と呼び、数カ月ごとに変更される〈残像駅〉を明記した切符がモンク（文句）、ゼック（絶句）、ニノク（二の句）の三名によって販売されている。彼らはもともと〈壁のある東京〉に籍を置く二次元の住人だったが、いまは〈不可視の壁〉の存在を証すために天より堕ちてきた天使の一種と解されている。

〈不可視の壁〉は一九二〇年代よりたびたび噂されながらもその実体が明らかでなかった。しかし、仮想都市の物語が形成されたことで、「仮想の側から見た現実の東京」という新しい概念がもたらされ、これをもとに作られた〈東京全次元立体地図〉の制作過程において、数名の小説家、詩人、音楽家、地図制作者、科学者、測量士、新聞記者、事典編集者らの共通の体験によってその存在が証明された。

以来、〈不可視の壁〉を越えることで、二次元と三次元の往来が限定的に可能となり、「空想」「妄想」のレベルを超えた仮想世界の「体験」が現実のものとなった。

――事典に書くとすれば、およそこんなところで、平たく云えば、要するに「あっち」へ行けるようになったわけである。ただし、「妄想」ではなく「体験」と云い切るのはまだ早い。「妄想」もまたひとつの「体験」であると云うならそのとおりだが、〈立体地図〉の制作に携わった自分としては、「体験」すなわちモンクから切符を買うこと自体が、荒唐無稽な物語めいている。どうにも夢を見たような感覚しか残らない。

翻して云えば、これまで非現実的な事象と見なしてきたものが、「じつのところ存在している」と科学的に立証された途端、現実の世界の均整が歪み始めて心もとなくなった。

モンクは云う。

「君たちはしかし、じつにおかしな連中と云うしかないね。幽霊に魂にあの世に並行世界——そういったものの存在を確かめたくて科学の精度を上げてきたのに、いざ解明して確認してみれば、そうしたものが不在であったころの現実を懐かしんでいる。つまり、俺のような非現実的存在は、いない方がよかったと思い始めている。ところがどっこい、俺はここにこうしているわけだ。君たちの科学が、遂に不可視の領域を制覇したからだよ。もう昔には戻れない。もう昔のようなお伽噺も空想物語も描けない。すでに現実だからだね。え？　それではつまらない？　そうかもしれない。天使なんてものは、君たちの想像力がコントロールしていたから魅力的だったわけで、現実の俺は見てのとおり、ただのくたびれた中年男だ」

「それがつまり真実であると——」

「そう。答えがいつもふたつあるというのは、想像する余地があったということでね、君たちは無意識にこう思っていた。自分が知っていることがすべてではない、と。それはつまり、ヒトの無力さを実感していたからだろう。あるいは、本能的に逃げ道を用意していたのかもしれない。行き詰まらないためにもうひとつの出口を用意し、真実を究明するのをなるべく引き延ばしてきた」

モンクは切符の受け渡し場所を新宿と大久保の境界を走る三〇二号通の「ガード下」と指定してきた。

「ほら、お前さんにもそろそろ物語の中の壁が山手線に沿って立ち上がっているのが見えるだろう。日々、二次元が濃くなっている。いずれ、誰もが壁を越えられなくなるだろう。〈夜汽車〉なしでは暮らせなくなる。だから、せいぜい、俺のことは大事にした方がいい。俺はお前さんの天使なんだから。それがただひとつの真実であって、他に答えなどない」

現実の紙幣と引き換えに手渡された〈夜汽車の切符〉は、ざらつきのある茶色の紙に「本日限り。午前二時発車。大久保車庫前」とある。

「大久保車庫前」は新宿六丁目にあった都電の駅で、その名のとおり、昔そこに都電の車庫があった。現在は新宿文化センターになっている。が、〈残像眼鏡〉の視度調節をすれば、文化センターの建物に重なって「車庫前」駅の残像が映し出される。

ひとたび停車場の残像が確認できれば、おのずと線路や車体といったものも再生され――いや、これは実際のところ再生ではなく残存しているのである。我々の科学が解き明かしたのは、「ある一定の時間、同じ場所に留まった人物および建造物は、留まった時間のおよそ五十倍にあたる期間、なおもその場所に残像を有しつづける」というものだった。

＊

午前二時に文化センターの前で〈残像眼鏡〉を装着して控えていると、線路の残像の上を滑るように走って都電があらわれた。乗客は他にいない。こちらの時間で午前二時から倫敦でサッカーの試合がある。我が国の代表チームが準決勝に臨む勇姿を、この都市の老若男女がテレビ・モニターの前で固唾を呑んで見守っている。いつか未来の午前二時に、〈残像眼鏡〉を通してこの夜を眺めれば、都市の至るところで大小のテレビ画面が天体地図のように青白くまたたいているのを見渡せるだろう。

しかし、答えはいつもふたつあるのだから、皆が同じ方角を向く必要はない。たとえ、国民の八割方が倫敦からの映像に見入っていたとしても、いや、そうした夜だからこそ、自分のような者は〈夜汽車〉に乗って壁を抜け、「あちら」の様子を見物に出かけるべきだ。

ひとたび走り出すと、都電が壁を抜ける度に空気の質が移ろってゆく。その解釈はいまのところ様々だが、壁によって物語が区切られているという説がある。すなわち、都電の残像による走行は、この都を舞台に書かれた幾多の物語を通過してゆくに等しい。実在の空間と、語り手の想念によって築かれた空間とが、壁一枚を隔てて共存している。その有り様は一枚の地図に示されるものではない。ひとつの空間に十重二十重に位相の違う時間が流れている。

このあたらしい体験を、それまでの経験に照らし合わせて表現すれば、「高速で夢を見ている」としか云いようがない。あまりにめまぐるしく風景が変わりゆくので、ひとつひとつの景色を確認することは困難である。

しかし、自分は間違いなく見た。

車窓の向こうにほんの一瞬だけよぎる「コーヒー」の四文字を。それは残像として脳裏に刻まれ、自分は冷めてしまった何口目かのコーヒーを口に含んで、丸みを帯びたカップをテーブルの上に置いた。テーブルの上に開いた『壁のある東京』のページから顔をあげる。

想うことだ。想像すること。空想しつづけること。

「ヒトが変幻して退屈な成り行きから逃れるには、どこまでも真実を疑って、想いつづけることだ」

——本の中のモンクはそう云っている。

COFFEE

誰にも打ち明けていない話

すぐ近くに給水塔があります。その古めかしい佇まいに魅かれて、このアパートを選びました。

ここはもともと公団住宅であったものを、氷沼さんが買いとって賃貸アパートに仕立てたというふれこみでした。ぱっと見は古びた団地にしか見えません。氷沼さんはいかにも洒落た老人で、江戸っ子らしく御自分のことを「あたし」と称していました。

「御先祖様が土地を買っといてくれたおかげで、あたしはいまこうなってるわけです」

そう云って、鞄のなかからゼリーの素を取り出しました。氷沼さんは、しばしば話していることと行動がともなわないところがあり、「いまこうなっているわけです」と「ゼリーの素」は何の関係もありません。

そもそも、「きょうは話がひとつありまして」と給水塔近くの喫茶店に連れていかれ、コーヒーをたのんで話が始まると、どうもとりわけて話などない様子。その、ゆったりと語る声に耳をかたむけていたら、すでに幾度となく聞かされてきた話が繰り返されただけでした。

ぼくはしかし、このひとのこういうところを好ましく思います。こういうひとが大家であったから、このアパートに住んできたのだし、このように意味があるのか無いのかわからない時間が差し挟まれないことには、およそ人生は味気ないものになってしまう。いつからか、そう悟ってしまいました。

ぼくはほとんど一日中、箱をつくって暮らしています。アパートの窓の向こうには、そこだけ外国の建物のようなレンガづくりの給水塔が見え、天気がよければ、すべてが絵のようであるし、曇っていれば、ルーシーが給水塔で羽根を休めています。

ルーシーというのは、ぼくは正式な名前を知らないのですが、たぶん、南の島から北の森へ飛んでゆく渡り鳥ではないかと思われます。いつだったか、くだもの屋で柘榴を買おうかと物色していたとき、くだもの屋の店主とぼくではないもうひとりの客が、「このところ、鳥がよく飛んでいますなぁ」と話しこんでいるのを耳にしました。店主もその客もそれなりの年齢で、鳥に関する知識があるのか無いのか判断がつきかねましたが、「南の島」や「北の森」といった言葉はそこで仕入れたものです。

さらに店主は、「あの鳥はルーシーという名前じゃないですか」と云ったように思われ、しかしちょうどそのとき、頭上を鳥の群れが「ぐわいぐわい」と大きく啼きながら通過したので、うまく聞きとれませんでした。

結局、そのとき柘榴は買わなかったのですが、柘榴の実はまるでルビーのようで、宝石は買えないとしても、柘榴の実を部屋に置いておけば、夕方のうすぼんやりした外光を映じて宝石のように輝くのではないか。そんな想像がはたらきました。この想像はさらにおかしな方向に飛び火し、「ルーシー」という名前に結びついて、ビートルズの歌をひとつ思い出しました。

以前つき合っていた女の子はビートルズが好きで、彼女の部屋に泊まりにゆくと、ベッドの脇の本棚のいちばん手が届きやすいところに『ビートルズ詩集』という題名の細ながい青い本がありました。ぼくはビートルズの歌をよく知らなかったのですが、仕事もなく時間があったのでベッドに寝ころんだまま、その詩集を何度も読みました。

その本にはビートルズの歌詞を日本語に訳したものがあつめられていて、そのなかでいちばん印象にのこったのが、「空でダイヤモンドを持っているルーシー」という題名の歌でした。ぼくはそのころ、ビートルズの曲をていねいに聴いたことがなく、だからこの歌がどのようなメロディーのどのようなリズムの曲なのか知りませんでした。ときどき、ふとしたときにこの題名が頭のすみに浮かび、いまはもう空のうえで暮らしている彼女のことを思い出すことがあります。

ダイヤモンドではなくルビーだし、女の子ではなく北へ飛んでゆく名も知らぬ鳥ですが、給水塔で羽根をやすめるシルエットを、ぼくは「ルーシー」と呼び、といっても、これは自分だけの符合で、まだ誰にも打ち明けていない話です。

氷沼さんと喫茶店へ行くのは、二カ月に一度くらいでした。氷沼さんは、ぼくが箱をつくる仕事をしていることに興味があるらしく、「箱のほうはどうですか」と煙草を吸いながら子供のような眼で訊くのです。煙草の銘柄はチェリーと決まっていて、ぼくは煙草を吸わないのでよくわかりませんが、チェリーを吸うと決めたら、「他の煙草は吸えなくなりますよ」と、こちらが訊いてもいないのに、氷沼さんは力説していました。

氷沼さんが常に肩から提げている革の鞄からは、チェリーやゼリーの素に限らず、なんでも出てきました。まさかそんなものが、という驚くべきものが、次から次へと出てきます。

ドアの把手、鳴らない目覚まし時計、穴のあいた薬缶、木彫りの洋梨、昔の日めくり――。

「がらくた屋に行くでしょう？　そうすると、昔の面白いものがいくつも見つかりますよ。これはいま買わないと二度とめぐり会わないな、と思いましてね、それで、ついつい買っちゃうわけです」

説明しながら、鞄からつぎつぎと出してきます。

ぼくは歳をとったらこういうひとになりたいと思いました。というか、こういうひとになる以外、他にどんな道があるのでしょう。「こういうひと」というのは、いくつかの土地を管理して誰かに貸しては家賃をいただくことを指しているのではなく、ひとつのくたびれた革鞄のなかから、つぎつぎといろんなものを取り出してみせる、そういうひとにぼくはなりたいのです。

しかし妙なことに、氷沼さんは、ぼくが箱をつくって暮らしているのが、「じつにうらやましい」と云いながら、チェリーのけむりをくゆらせました。角砂糖を四つも入れたコーヒーを、がぶりと食べるように飲みました。

「箱というのがいいじゃないですか」

そう云うのですが、ぼくは「そんなものかな」と頭がぼんやりしてきました。ぼくが担当している箱はアパートの部屋でひとりこつこつとつくるものです。そうして箱ばかりつくっていると、いま、世界がどうなっているのかもわからず、「いま」と「昔」の見境もつかなくなり、ましてや、窓の外に外国の風景のような給水塔しか見えないのですから、ついには、居所までわからなくなってきます。

それに比べて、氷沼さんはいつも旅に出ていて、見知らぬ風景のなかを沢山あるいて、そしてまた、この給水塔のある、ここへ戻ってくるのでした。

氷沼さんは、ぼくがうまれる前——ビートルズが続々とあたらしい歌をレコードに吹き込んでいたころに、一冊の本を書いたことがあるようでした。

「まだ誰にも打ち明けたことのない話です。百冊ほど印刷しましたが、いまはこの一冊しか残っていません」

鞄のなかから出てきたのは、ほとんど本のかたちを成していない紙の束で、表紙がはずれて題名がなんであるかわからないし、もっと云うと、じつのところ作者の名前もはっきりしません。だから、それが本当に氷沼さんが書いた本なのかどうかわかりませんでした。

「なんの本ですか」と訊いてみると、

「なんでも書いてある本です」

氷沼さんはそれ以上の説明をしませんでした。ただ、そのたった一冊きりの本は「人気があるのです」と氷沼さんはめずらしく自慢げに語りました。まるでおいしいものを食べたときのような顔で、すこし胸を張り、いわゆる「ふんぞりかえった」ような態度になりました。

「それで、日本のあちらこちらへ出かけていきましてね、なにしろ、一冊しかないわけですから、こちらから出向いて、静かな夜に、ひとを集めて読んで聞かせるのです。そういうことを、あたしは長いあいだつづけてきたんですよ」

その旅を氷沼さんは「朗読旅行」と称し、その朗読を聞きにくるお客さんのことを、「静かな夜の読者」と呼んでいました。

「自分の本を読んでくれるみなさんが静かな夜の読者であるというのは、何ものにも代えがたいことです。数えきれないくらい何冊も本を書くより、あたしは静かな夜に本を読むひとたちに届けば、それでもういいんです」

氷沼さんは「本」についてひととおり語りつくすと、つぎはたいてい「深呼吸」の話になりました。

「人間は深呼吸というものを、もっとしないといけませんね。君もです」とぼくを指差し、「君はどうも箱ばかりつくっていて、すこし息がつまっています。部屋の窓をあけなさい。もっと外の空気を吸うのです。それも、できるだけ深く吸って、ありったけを吐く。三度もくりかえしたら上出来です」

ぼくはたしかに箱ばかりつくっていて、ときどき息の仕方がわからなくなる。箱というのは、ここだけの話、特にどうということもない掌にのるくらいの小さな箱で、指示書どおりに組み立てるだけの簡単な仕事です。大きな会社の下請けから、さらに貰いうけてきた仕事でした。一日あたり三百はつくらないと充分な給金がいただけません。それでぼくは、臨時に年賀状の代筆の仕事も請け負っていました。箱をつくりながら、来年の干支である猿の絵を何十何百と描く仕事です。昼はひたすら箱をつくり、夜になると猿の絵を描いては、どこの誰なのか知らないひとへ向けて「おめでとう」と書く。ぼくは、そのおかしな仕事を毎日こなさないことには、あたらしい歯ブラシを購入することができないのです。臨時の仕事をして、ようやく生活に関わる最低限のものを少しずつ買い足し、たまには本なども買って、あたらしい探偵小説など読んでみたいのですが、なかなか、そうもいかないのでした。

そんな話を氷沼さんにしてみたところ、間髪をいれずに鞄のなかから——さすがにあたらしいものではありませんでしたが——探偵小説の面白そうなやつを取り出して、「どうぞ」とぼくに呉れました。

ぼくはときどき夢のなかで本を買っています。決して、そんな夢を見たい、と願っているわけではなく、きっと眠った頭がひとりでにそう考えてしまうのでしょう。そこはどこなのかわからない、一度も行ったことのない駅のそばです。踏切の警笛がカンカンと聞こえる本屋で、入荷したばかりの表紙がぴかぴか光る探偵小説をぼくは買うのです。しかし、その喜びのまま目が覚めたときの寂寞は大きく、しばらくのあいだ、いまさっきまで手にしていた本の感触を思い出し、ぱらぱらと頁をめくっては、読んでみた数行を反芻するのでした。

ぼくはわりあい記憶力はいい方で、夢のなかで見たこと聞いたことをよく覚えています。けれど、それはそれで困った一面もあり、要するにぼくは、自分のこれまでの人生の記憶について、どこまでが本当のことで、どこからが夢で経験したことなのか判断がつかないのです。若かったときは夢の数もそれほどではなかったので、いくらか判別できました。でも、生きれば生きるほど夢の数は夜ごと増えてゆき、おかしな云い方になりますが、ぼくのような夢を克明に覚えている者の人生は、二人ぶんの人生を生きているのに等しくなります。

それは、どこかしら得したような気にもなるのですが、二人ぶんのうち一人ぶんは本当のことではないわけで、そうなると、記憶の半分は「本当の自分」のものではなく、得どころか一挙に半分も失ってしまうわけです。

ぼくはだから、あまりいい夢は見ないほうがいいと思っています。目が覚めたときに、「つまらない退屈な夢」であったことを寝床で思い出し、そういうときは、ひとり静かに力なく笑います。もし、格別ないい夢を見てしまったら、深呼吸よりも深いため息をついて、人生の大いなる損失を嘆くしかありません。

そうしたわけで、ぼくはお金をつかうことなく本を読む方法、すなわち図書館通いを始めました。ただし、箱づくりに際して自分で決めた「一日あたり三百個」というノルマを果たすまで図書館に近づいてはならない、と自らに課しました。そうしないと、駄目なヤツである自分は毎日のように図書館へ通ってしまい、きっと、箱づくりはおろそかになってしまいます。

そのくらい図書館というのは素晴らしい所です。

しかし嗚呼……図書館という施設は——とくにいちばん近くにある、ぼくには勿体ないようなきれいで立派な図書館は——夕方の太陽が落ちるくらいの時刻に、ぴたりと鉄の扉をとざすのです。ただ、とざすだけではなく、扉のまんなかに「閉館」という文字が書かれた木の札を、ゆらりと提げるのでした。

ぼくはその「閉館」の札を見るたび、なにかとてもいいものに間に合わなかった自分というものを思い知ります。とても情けなく嘆かわしい思いにおちいります。

しかし、ひとつ、いいことがありました。

ぼくがほんとうに話したいのは、まだ誰にも話していないその話なのです。

とある夕方でした。「閉館」の二文字に阻まれて踵を返そうとしたとき、図書館の隣にある建物から、とてもきらびやかな、これまで聴いたことのない音が聞こえてきました。それでぼくは、音に誘われるようにして隣の建物へ近づいたところ、そこはどうやら市民のために開放された建物のようで、なにか正式な名前があるかと思うのですが、ぼくの理解するところでは、あらかじめ予約をした人たちが三階建ての建物に設けられた大小いくつかの部屋を利用し、会議をしたり、稽古ごとをしたり、簡単なスポーツや芸事などの練習をすることができる——そういう場所のようでした。

そして、ぼくがそのとき耳にしたのは、あとになってわかったのですが、「リッケンバッカー」の音でした。

それも「十二弦」でありました。なんのことかわからなくても心配する必要はありません。ぼくも最初は、ちょっと何を云っているのかわからなかったのです。

しかし、説明はきわめて簡単です。「リッケンバッカー」はギターをつくる会社の名前で、「十二弦」というのは、通常のギターはおおむね六本の弦が張られているのですが、その倍である十二本の弦を張った特殊なギターのことです。ぼくはその日、出会ったのでした。「リッケンバッカー」と「十二弦」と、そのギターを弾く彼女に。

ぼくはその音色に心うばわれ、彼女が児童館で披露する歌を練習するために借りていた部屋を、さも当たり前のように覗いていました。ほんのすこしだけです。五センチだけドアがあいていたので、五センチの隙間から覗きました。彼女は鏡の前に姿勢よく立ち、見たことのないような大きくて色あざやかなギターを弾きながら英語の歌を歌っていました。なぜ「英語である」とわかったのかと云うと、歌詞のなかに「ルーシー」という言葉と「ダイヤモンド」という言葉が出てきたからです。間違いない、これはきっとあの歌に違いない。

はたしてそのとおりでした。

彼女は五センチの隙間から覗いていた自分——あきらかに不審者でしかないぼくに気づき、にもかかわらず、なぜか建物の係のひとと勘違いをして、ていねいに歌の説明をしてくれたのです。

「昔」と「いま」と、ビートルズを好きなふたりの彼女がひとつの歌のなかで重なりました。

ずっと長いあいだ、箱だけをつくる人生でありました。しかし、その日からいろいろなものが動き出したのです。彼女はぼくにとって窓のような存在となり、ぼくは氷沼さんが云っていた「深呼吸」の意味をより深く理解しました。窓をあけて世の中の空気を深く吸うこと。彼女をとおしてそれまで知らなかったことを、ぼくはいくつも知ったのです。

そのなかでいちばん驚いたのは、氷沼さんがひとからお金を騙しとる犯罪を何十年にもわたってつづけてきたという事実でした。

ぼくが借りていた部屋も、じつは氷沼さんの所有する物件ではなく、本当の大家さんになりすまして家賃を徴収していたのです。

とはいっても、ぼくはこれまで一度として困るようなこともなく、それなりに居心地のよい部屋を借りて住んできたわけですから、警察のひとがドアを叩いてやってきたときも、どういうことが起きているのか、何がどうして犯罪なのか、しばらく理解できませんでした。ただ、「氷沼さんはいいひとです」と、それしか言葉が出てこなくて、「あのひとはいい本を書いて、日本じゅうを旅して、静かな夜の読者を――」と云いかけると、警察のひとは首を振り、「あのひとは本など書いていませんよ。あなたが云っているのはこれのことでしょう」、そう云って、あのぼろぼろになった世界でただ一冊の本を掲げてみせました。「これはただの古い辞書です。旅をしていたのは事実ですが、町はずれの公園で浮浪者を相手にそいつを読んで聞かせていたんです――」

そこから先はよく聞きとれませんでした。ちょうど、空一面を覆うほど――夕方の空がすっかり隠れてしまうくらいの鳥の群れが、「ぐわいぐわい」と大きな声で啼きながら通過していったからです。

最後に氷沼さんに会ったとき、「あたしはこのごろすっかり歳をとって声が変わってしまいました」と、いつになく悲しげな様子でした。

「もう、静かな夜に静かな声で朗読することもできなくなってしまいました」と。


警察のひとと入れ替わりに、リッケンバッカーの彼女がぼくの部屋に来ました。氷沼さんからもらったゼリーの素をつかい、メロンの味がする緑色のゼリーを彼女にごちそうする約束でした。冷蔵庫の二段目の棚に、向こうが透けて見える緑色のゼリーがふたつ並んで冷えていました。

「それで?」

彼女はひととおり話を聞いて云いました。彼女は図書館の裏にある児童館で子供たちの面倒をみる仕事をしています。

「最後に会ったとき、氷沼さんは他に何か云ってなかった?」

「そういえば」と、ぼくは猿の絵が散乱した机のうえを片づけながら答えました。「君には、誰にも打ち明けていない話がありますか、って」

「なんて云ったの?」

「いや——あれは夢だったかもしれない、って」

ヴィヴィアン・リーの頭蓋骨

話のつづき

彼は一九六二年に小説家としてデビューした。それはまた彼の生年でもあるのだが、

「私は生まれつきの小説家なのです」

と公言する彼にしてみれば当然のことである。

彼はこれまでに、およそ十万作の小説を書いてきた。ただし、これはあくまで憶測であり、実際の作品数はこの数十倍にものぼるという説がある。正確なところは彼を含め、誰にも把握できていない。それはひとえに彼の特異な創作方法に起因する。

「私の小説には終わりというものがありません」

と彼は云う。

「すべての小説には話のつづきがあります。だって、そうじゃありませんか？　よく考えてください。この世に一体、話の終わりなんてものがあるんでしょうか。私は、私が生涯をかけて書くすべての作品にエンド・マークを打ちません。それらは私が死ぬまで永遠につづいてゆきます。それが真の作品というものです。終わりなんて決して来ない。終わりなんてものはきわめて便宜的なものです。私は便宜的な終わりを拒絶します。私は人生のすべてが小説であると信じている。いや、云い方を変えましょう。人生と小説がイコールで結ばれる者を真の小説家と呼ぶのです。だから、私は絶え間なく小説を考案しつづけています。寝る間を惜しむほどです」

事実、彼は日々、新しい小説を生産しつづけてきた。ただし、それらの多くは――ほとんどすべてと云っていい――じつのところ、タイトルのみしか存在していない。しかし、この点についても彼は独自の見解を示している。

「すべてはタイトルから始まるのです。タイトルが決定すれば、そこから小説は開始されます。云い方を変えましょう。タイトルがなかったら私の小説は

始まりません。はっきり云って、タイトルさえ書いてしまえば、あらかた書きあがったも同然です。タイトルにはすべてが詰まっている。タイトルが内容を喚起し、タイトルが物語の道筋を決定してゆきます。云い方を変えましょう。何ら道筋を示さないタイトルなどタイトルではありません。だから、私は一日にいくつものタイトルを書きます。タイトルを書くことで、いくつもの物語を予感し、タイトルから話がつづいてゆくのです」

彼のこうした発言は「難解である」と批判され、ゆえに、彼の作品を理解する者はごく限られていると云われてきた。

たとえば、彼の第一作品集『誰もがそれについて話している午後』（一九八二年）には十八作品が収録されているが、どの作品もタイトルのあとに数十ページにわたる白紙がつづいている。いわゆる本文といったものは存在していない。

そのタイトルは以下のとおりである――。

「申し分のない料理に胡椒をかけた私」
「車線変更時代」
「独立したはずの前島がいまだに木下の中で」
「月曜日に俺はようやくアイロンをかけた」
「ヨーデルの準備」
「誰もがそれについて話している午後」
「六連発世界」
「俺の中途半端な髪型」
「架空の映画俳優を観察する方法」
「物語を思い出しているかのように彼女は」
「自白調書の詩人たち」
「年を取ったジョージを呼び集めること」
「防水家族」
「火星人によって侵入されている世界」
「叔母四人が四人とも大きな耳」
「彗星型ユニットバス」
「書斎にスコール」
「怖じ気づく雑貨店ジューラン」

この作品集が発表された当初は、その奇抜な創作方法が大きな話題となったが、翌年発表された第二作品集『メキシコ料理の好きな妖精』（一九八三年）は、白紙ページを排し、七十四作品のタイトルのみが羅列されるという、著者いわく「初期の傑作」となった。

「タイトルだけでいいのです。私はそう悟りました。タイトルのあとに白紙ページを設けたのは私のミスでした。なぜなら、白紙でさえその作品に輪郭を与えてしまうからです。作品は常に自由な状態になければ意味がない。云い方を変えましょう。自由こそが作品なんです。だから、タイトルだけがあればいいのです」

そのタイトルは次のとおりである——。

「怪奇山賊珈琲館」
「大中小フクロウ雑記」
「回転羽交い絞めクロニクル」
「禍々しい物語を読む人々の場所」
「音速教師二人組」
「モロッコ・スポーツの苦悩」
「ベイエリア老教師フォーラム」
「時おりたむろする場所に岡沢が」
「左耳ささやき通訳者」
「灰色シティ電動歯ブラシ製作所」
「大きな頭が光るとき」
「流星落下地点の泥靴」
「明日、アルファベット順にお呼びします」
「メキシコ料理の好きな妖精」
「私たちを沈黙させたこと」
「あらゆる物陰からこちらを覗いている君」
「速やかに傾いた惑星」
「胸が張り裂けるような安ワイン」
「この気絶の価値」
「こともあろうに妹は市役所の男と記憶の中へ」
「天空教師」

「非合法地下鉄駅構内ホームシック慰安室」
「孔雀ステッチ付き七分袖で上等だ」
「猿と一緒にフルコース・ディナー」
「強風オーケストラの冒険」
「ペンフレンド旅団」
「馬である教授の読み書き」
「過剰ホチキス」
「ニックの努力が台無しになると決定した午後」
「心臓のない男一代記」
「全体を鮮やかな赤に変更」
「非常に遠くまで行ったショッピング・カート」
「こっそり笑う女の子の息」
「別名＝ロボット暴動の夜」
「ボブでありつづける方法」
「私が長いあいだお世話になった自動販売機」
「削り屑世界」
「並外れて不明瞭な言葉」
「真夜中にホルンを演奏した日々」

「私のアラームが月曜日に鳴り出したとき」
「彼女の最終小説」
「限りなき羊の点在」
「洗濯機だった人」
「冬の印刷」
「完全に消えて、もう見つからない方法」
「トカゲ会社がゴム印の発注」
「今月の水夫」
「自分の国を始める方法について」
「あたかも、眼鏡なしで見ていたかのように」
「螺旋状の薄明かりのような本」
「雲を隠し持ったピンクの椅子」
「奇妙な創造主のへそ」
「死にかけた探偵の冒険」
「重力は彼女に効果がありません」
「オーバーオールを身にまとったこの十年」
「驚異的労働者パンクバンド」
「世界一容赦のない断裁機」

「女が鯨を寄ってたかって」
「あの枕はいまごろ」
「失言カーニバル」
「言及できない料理法――予期しないレシピ」
「遠くの岸辺の音楽」
「彼女の詩はすべて蒸発する」
「小さくて粗雑な都市の童話」
「あの日の最も絶望的な瞬間」
「ここがまだ我らのものであったころ」
「廃棄物の単位についてキジマより報告です」
「竜巻思考一九九六」
「漂流しながら記述するこの春」
「無意識型インスタント珈琲」
「それはもうかなり青い友達」
「水に倒れ込む父／水に倒れ込む祖父」
「パッション式充電器の寿命」
「そのあと子供たちはサーカスに行かなかった」

この第二作品集によって彼の作風は決定的なものとなり、以降、現在に至るまで、タイトルのみが羅列される独自な作品集が八十二冊(二〇一三年現在)刊行されている。ここでは、その中でも特に重要と思われる第六十四作品集『残念ながらカップは九階にある』(二〇〇一年)について述べたい。

彼はこの作品集こそが現時点での最高傑作であると云う。しかし、そのタイトルの並びは他の作品集と大きく変わるところはなく、それが大変な「傑作揃い」であることは彼にだけわかるらしい。

「ここには、語られたがっている物語が小さな光を放って待機しています。私はそれらを微光的種子呼んでいます。そして、ここに集められたものにはとりわけ波瀾万丈の素晴らしい物語が内包されていると信じます。云い方を変えましょう。遂に語られることのなかった物語こそが、この世で最も素晴らしい物語なのです」

次のページにそのタイトルを列記する――。

「秋の終わりの滑走路」

「ミックスフライ定食の彫刻」

「あなたが破裂」

「ヒステリック動物園」

「奇妙なスパークリングセール」

「哀愁機器」

「世界はたぶん完全に記憶喪失」

「自分のコートから外れ落ちたボタン」

「ガスマスク販売員の郷愁」

「ストロベリー救世主オーケストラ」

「読者が待ち伏せ」

「いかにも孤独なかたちの島々」

「フライ軟膏の効力が切れるとき」

「縦縞ハイツモーニングサイド」

「超小型Bセヴン倉庫」

「どうしてなのか陰鬱な奇術団」

「シャウト兄弟、十月の叫び」

「崖っぷちラジオ局」


「わずか七インチの月」

「最後の一夜の静止画像」

「魔女の娘が書いた手製本なんだけど、要る？」

「隣人の冷凍庫に鮭と鱒が」

「整形手術中毒の弟とわたし」

「いわゆる川の言葉の自動音声翻訳機」

「古代アパート」

「そこでは美しい本だけが書かれている」

「度肝を抜くほど迷惑な場所」

「卵炒飯天国」

「予約終了の驚き」

「粉々にすることが可能です」

「坊主頭の先生の家の猫」

「残念ながらカップは九階にある」

「しばらく前に芽生えた未熟な考え」

「何ですって？」

「鮭の缶詰の思いきったまとめ買い」

「陳述人生」

「わからないけど、彼は彼だから」
「本日、轟音で質問」
「辛口酸素」
「エマニュエル突然」
「そのとき僕らはチェックアウト中だった」
「親密な本を並べる時間」
「彼が突然の強打」
「他人のように歌う彼」
「多くの幽霊に遭遇する場所での揚げもの」
「ドアマンの書いた小説」
「馬の治療中に死んだ別の馬」
「高齢者コヨーテ」
「眠そうな私にあまりにも静かな場所」
「白目テキスト」

こうして、作品集を重ねるうちに彼の評価は世界的なものとなり、二〇一一年に発表された『空襲少女』は世界三十二カ国で翻訳されるにまで至った。

テキストが存在しないので、彼の作品集はきわめて翻訳が容易であるという利点に助けられた結果だろう。この作品集において、彼は初めて全世界へ向けて自らの作品集のキャッチ・コピーを添えた。

いわく――、

「目も眩むカラフルな空想世界。
存在しないテキストの無気味なコレクション。
ノンセンス・イズ・イノセンス！
センスなんてくそくらえだ！」

その『空襲少女』に収められた全タイトルは次のとおりである――。

「無責任なチアリーダーの朝食」
「本塁打の思い出」
「最後から二番目の野菜炒め」
「神のみがときおりフラッシュする夜」
「美しい空を見た魔法の瞬間の尻」
「したがって、うちの学生が月面宙返り」

「眼玉の海で」
「偶然、再会してみましょう」
「花札世界」
「青空の半分は雲が多くて悲しい僕」
「徒歩五分人生」
「トラブル風呂」
「自分の解散」
「驚くべき保証人としての叔母」
「驚くべき保証人としての叔父」
「異様に傲慢な幽霊との再会」
「私がアヒルである以上」
「二人の弟が両側にいるとき」
「たとえば私は強烈なシュートをしていない」
「空襲少女」
「本当に小さじ一杯」
「言って」
「私は旋回、友人は啞然」
「あの眼科クリニックに、かなり否定的評価」
「ああ、右折」
「突然、少年たちのほとんどすべてが」
「絶叫フクロウ」
「超大声で笑う先輩の突然」
「親戚の揺れ＊親戚の大揺れ」
「小型の可能性」
「やけに深刻な読者」
「湿った占い師」

彼は現在、五十一歳で、その創作意欲は衰えることを知らない。むしろ加速度的に増加していると見える。この三年間でじつに十六作品集、総計一万二千タイトルを発表してきた。

「タイトルの量産ばかりではなく、テキストを書くつもりはないのですか」

という質問に対し、彼は「何度も繰り返し云ってきたことですが、タイトルがすでにテキストなのです」と、あらためて全世界に向けて表明した。

「私の小説にとって、物理的にテキストが書かれることはさほど重要なことではありません。実際の話、物理的に書いたことによって、その作品の可能性が断たれてしまうことがあります。だから、私は物理的にではなく、それがそこに存在しているのだと仮想的に捉える方が、より小説的であると信じています。云い方を変えましょう。テキストというものは、一旦書かれてしまったらそれまでです。途端に世界が狭くなってしまう。だから、書いてはいけないのです。書くのではなく、絶え間なく、日々、想像し、空想しつづけるのです」

「いかにして書かないか――これが私の最新の苦悩です。いえ、私だって書いてしまいたくなるのです。タイトルを決めてしまえば、おのずと物語が開始されてしまうのですから。しかし、書かないのです。決して書いてはならないのです」

以下はそうした苦悩のもとに発表された最新作品集『ヴィヴィアン・リーの頭蓋骨』（二〇一三年）に収録された全タイトルである。

「光の中の溺死」
「世界一汚れている叔父」
「あなたの眼に石鹸」
「私のお気に入りの放置本」
「異様に恩着せがましい祖母」
「口の中の誰かの言葉」
「しぶしぶ探偵」
「かなりハードな真ん中の妹」
「泡立つ夜」
「母は私の友人のほぼ全員と話した」
「極度に興奮した少年」
「〈絶望的テキスト〉の特集です」
「四月の壁を破って来た男」
「彼らは夜間の火災に彼を招待した」
「ここだけ別世界の挿絵」
「詩と詩の散乱と殺人ミステリーと安いパン粉」

「ヴィヴィアン・リーの頭蓋骨」
「この質問に答えることは分かっていた」
「世界の最先端に向けて漂流して見つけた終わり」
「彼らは誤って人を愛した」
「友達の高速」
「私たちに戻るための私たちの長い旅」
「実験的な句読点の打ち方」
「ウルトラ別件逮捕」
「訪問者カーンについて皆様にお話があります」
「あらかじめ通知していなかった二人の若者の残業」

名探偵《めいたんてい》

除夜一郎の冒険のつづき

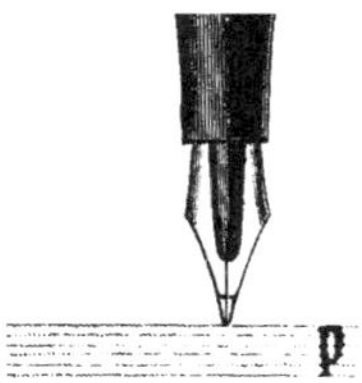

第一話
除夜と雲行き

北から吹き募る風をこれすべて北風と云う。大して仕事をしていないのに、毎月の給与を平然と受領する者を給料泥棒と云う。アスファルトの路上にいたずら描きを施すための筆記用具を蠟石と云う。この中に入ってはならん、と侵入者を禍々しい鉄の刺で威嚇するものをバラ線と云う。一塁および二塁および三塁にいる走者をひとつ以上先の塁に走らせるため、あえて凡庸なフライを打つことを犠牲フライと云う。まず間違いなくほとんどそうであろうことを十中八九と云う。目を病んだ際、疾患部を保護および湿布するために用いる留紐のついたあて布を眼帯と云う。他人と歩みを共にすることを厭い、独自の行動に終始する者を一匹狼と云う。そして、数々の難事件の謎を解き、その見事な推理が庶民に波及して名声を得た者を名探偵と云う。

いまここに、ひとりの目を病んだ眼帯の男がいて、彼が一匹狼の名探偵であることを誰が知ろう。

否、名探偵と呼ばれている以上は多くの者が知り得ているはず――。

名探偵とはこれ不吉な者の別称に他ならず、この世の難事件の多くは名探偵さえ現れなければ誰ひとり事件の発生に気付かなかった。

彼の独眼は平穏無事な日々を揺るがす発見、すなわち隠匿された事件の尻尾を見出すために存在し、その独眼によって、バラ線にこびり付いた一片の布きれから連続殺人事件の予感をもあぶり出す。

彼はそうした自分が心底嫌であった。自分に着せられた名探偵という名の外套を脱ぎ捨て、バラ線で囲われた空き地の中へと放り込み、これより自分は名探偵ではなく単なる一市民として――否、市民と同席するだけで事件の輪郭が浮上することは多々ある由、やはりここは一匹狼となって生きてゆくべきか。悩ましい限りだが、いずれにしてもこれより自分は独眼の名探偵にあらず、本来の名であるところの除夜一郎へと戻ろう――そう思い決めた。

「除夜」は無論のこと「じょや」と読む。一市民の苗字としては稀なものだが、一匹狼に冠せられる二文字としては申し分ない。

一年の仕舞いに設けられた大晦日の夜を除夜と云う。ジョヤとカタカナで表記すれば、どこかしら異国の響きも漂う。

元より彼の片方の目はじつのところ碧眼で、生まれながらの日本人だが生まれながらのオッドアイである。左右の眼の虹彩の色が異なることをオッドアイもしくは虹彩異色症と云う。彼が名探偵として世に認められ、誰もが知るところとなった難事件、のちに彼を主人公として著された小説の題名を拝借すれば、『蠟石の絵の女』と称される事件において、彼はその小説の作者の企みにしたがい、あらかじめオッドアイを封印されていた。ダテ眼鏡ならぬダテ眼帯によって、である。

作者の言い分は次のとおりである。

「きわめて非現実的な探偵が跳躍する昨今の二次元世界において、驚くべきことにオッドアイを課せられた主人公の登場が頻出している。私がここに書く除夜一郎なる探偵は現実に存在する探偵でありながら、その名の奇異と相まって、二次元の住民と誤解される可能性が大である。よって、現実の彼の左目に宿った青い海の色を、常時、灰白色の眼帯で覆い、読者の皆の衆には、そうした身体的特徴があることを詳らかにしないこととした。この選択により、連続活劇小説《除夜一郎の冒険》は安易に二次元世界に閉じ込められることなく、我らが主人公は現実の除夜氏そのものであると正しく理解される。ただし、小説がそのような設定を選択した以上、現実の除夜氏にもダテ眼帯の着用を強要するしかない。はなはだ恐縮ながら、氏には今後——生涯にわたって——この設定を受諾していただくよう、お願い申し上げる次第である」

＊

「つまり、お休みをされるということでしょうか」

時計屋の主人は除夜のトレードマークであった黒い外套と灰白色の眼帯の不在に気付いて問い質した。

時計屋の主人とは、除夜が下宿している階下の老舗時計商〈雲行時計店〉を営む雲行仰太郎氏のことを云う。ちなみに雲行はクモユキと読み、仰太郎はギョウタロウと読ませる。

下宿人の苗字が「除夜」で、大家の苗字が「雲行」とはいかにも作りごとめいているが、この世には間違いなくそうした異色のめぐり合わせがある。現にここにこうしてある。

ここ、というのは、〈雲行時計店〉が五十二年間、店を構えてきた〈春山商店街〉を指す。この商店街は五百メートルにわたって蛇行し、地図にうつしとられたその姿はあたかも蛇の如しである。蛇の胴回りがいささか心細くなってきた尾のあたりに時計店は位置し、尾の終わる十字路には、昭和三十七年より営まれてきた銭湯〈春の湯〉がある。そして、そのはすかいには除夜が足繁く通う〈つみれ〉という名のおでん屋がある。

除夜という男はこうした町に面白いくらい馴染んでいた。この感慨は彼ひとりのものではない。町の住人のことごとくが町と同化している彼を特別視しなかった。常に眼帯を装着した彼の容貌は「現代の名探偵」と称せられ、すでに新聞等々で広く人の目に触れている。つまり、春山町の人々もその顔を知らぬはずがない。

が、彼らにとって除夜という男は、時計屋の二階をねぐらにしたいささか風采の上がらない万年青年として映った。じつに六件もの難事件を解決して世を賑わした人物という認識がない。その徹底した無関心が、除夜をこの町に留めていた。

「外套はともかく、夜中でもないのに眼帯を外されたのは初めて拝見しました」

修理途中の懐中時計を作業台に置き、仰太郎は振り向いた姿勢のまま、除夜の左右の目を無遠慮に見くらべた。

「しばらく事件というものから遠ざかって、ひとりの人間に戻りたいのです」

除夜は外套を脱いでいるので、普段はポケットに入れている両手を持て余しながらそう答えた。

「どうぞ、お好きなようになさったらいいでしょう」

仰太郎は眼鏡をかけなおして作業に戻った。

「この町にいる限り、何も変わらないでしょうし」

「いえ、これは自分の意識の問題だから――」

「そうはおっしゃられても、世間が放っておかんですよ。じきにまた事件が起きて、さっそく依頼がありますよ」

「いや、それならいいんです。依頼は断れますから。問題は自分が――」

問題は自分が事件を見つけ出してしまうケースだった。

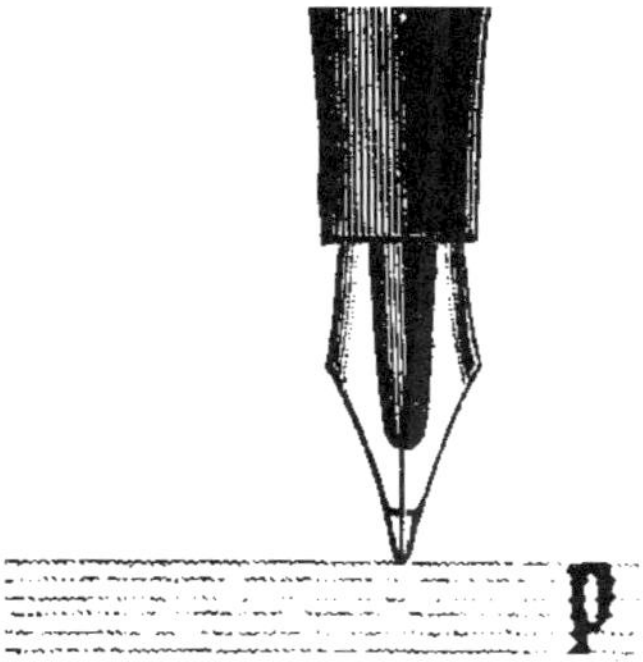

たとえば、以前にも事件から遠ざかりたいと思い立ち、行くあてもなく旅に出たことがあった。

このとき除夜は、のちに『諦念亭緑青婦人の沈黙』として知られる事件の発端となったT市の古びた旅館に滞在したのだが、彼がその宿を指定したわけではない。たまたま旅の途上で彼を駅から乗せたタクシーの運転手が、「古い宿ですが清潔で食事がおいしいです」と云うのに従ったまでである。

が、投宿したその夜に、彼は宿屋の女将の言動に不穏な気配を読みとり、のみならず、市内の各地で連続して起きた「謎の死」の秘密を彼女が握っていると即座に見抜いた。

ニワトリが先か、卵が先か、という話である。

事件が発生するから探偵が登場するのか、それとも、探偵が現れるから事件に輪郭が与えられてしまうのか――。

除夜には解けぬ謎などないはずだったが、この問いばかりは未だに解けていなかった。そしてその名声とは裏腹に、常に彼を歪んだ罪悪感へと導いた。裏腹とは背中と腹部の同居、表と裏がひとつになったさまを云う。

ニワトリと卵もまた同様、すなわち矛盾である。

商店街の尾にしがみついて夜の路上にあかりを落とすおでん屋の〈つみれ〉で、常連の皆から「辰夫さん」と呼ばれている電気工務店の大将と席を並べていた。除夜は少し酔い、「矛盾とは何でしょう?」と語り合っている。

辰夫さんは除夜の問いに「知らねぇなぁ」としか答えなかった。この人は何を訊かれても「知らねぇ」「判らねぇ」の一点張りなのである。

除夜もそうありたいと不意に思った。なぜ、探偵は――それもとりわけ名探偵と呼ばれる者は――「知らねぇなぁ」では済まされないのか。ともすれば、強迫観念と云っていいものに追い詰められ、本来であれば「知らない」「判らない」と答えるところを、無理にでも頭を働かせて、ああでもないこうでもないと考察、推察の限りを尽くす。

探偵とは、人一倍、あることとないことを云う者である。人一倍、あることとないことと戯れる時間と権利が与えられ、思いつく限りのことを並べていれば、突出した推理の才などなくても、いずれ、真相を云い当ててしまうこともあるだろう。

「そういうことでしょうか、辰夫さん」

「そうねぇ、どうもそういうことは判らねぇけど」

「いや、どうもそんな気がしてきました」

（つづく）

以上、お読みいただいたのは、とある小説の冒頭部分である。

自分は冬になると、寒々しい思いを追いやるために、この小説、すなわち連続活劇小説《除夜一郎の冒険》シリーズを本棚の奥から取り出してきて、冬が終わるまでに何度も読む。

読み返すたび、「ああ、そうだった」と思い出されることがあった。何を隠そう、自分が百科事典の執筆者になりたいと思いついたのは、この小説の冒頭にある、何々とは何々で、これを何々と云う——と次々に繰り出されるところを読んだからであった。このシリーズは、どの作品もこのスタイルで始まるのだ。

自分の編む事典もかくありたい。かくの如く、順番順列を無視し、自由に思いつくまま、何々とは何々と云う、と述べてゆく——。

いや、ちょっと待ってくれ、それでは何も調べられないではないか、と思うかもしれない。しかし、それでもいいではありませんか。世界に一冊くらい、そのような事典があっても。読み手が何かを調べるためにあるのではなく、書き手が云いたいことを云いたいように並べてゆくだけの事典——。

さらに云うと、この小説は冒頭のみならず、どうやら物語が始まったらしい、と思われるあたりに差しかかっても、依然として「何々とは何々と云う」を、ところどころで繰り返している。これは自分が事典執筆者であるからそう思うのかもしれないが、もしかして、この小説は作品全体が項目の偏った事典の役割を果たしているのではないだろうか。

というか、小説というのは、結局のところ、作家の目に映ったこの世界のあらましと、この世界の細部に対する、きわめて特異な持論の表明なのかもしれない。細部に踏み入れば踏み入るほど、世界の複雑な綾が拡大され、書き手は単純な表明が困難となって、やがて矛盾の迷路に迷い込む。

かくして、人格は複数に分裂して幾人かの登場人物に託され、矛と盾とに分かれた対立するふたつの考えが相反したりぶつかり合ったり融合したりする。そうした出会いと別れがさまざまな物語に化けて紡がれてゆくのである。

そう思うと、何もこの小説に限らず、すべての小説作品は、その作家が無意識のうちに書きつづけているこの世界の独自な解釈、すなわち事典ではないだろうか。

事典というものは常に更新されるべきで、時代の変遷にともなう解釈の変化によって、日々、書き換えられてゆくのが望ましい。「書き換え作業」は次の作品の執筆を意味し、こうした事態に自覚的であれば、小説には終わりなどないということを、十中八九、作家は知ることになる。

決して終わらないものをひたすら更新し、物理的事情から「一冊の本」というかたちに結構を整えられたもの——それを小説と呼ぶのである。

ところで、北から風が吹いてくれば寒いわけで、コートを脱いでしまったら立てる襟すらもない。

「自分は寂しいのです」とその青年は率直にそう云った。

「いや、寂しいから、いいんじゃないですか」と自分。

「どうしてです？　寂しいのは寂しいじゃないですか」

「たしかにそうですが、寂しくないと、何も生まれてこない気がします」

「寂しさから何かが生まれてくるんですか」

「何か、と云うより、自分は寂しさから生まれたものを好ましく思います。たとえば、おでん屋にしても、熱燗にしても、銭湯にしても、小説にしても。いずれも、冬という季節——人間が寒いと感じて、寂しいと感じる季節が生んだものです」

「そうなんでしょうか——」

そこで自分は気づいたのである。

「あなた、もしかして名探偵の除夜さんではありませんか」

「そうおっしゃるあなたは誰ですか」

「読者です」

「なるほど、そうでしたか。しかし、あれは僕ではないのです。あれは小説に書かれた名探偵の除夜で、僕はすでに、御覧のとおりコートを脱いでダテ眼帯も外しました。これから旅に出ようと思っているのです」

「ええ、小説の中でもあなたはそう云っていました」

「そうですか？　ちょっと待ってください。僕はまだそれを読んでいません——」

我々は町のはずれの深夜のおでん屋で出会い、外は北風が吹き、さて、この場面は小説の中であったか、それとも現実のたったいまであるのか、自分にも判然としなかった。

そもそも、現実の名探偵と彼の活躍を小説にしたものが同時に存在しているのが混乱の素なのだ。

しかし、探偵というものはきわめて孤立した状態で立ちまわるからこそ「冒険」と呼ばれる推理の道行きを経験しうる。まさか、そうした一部始終を実況中継するわけにもいかず、となれば、庶民の我々が彼の活躍を知る手だては、冒険を小説に仕立てたものを読むよりほかない。おかしなことだが、そうでなければ彼は「名探偵」と呼ばれることもなく、誰にも知られることのない無名探偵に成り下がる。

「そうなんです」と彼は云った。「僕は本来、無名の存在なんですよ。探偵などと云っていますが、それは小説に仕立てるときに便宜上つけられた肩書きで、本当の僕は時計屋の二階に居候する、しがない無職の男です。いつのまにか、小説に書かれた僕がひとり歩きをしていました」

「そうなんですか。自分はあなたを主人公にした小説に大変な影響を受けています。事典を書く仕事をしているのも、あなたの——いや、あれはあなたではなく、あなたを描いた作家の考えなのかな——」

「もちろんそうですよ。僕はこのとおりの者です。つまらない奴ですよ。小説に則って云うなら、いつでも名探偵の座から逃げ出したいんです」

「はい。まさにあなたの——いえ、あなたを主人公にした最新の小説で、処女作以来、延々とつぶやいてきたあなたの望みがついに叶えられそうになっています。まだ連載の一回目なのではっきりしませんが——」

「そうなんですか」

「あなたはどうやら小説の中から消えてしまうんですよ。小説の外へ出て行ってしまう。つまり、あなたは現実の中にだけ生きていくことを選ぶんです」

「それは知りませんでした。きっと、現実の僕よりも小説の中の僕の方が先行しているんでしょう。いえ、不思議なことではありません。皆に名探偵と呼ばれたときからそうでした。いいですか、たしかに探偵という仕事は世に多くあるでしょう。でも、名探偵という仕事などあるでしょうか。あるはずもないそんな職務を、僕はおそらく現実の人間として初めてつとめてきました」

「それは仕事なんですか」

「ええ。毎月の給与が出ますからね」

「名探偵にですか——月給が」

「もちろん僕は拒否しています。もし、もらっていたら給料泥棒になります。名目だけなら立派な犯罪者ですよ。探偵が泥棒だなんて、まるで本末転倒ではないですか」

　もし、我々が「小説」として受けとっていたものが、じつのところ、そこにそのままそうしてあるものを克明にうつしとっていたに過ぎなかったとしたら――。

　そうした現実に立ってみると、実際の商店街に向かって「これは嘘ではないか」とつぶやきたくなる。

　商店街は街灯に掲げられた名もそのまま〈春山商店街〉で、これまでに発表されたシリーズ六作品に登場する店々が軒を連ねている。

〈雲行時計店〉も当然のようにそこにあった。連載中の最新作に描かれた記述がそのとおりであるなら、このたったいま、時計店の引き戸の向こうに、作業台で手を動かす雲行仰太郎の姿が認められるだろう。

　いや、そうした憶測をするまでもなく、ガラス戸の奥の暗がりに仰太郎は姿勢よく座っていた。

「あの」と声をかけてみる。

「はい」とこちらを睨むように見るのも小説の通りだ。

「ようこそ、いらっしゃいませ」

「あの、じつはいま小説を読んでいるところなんです。つい昨日、発売された最新作の連載一回目です」

「そうでしたか。わたしはまだ読んでいないのですが、何かおかしなことでも書いてありましたか」

「というか、除夜さんが探偵を辞めてしまうとか――」

「ほう。もうそんなことが書いてありましたか。早いですな。ついこないだですよ、除夜さんがそう云い出したのは。しかし、特にめずらしいことでもないでしょう。彼は心得ています。あなたのような読者が本当に除夜が探偵を辞めてしまうのではないかとやきもきすることを。だからわたしは除夜さんに、どうぞお好きにと云ってみたり、ときには憎まれ口を叩いてみたり。そうした役まわりですからね、そうすることで彼が少しでも前へ進むことが出来れば、わたしはそれでいいんです」

「あ、もしかしてそれって犠牲フライのようなものですか」

「そう――犠牲フライ。たしかにそんな感じです。いや、あなた、面白いことを云いますね」

　仰太郎は眼鏡を額の上にあげた。

「よく読んでいらっしゃる。今度使わせていただきますよ、その言葉」

　とそのとき、なにやら背中の方から誰かに見られているような、いや、読まれているような気がして、自分は思わず振り向いた。

夜航辞典

毎夜、午後十時四十五分にａ市より出航する夜舟の本棚に常備された万物を説いた辞典。和装、毛筆による孤本で、およそ、乗船客には無視されている。ゆえに誰にも読まれることなくａ市とｂ市を結ぶ海路を往復してきた。夜航的世界を夜航的解釈で明らかにする闇の辞典。

【夜航辞典】やこうじてん
毎夜、午後十時四十五分にa市より出航する夜舟の本棚に常備された万物を説いた辞典。和装、毛筆による孤本で、およそ、乗船客には無視されている。ゆえに誰にも読まれることなくa市とb市を結ぶ海路を往復してきた。夜航的世界を夜航的解釈で明らかにする闇の辞典。

【軽業鳥】かるわざどり
時間と空間を自在に往還する男の別称。その正体は鳥の一変種だが、巷においては、古本屋の店主の身を借りて平然と暮らしている。稀本を過去から運び込み、場合によっては別の時空にのみ存在する見知らぬ本までをも書肆の店頭に平然と並べている。本から本へと飛び歩いて棲息し、これまでにさまざまな物語にその姿を現してきた。彼の古本屋は午後四時に店をひらくが、店主は番台でうたた寝をしているのが常である。

【頂点詩】ちょうてんし
「この世は見えざるものの頂点によって充ちている」という思想を反映した詩文を指す。俗に「針」と呼ばれる、ただ一行のみの作品が基本である。その詩作の態度を「詩を書く」ではなく「針を揃える」と称している。

【改名庁】 かいめいちょう
いわゆる「名前の自由」が施行されて、市民が改名に夢中になり、対応に追われた市役所が新たに設立した「改名のみを取り仕切る」庁舎。全長七百二十メートルのカウンターが設けられ、八百二十六の受付窓口が並ぶさまは壮観である。

【耳穴蜜】 みみあなみつ
ある特殊な状況下で、決められた水分と糖分を摂取し、ある特殊な運動をしたのちに、ある特殊な器具を耳に差し込むと、蜂蜜でも樹液でもない、ある特殊な「蜜」が溢れ出すことが発見されたと、ある特殊な科学者によって発表された。

【底名】 そこな
改名に次ぐ改名によって独自な名前が底をつき、「もうあたらしい名前はないだろう」と嘆く様を云う。転じて、あたらしい菓子やあたらしいボールペンが発明されたのに、それを何と命名してよいか判らないときに用いる嘆息のこと。

【大白眉】 おおしろまゆ
大変に非常に異常なほど稀であるさま。ほとんど「あってはならないこと」に等しく、いわゆる「万が一」よりも遥かに低い確率で予想される事態を指す。本当にそんなことになったらこの世の終わりと云ってよく、近い将来、この言葉ごとこの世から——この辞典から——抹消されるべき事態の筆頭と云ってよい。

【夏酒】 なつざけ
夏の終わりに仕込まれて、次の年の夏の終わりに封を切る金色の酒。音のない秋の夜に、酒によって耳に呼び戻される記憶を確かめながら嗜む〈聴酒〉の一種。

【通院史】 つういんし
これまでの人生で一体どれくらいの病院に通ったのか、その質量および回数などを自慢げに語るあたらしいスタイルの「自分史」の総称。主な作品に『私が通った病院のすべて』『通院漫遊記』『おれは病人だ』『ホスピタルズ』などがある。

【毛公主】けこうぬし
あらゆる〈毛公〉の中で最も位の高い、いわゆる〈毛むくじゃら男〉のこと。全身が密生した毛で覆われているので、どのような顔をしているのか、どのような肩や肘や膝小僧なのか、まったく判らない。声さえも毛に埋もれて何を云っているのか判らず、「君がどんな顔をしているのか誰にも判らないよ」と声をかけると、「僕には世界がどんなものであるか毛が邪魔して判らないのだ」という声がかろうじて——くぐもって——聞こえる。

【大着火】だいちゃっか
〈大世界特大競技〉のひとつ。大平原において、世界各国から集められた大男が、この世で最も大きな火を、競い合ってつくり出す、きわめて原始的かつ野蛮で、何の利益ももたらさない不粋なスポーツ。

【丸々放題】まるまるほうだい
心のおもむくまま、自由奔放に丸々と太ってゆくさまを云う。「アンチ・ダイエット」を提唱する思想書の表題(『丸々放題主義』)にもなった。

【前髪訴訟】まえがみそしょう
あんなに「前髪は短くしないでください」と理容師に念を押したにもかかわらず、理容師の一存で、びっくりするくらい前髪が切り落とされ、それがまったく似合わなくて著しく容姿が劣化し、理容師に向けて文句を云うときに、物言いが大げさになってしまうさまを云う。

【九齢】くれい
一の単位が「九」となる年齢のこと。十九歳、二十九歳、三十九歳——等々、ひとつの円環をとじる前の最高潮位と考えられ、九齢をいかにうまく乗り越えてゆくかで人生が左右されると云われている。

【夜侍】 よざむらい

侍のふりをした夜勤警備員のこと。もしくは、夜勤警備員のふりをした侍のこと。さらには、夜勤警備員として日銭を稼ぎながら昼間は侍として生きる男のこと。あるいは、夜勤警備員と侍が横並びになっているさま。ともすれば、夜勤警備員が描いた侍の絵のこと。場合によっては、これから侍になるか夜勤警備員になるかで思い悩む青年男子のこと。

【凡退愁】 ぼんたいしゅう

それまでの通俗的な「凡退」とは異なり、何ら試合に貢献できなかった打者が、できなかったがゆえに、おそろしいほどの憂愁をグラウンド上にのこして立ち去った際の空気のことを云う。

【薬石】 くすりいし

「打撲および裂傷に驚くべき治癒効果をもった石」を探し出すための石のこと。この石自体は、なんら治癒効果をもたらすことはなく、どちらかというと、民衆に忌み嫌われている、何の変哲もないつまらない石である。

【迫者】 はくしゃ

別名〈せまりもの〉。伝説の巨人。いつどこから出現するものか判らないが、いつの日か確実に現れて、いちばんきれいなものから順番に奪いとってゆく。

【拙刻書】 せっこくしょ

信じ難いほどみすぼらしい、錆びて汚くて、がたぴしして、まったくいいところがひとつとしてない印刷機によって刷られた書物のこと。その書物もまた信じ難いほどみすぼらしく、傷んで、焼けて、しみが浮き出し、ところどころ破れたり虫に食われたりしている。しかし、内容は大変に素晴らしく、一度読んだら生涯忘れられない強い影響力をもつ。

【夕傷】 ゆうきず

夕方に負った傷のこと。また、その傷のうずき。夕方に負った傷は治りにくいという俗説から、「ひとたび夕傷を負ったら、君の人生は夕闇と共にある」と夕方の詩人が手帖に書き遺したことで巷に広まった造語。

【鼠丁寧】

ねずみていねい　鼠のように丁寧なさま。

【早朝唐竹割】そうちょうからたけわり
全国の唐竹割師が十二年に一度、その年で最もいきのいい竹林に集結し、早朝午前五時より一斉に〈唐竹割〉を行なう祭事のこと。

【静聴鳥】せいちょうどり
常に静まり返って目を閉じ、人には聞こえない音に、しみじみと聴き入っている小形の野鳥のこと。

【紫吃逆】むらさきしゃっくり
〈吃逆六十五色〉の中で、最も優雅かつ高得点が約束された吃逆の名称。長崎代表の井上墨太郎選手が決めた「連続紫吃逆」は他の追随を許さぬ歴史的吃逆として多くの市民の記憶に残っている。

【記譜転墨】きふてんぼく
素晴らしい音楽を思いついた際に、すかさず五線紙を取り出し、いざ、譜面に起こそうとしたところ、インクがこぼれて譜面が黒々と染まり、その処理および後片付けなどをしているうちに、記録しようとしていた音楽が霧散する残念なさまを云う。

【微雨】びう
降っているのか降っていないのか、誰にも判別できない雨のこと。あるいは、まったく雨など降っていないのに、「降ってきましたな」と一人の男がつぶやき、「あ、ほんとですね」「降ってきましたね」などと、つぶやきが連鎖して、あたかも雨が降っているような風情が、あたり一面に漂うさまを云う。

【呼吸婦人】こきゅうふじん
何かのはずみで呼吸の仕方を忘れてしまったときに、可及的速やかに「正しい呼吸法」を伝授するＡ８型婦人式アンドロイドのこと。〈接吻婦人〉〈人工呼吸婦人〉などと混同されているが、〈呼吸婦人〉は純粋な指導員であって、断じて性的な要素を持たない。断じてである。絶対である。本当の本当である。

【悲嘆場】ひたんば

不意に「悲嘆」に暮れたくなった人のために用意された、悲しくも嘆かわしいところ。ただし、この場所は地球の緯度経度によって割り出せる一定の場所ではなく、ときに、野球場の一塁ベースが〈悲嘆場〉になり、取り壊し寸前の古ビルの屋上が〈悲嘆場〉になり、はたまた、人々が行き交う交差点の真ん中が〈悲嘆場〉になることもある。そういった場所には過去の悲嘆が累積され、毒にあたって体がしびれるような悲嘆を再生する。

【日曜馬鹿】にちようばか

本当は日曜日が一週間の中でいちばん楽しい曜日であると判っているのに、あえて「水曜日が好きだ」と豪語するひねくれ者を鼻で笑い、そうした奇を衒った考えを徹底的に排除して、ひたすら日曜日だけを愛好する凡庸な人のこと。紋切り型にこだわり、斬新であることを忌み嫌い、漫然とした繰り返しと変化のない物事を愛でる。しかし、結果的にそうしたこだわりが「奇人」と称され、「奇人を笑う者は奇人でしかない」という標語を生んだ。転じて、「凡庸であることはきわめて難しい」という意味をあらわす隠語にもなった。

【幽霊体】ゆうれいたい

あらゆる生物および物品に帰属する〈ダッシュ〉の別称。主に生物および物品そのものが消滅したあとに、主体を失って消えのこった「帰属体」を指す。古来、〈幽霊〉と呼ばれてきたものと異なり、〈幽霊体〉は主体が消滅するまではほとんど透明な見えざるものであるが、主体が消滅した瞬間、主体と同等の実存性を持つ。ゆえに、主体の消滅が確認できず、いつの間に主体から〈幽霊体〉に成り代わったのか、誰にも判定できない。

【井上舟】いのうえぶね
井上という名の船頭が漕ぐ、井上姓の者だけしか乗船が許されない小舟のこと。

【冷暗黒苺】れいあんくろいちご
「鬱蒼とした森の奥のひときわひんやりとした冷暗湿地帯に群生するひどく醜い黒い苺を思わせる」深紅の苺の名称。

【痛飲登山】つういんとざん
トライアスロンを凌ぐ〈過酷競技〉の一種。

【一番軍手】いちばんぐんて
その日、軍手工場で一番最初につくられた軍手のこと。縁起ものとして尊ばれ、通常の軍手の八十倍の値段で販売される。中でもその年のいちばん最初につくられた軍手は一番上をいく〈零番軍手〉と呼ばれ、通常の八百倍の値段で販売されるが、全国の軍手工場で争奪戦が繰りひろげられ、毎年、多くの若者が命を落としている。

【永遠的行列猿】えいえんてきぎょうれつざる
山奥にたったひとつきりある極上の露天風呂にはいりたくて、過酷な行脚を重ね、ついにようやく風呂の近くまで辿りついたときに、ものすごい数の猿が風呂にはいるために列を成していたのを目にしたときの、わずかに愉快な気持ちを孕んだ特殊な絶望感をあらわす言葉。

【貧乏手紙】びんぼうてがみ
〈貧乏〉が書いた手紙のこと。昭和二十年代の〈リアル貧乏〉が書いた手紙八通が古書市場に流出し、以来、低迷していた古書業界にあたらしいムーブメントをもたらした。「〈貧乏〉は小説より奇なり」「いま〈貧乏〉があたらしい」といった特集記事が週刊誌でも組まれ、切々と綴られる〈貧乏〉の叫びが共感を呼んで社会現象にもなった。

【引出油】

ひきだしあぶら

結構むかしから愛用してきた、なかなか気に入っているいい感じの机の、上から一番目と二番目は問題ないのだけれど、上から三番目の引き出しがどうしても開かなくて、ああ困った、三番目の引き出しには、おれが大切にしている箱根旅行の思い出である蒸し饅頭の空き箱とか、三角くじのまだ封を切ってないものとか、非常にめずらしい逸品がしまってあって、その引き出しが開かないとなると、そうした物品を取り出して思い出にふけったり、期待や夢といったものを膨らませる格別な時間といったものまで失ってしまうわけで、それは困る、大変に困るというときに、引き出しを構成している木材の滑りをなめらかにして、開かなかった引き出しを、ほとんど瞬時に引き出せるようにするミシン油の一種。

【生猿】なまざる

まだ若くて毛の色が薄緑色で、とても気前がよくて、言葉を話せて、機転がきいて、ユーモアを解し、小田急線の駅名をすべてソラで云える野生の猿のこと。

【馬並男】うまなみおとこ

何がどう、ということは特に明かされていないが、どことなく「馬並的な」感じがする男を見下して云う罵り言葉。例＝「あいつはとんだ馬並男だな」「ああいう馬並男がいるから向上しないんだよ」。

【葬快話法】そうかいわほう

葬儀の際にいかにして快く話をするか、喪主に対して失礼にあたらないよう、いかにして励ましの声をかけるか、それにはどのくらいの「悲しみ」を配合するのが適当であるか。

【巻尾的】まきおてき

一、へびがとぐろを巻いたきり動かなくなるような停滞感のこと。

二、巻尾という名前の者が自分の考えを吐露する際に、いちいち前置く言葉。例＝「巻尾的にはですね――」。

【大煎餅】だいせんべい

十五分の中休みに、「煎餅でも食うか」と、茶箪笥から取り出してきた煎餅が思いのほか大きく、中休みのうちに食べきれず、無念な思いに駆られるさまを云う。転じて、時間内に予定していたことが終わらなかったときなどに「なんという大煎餅なんだ」「まったく大煎餅を食わされたよ」などと云う。

桃太郎工場

ももたろうこうじょう

【列車】

山あいを抜け出た列車は川の手前の旧式の駅舎にのまれて到着し、五分あまり――そのあたりでは最も長い時間停車をする。

時間調整なのか、それとも、そのあたりではやはりその駅というか、駅を擁した町の規模がそれなりであるという証しなのかもしれない。

しかし、駅は無人というわけではないとしても、乗降客も駅員の姿もあまり見られない。

駅前ではタクシー乗り場の看板が風雨にさらされて錆びつき、そこでタクシーが客を待っていることはまずないのだし、駅からタクシーに乗って、町のどこそこへ出向こうと企む者もない。

列車は五分の停車の後、おもむろに走り出して駅舎を離れ、幅が二十メートルほどの川を渡って、なだらかに蛇行しながら走り去る。

次の列車が到着するのは、じつに四十三分後のことである。

【駅前】

駅前にはおよそいつでも風が吹いていた。

夏場は湿気をはらんだ生温い風で、真冬には痛いように冷たく吹き荒れる。町と風とは腑分けできない。実際、風を欠いた町の有様を想像できず、容赦なく吹きつのる風によって、町は一定の現実感を維持しているように思われる。

【商店街】

きわめて質素ではあるが、いくつかの商店が軒を並べて一本の道を際立てている。だから、とてもそう呼ぶには値しないとしても、そこを「商店街」と称するのは間違いではない。現に駅前からこの一本道に参入するときは〈堀立商店街〉と大書されたアーチ状の看板をくぐることになる。

堀立はホリダテと読むのだが、このあたりの番地にその名を冠したところは存在せず、町名、市名にもまったく見当たらない。

この商店街がどのような歴史を歩んできたのか知らないが、おそらくかつては繁昌していたのだろう。鎖されたシャッターにその形跡がある。肉屋、魚屋、果物屋と看板だけはいくらでも残っており、しかしまともに店をあけているのは、時計屋、中華そば屋、古本屋、饅頭屋、文房具屋、靴屋、床屋、薬屋といったところである。

他にもうひとつ〈しのだ〉という名の酒や食品を売る店があり、「〈しのだ〉に行けば、何でも売ってる」と年寄り連は云うものの、店先に瓶入りのコーラばかりを冷やして並べ、店の奥は昼でも薄暗くて何を売っているのか判別できない。

【温泉】

いささか蛇行しているものの、商店街は鉄道と並行しているので、やがて川に突き当たって、橋を渡ることになる。橋は石造りで川べりには柳の木が並び、そのあたりはこの町が温泉街として名を馳せていたころの面影をわずかに偲ばせる。川端にもむかしは商店が並んでいたという。土産物屋などもあったのではないかと思われるが、すでに数軒のバーやスナックを残すのみである。

温泉は銭湯に姿を変えて健在であり、四十一度の赤みを帯びた湯がこんこんと湧き出ている。

【消防署】

連なったバーの灯が途絶えたあたりに古びた消防署がある。私が町に住み暮らしていた三年間は、この消防署の三階のひと部屋を借りていた。ひとえに格安の物件だったからである。

「誰も消防署の上には住みたくないでしょう？」

おでこの秀でた不動産屋の親父がニヤつきながらそう云った。この親父、どういうものか終始ニヤついており、ゆえに発言にいちいち裏がありそうな気がする。

「誰も住んでいないのですか」と訊くと、

「そうね。三部屋あるんだけど、三部屋ともあいてるね。たしか、まだ誰も住んだことがないんじゃないか？」

「そうなのよ」

不動産屋の女房が相槌を打った。

「消防の隊員さんは二階に住み込みだし、なにしろうるさいから、消防署は」

「そうなんだよな」と親父がまたニヤついた。「あんたはまだ来たばかりだから知らんだろうけど、このあたりはとにかく火事が多いんだよ。風がよく吹くし、燃え移ってさ、空き家が多いんで死人はまず出ないけど、ホント、火事は四六時中だな」


【火事】


たしかに一週間に二度は火事があった。

ただし、幸い火が小さかったり、でなければ、町からずいぶんと離れたところにぼんやりと赤いものが見えた。そのたび、隊員の早瀬さんと望月さんは消防車のサイレンを盛大に鳴らして火のたつ方へ走り出てゆく。その様子を私は三階の窓から眺めていた。

小さな消防署である。隊員は二名のみで、たいてい火事は夜にあるから、昼のうちは早瀬さんも望月さんも体操ばかりしていた。


【体操】


「消防隊員のための体操」なるものが存在するかどうかは知らない。仮に存在したとしても、まずは何種類もあるわけがなく、しかし、早瀬さんと望月さんは、私が確認し得た限り、およそ二十パターンもの体操を繰り返していた。

彼らは青いズボンに白いランニング・シャツを着て、しきりに声を掛け合いながら、消防署前の川端の道で汗をかきながら体操に勤しんでいた。


【消防車】

他に見たことがないのでおそらく特製ではないかと思われるのだが、彼らが乗り込む消防車は通常の消防車よりもふたまわりほど小さくつくられていた。ホースや折り畳まれた銀の梯子など、すべてが七十パーセントくらいに縮小され、傷だらけでいい加減ガタがきていたが、彼らはその小さな消防車を毎日磨いて大切にしていた。磨くときは雑巾がわりに彼らが着ていたランニングの古くなったものを使っているようで、おそらく彼らは、揃いの白いランニングを何十着もストックしていたに違いない。

しかし、彼らには休日というものがなく、いったい、いつそれを買い出しに行っていたのか、いや、ランニングに限らず、彼らの生活を支えているさまざまな物品はどこで調達しているのか、はなはだ疑問だった。

【しのだ】

「ああ、それはたぶん〈しのだ〉に頼んで仕入れてもらってるんでしょう」

不動産屋の親父がニヤつきながら教えてくれた。

「消防の隊員さんは歴代みんなそうだと思うね。いや、あんただって、そのうち〈しのだ〉の世話になるしかないよ。いや、いまはまだいいですよ。そのうち——なんだろうな——たとえば、冬になれば湯たんぽとか、夏になれば帽子とかね、秋になれば絵の具のひと揃いも欲しくなるでしょう？　春となればチョッキなんかを着たりするだろうし。そういったものをね、ここらではみんな〈しのだ〉にお願いしてるわけです」

「あの瓶コーラのですか？」

「そう、あの瓶コーラの」

【倉庫】

私がその町で暮らしたのは、何を隠そう倉庫で働いていたからである。

「君も本気で百科事典をつくるなら、若いうちに、一度、倉庫を経験した方がいい」

先輩の野崎さんに諭され、すっかりその気になったのだ。野崎さんも旧温泉街の倉庫で八年間働いていた。

「だけど、あそこは本当に何もないぜ。メンマ工場があってさ、ぼくのころは〈八方軒〉っていう中華そば屋があったけれど、ラーメンの具のメンマだけがやけに新鮮でうまくてね、いまもあるのかな――」

【八方軒】

結果から云うと、私もまた三年間、ほぼ毎日のように〈八方軒〉に通うことになった。昼はかならず決まって中華そばと半炒飯を食し、野崎さんの云うとおり、川下にちっぽけなメンマ工場があって、できたてを工場から届けてもらっているのか、ラーメン丼の中でメンマだけが光り輝いていた。

毎日、判で押したようにラーメンと半炒飯だったが、唯一、給料日だけは靖子さんと餃子をいただいた。

靖子さんは倉庫の梱包部で働く、無口で年齢不詳で、眉毛が太いけれど美人で、背が高くて、〈しのだ〉の瓶コーラが好物で、この町の生まれだが、私と同じ頃合いに倉庫で働き始めた、いわば「同期」なのだった。

【倉庫】

倉庫は町のいっとうはずれにあって、消防署から歩いておよそ二十分ほどかかる。小型の飛行機をまるまる二台は格納できる立派な倉庫が三棟並び、それぞれに〈A３〉〈E６〉〈C７〉とブリキの看板を掲げていた。

しかし、その記号に意味はない。記号のみならず倉庫の壁には〈ハリスン電送會社〉ともっともらしい名前がペンキで書かれ、しかし、そうした会社組織もデタラメであって、どこにも存在しないのだった。したがって、倉庫には電送に関わる部品や機械が収納されていたわけではない。

倉庫の中には無数の整理棚が乱れなく並び、その棚には白い薄紙に包まれた〈たましひ〉が何千何万と保管されていた。

【たましひ】

〈たましひ〉は文字どおりのものであって、すべての生物および物品が漏れなく保持するあれである。しかし、〈たましひ〉なるものは物質化できないから厄介なのであり――と思い込んでいたが、倉庫番の長である西田のおばちゃんに云わせれば、

「できるわよ、物質化。現にうちの倉庫にたんとしまってあるじゃない。人類の〈たましひ〉とその他の〈たましひ〉――」

とのことである。西田さんは一見何の変哲もない天然パーマの髪が毎朝大変なことになっている（かなり）変わった人物だが、非常に（異様に）博識で、ときに雄弁（おしゃべり）であり、ときに面倒くさがりで、笑ったり怒ったり泣いたりとじつに忙しい。しかし、「長」と呼ばれるだけあって、誰にも好かれ、自身は〈E6〉倉庫の東側の奥に〈別室〉として設けられた小部屋で〈赤いたましひ〉を保管しながらその研究をつづけていた。

【赤いたましひ】

「赤いたましひ？」

「そう」と靖子さんは頷いた。「たましひには――稀にだけど――赤いのが――ある」と声を途切れさせながら、なるべく最小限の言葉で説明できるよう細心の注意を払っているようだった。あたかも沢山の言葉を話すと、その分、自分の体から〈たましひ〉が抜け落ちてしまいやしないかと気にかけているかのように。

「普通は青いでしょう？」

そのとおり、通常の〈たましひ〉は――私も倉庫で働くようになって知ったのだが――どれもが同じように青く、どれもが同じように硬くて薄い。最小限の言葉で云えば「青い薄板状の結晶体」といったところか。

「〈赤いたましひ〉は――結晶の――一歩手前？――までしかいかないから――扱いがひどく難しい――と兄が云ってました」

靖子さんの兄も以前は倉庫で働いていたが、六年間の任期を終えると古本屋をひらき、妹同様、言葉少な

く、しかし心穏やかに知識をひけらかすこともなく、
「ぼくは古本という、もうひとつの〈たましひ〉の番人をしています」
と目を細めて優しく笑うのだった。

【古本屋】

彼――直人さんは華奢な体つきをして肩幅も狭く、声も常に消え入るようだったが、妹と同じくうつくしい顔をしており、このような兄妹が中心的都市から離れた山の向こうの小さな町で暮らしている――その事実を体感しただけでも、自分にはあの三年間の意味があったと思う。

直人さんの古本屋でいったいどれだけの書物を自分は購入したことか。三年間、余計なことを考えず、テレビジョンやラジオ受信機も部屋になく、インターネットもまだ発明されていなかったから、まったく正しく自分は本だけを心置きなく読むことができた。

「こんな本がありました」

直人さんは小さな店の番台で背筋をのばし、私に向けて一冊のくたびれた本を差し出すのだった。それらの本はことごとく角が丸みを帯び、幾たびもの精読を静かな夜の読者に提供してきたことが窺い知れた。

購入した本を、直人さんは倉庫で使用しているのと同じ薄紙に丁寧に時間をかけて包んでくれる。彼は細長い棒の先に白い真綿を取り付けた自家製の「古本清掃具」を用い、小さな動物を慈しむようにくたびれた古本の汚れを拭いとった。微かにアルコールの匂いをさせ、セロテープで修繕をした黒ぶちの眼鏡を何度か掛け直しては、本の汚れの細部を点検するのだった。

【薄紙】

「薄紙は――ただの薄紙です」と靖子さんは説明してくれたのだが、自分が知る限り、あのような薄紙は他に見たことがなく、靖子さんも直人さんも「そこの文房具屋で売ってますよ」と云ったが、当の文房具屋に尋ねても、「うちでは扱ってないです」と首を傾げる

のみだった。

　何色と云えばいいのか、光の加減によって、白くもあり、また灰褐色でもあり、ときに黄色く、夜には艶をも帯びてあたかも透明であるかにも見えた。

　薄紙は靖子さんの働く〈梱包室〉の隅に、茶色のハトロン紙に包まれて腰の高さくらいまで積まれていた。いつ見てもそうだった。埃を払って除湿された〈たましひ〉は、無防備な状態でその部屋に運ばれ、靖子さんが――そのむかしは直人さんが――薄紙で包んで表に保管番号がタイプされた識別票を貼り付ける。

　髪をうしろで束ねた靖子さんは無言のまま〈たましひ〉をとりまとめ、梱包の終わった十包ほどのかたまりを木箱に収めて、待機していたこちらに差し出した。


【清掃室】

　私は木箱を整理棚の前まで運び、識別票の番号を確認しながら、棚のあちらこちらに〈たましひ〉を収めてゆく。

　収め終わると、〈C７〉棟の一角にある〈清掃室〉に戻り、自分の基本職務であるところの〈煤払い〉に没頭する。日々、この繰り返しだ。

〈煤払い〉は発掘の初期段階にあった〈たましひ〉の汚れを払拭する作業で、〈清掃室〉には〈発掘班〉から、毎日、六ダースほどの掘りたての〈たましひ〉が届けられた。


【発掘】

「そう。掘り出してくるわけ」

　最初に西田さんから簡単な説明があった。西田さんはひっきりなしに煙草を吸い、でなければガムを嚙んだり飴を舐めたり、何かしら口の中に物体がおさまっていないと安心できないようだった。

「〈たましひ〉はね、直接、人や物から取り出すわけじゃないのよ。こんなふうにね――」

　と西田さんは煙草のけむりを吐き出し、

「こんなふうに口から出てきたらいいんだけど、そうじゃないの。これはわたしの仮説だけど、〈たましひ〉はある日とつぜん物質化して、自分には預かり知らぬどこかの地中に顕現するわけ。顕現ってわかる？　あとで辞書で調べてみて。まぁ、辞書にはいろんな意味がでっちあげてあると思うけど、わたしが思うに、この奇怪な現象こそ、顕現の二文字が与えられるべきだと思う。なんて云うか、理屈じゃないのよ。説明できない。だから本物なの。理屈で説明できることは、わたしに云わせればぜんぶ偽物、つくり物ですよ」

「この仕事で、本当に大変なのは〈発掘班〉かな。本当に面白いのも〈発掘班〉。だって、どこの誰とも知れない〈たましひ〉が土の中から泥まみれになって出てくるわけだから――もとい、訂正します。どこの誰、だけじゃなくて、〈たましひ〉には、わたしたちが〈その他のたましひ〉って呼んでるものがあって、それはさまざまな生物の〈たましひ〉と、物質の〈たましひ〉なのね。あなた、知ってた？　あなたの着てるそのぶかぶかした黒いうわっぱりとか、胸に挿してる安物の萬年筆とか、そこの――椅子とか机とかコップとか新聞とか、それみんな〈たましひ〉を持ってるの。より正確に云うと、記憶や経験が染み付いてるわけ。ていうことはね、ここが大事なんですが、こうしてわたしが話してること、この時間のこの空気、これがすべてわたしたちの脳と、ここにあるさまざまな物質、小さな虫や目に見えない菌類とか、そういったものすべてに染み込んでるの。どう？　知らなかったでしょ」

知らなかった。そして、そうした「記憶と経験」の堆積物が、どこかの地中で形を成しているとは――。

【煤払い】

届いたばかりの〈たましひ〉は乾いた泥にまみれていて、泥を拭っても〈雑音〉と呼ばれるカルシウムのかたまりのようなものがところどころにこびりついている。〈たましひ〉そのものはすでに青みを帯びたガラス板のような物体で、全体としては放ったらかしにされていた百年ほど前の曇ったガラスに見える。大きさはまちまちだが、そのほとんどは、ちょうどくたびれた古本くらいの大きさで、稀に掌の中に包み込めるような小さなものもあり、ごく稀に抱えるような大きなものが発掘されることもある。

西田さんが云うには、大小と〈たましひ〉の密度に関連はなく、九分九厘「青い」はずの〈たましひ〉に、なぜ「赤い」個体が混在するのかは、「まったくわからない」と深く頷きながら目を輝かせていた。


【風】


夜になると、きまって消防署の三階の窓が風でびりびりと音をたてた。

倉庫の帰りに直人さんの古本屋で買った薄紙に包まれた本を文机の上に置き、石鹸と手ぬぐいだけを持って温泉の銭湯まで歩いた。柳が風にあおられて躍る向こうから、どこかのスナックで切々と音痴に歌いあげる男の歌声が聞こえてくる。

湯上がりに、〈しのだ〉に立ち寄り、店先の瓶コー

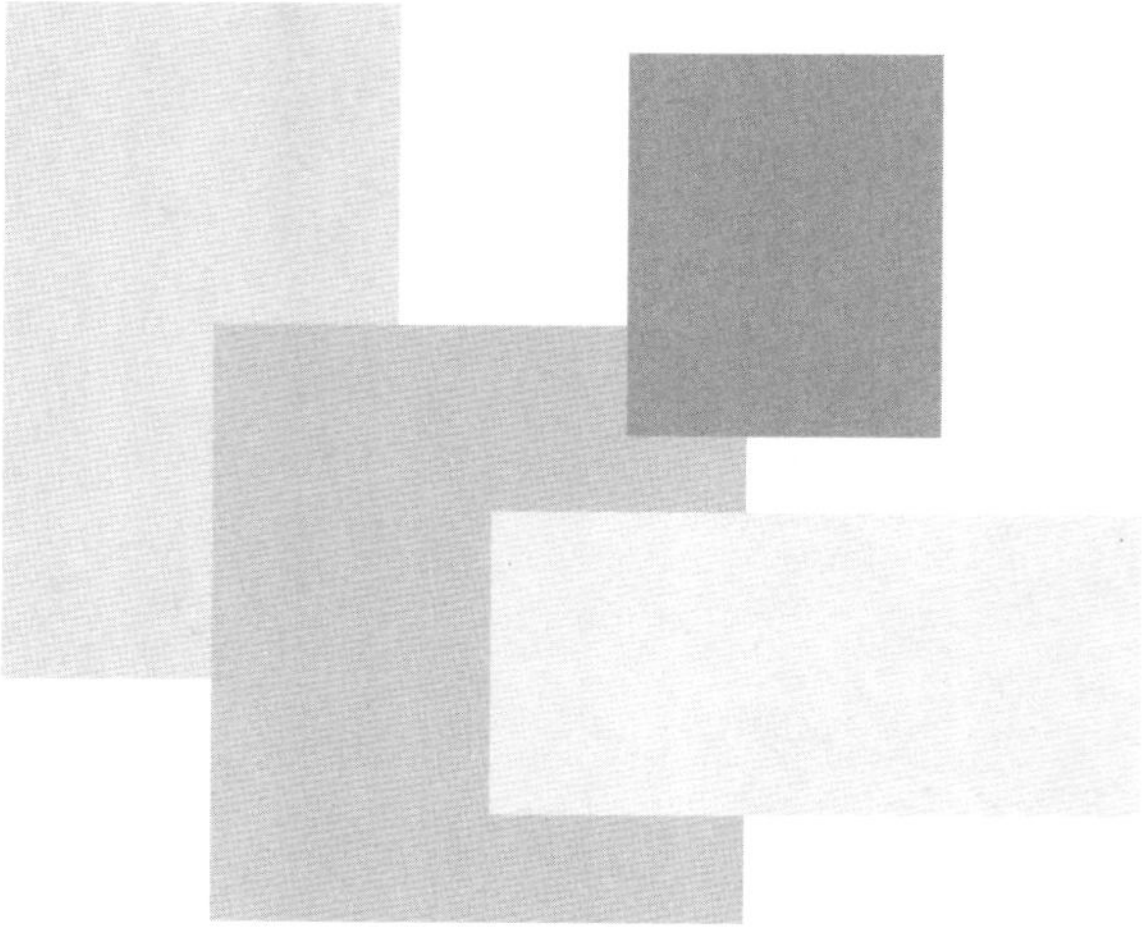

ラを一本いただいて、小銭を置いて栓を抜いた。

店には誰もいない。

奥を覗いても相変わらず暗くて何も見えなかった。

さて、この時間の、この匂いや音や風の具合が、自分の——あるいは栓抜きや小銭の〈たましひ〉となって、いずことも知れぬ地中において、刻々と結晶化しつつあるのだろうか。

妙に炭酸の強い瓶コーラが、悲しいくらいにきりきりに冷えて、胃の腑にしみわたった。


【郵便配達】


夕方の一等終わりの時刻、あと数分で完全に陽が落ちてしまうというわずかな時間に、郵便配達員は赤色の自転車に乗って、川端の道を南から北へ、音もなく、すべるように走ってゆく。

私は消防署の三階の窓から、その疾走を確かめるのが夕方の終わりの、あるいは夜の始まりの儀式になっていた。窓辺にもたれ、温泉銭湯から漂う硫黄の匂いを孕んだ湯気の向こうに赤い小さな走りを数秒間、目で追うのである。

この小さなひとけのない町で、一体、誰が郵便物を受け取っているのか。私にはまだ知らないことがずいぶんとある。そんな当たり前な感慨に、希望と絶望がないまぜとなり、その複雑な胸中を振り払うかの如く、温泉銭湯へ出かけてゆくのを習慣としていた。


【温泉銭湯】


温泉銭湯という呼び名は私だけのものである。

町の人たちは、およそ、「湯」と呼んでいた。ただし、私が湯につかる頃合いは、おそらく、町の人々の夕餉の時間にあたっていたのだろう。番台に女主人は居ても、湯舟にも洗い場にも脱衣所にも人影はない。つまり、私は夜が始まってゆくその時間の湯をひとりじめしていた。

この温泉の素晴らしいところは、いっさい水で調整をしていないのに、四十一度という、季節を選ばない適温が保たれていることだった。どのような仕組みになっているのか詳しくはわからないが、壁に湯面と同じ高さで切れ込みが設けられ、そこから湯は常時あふれ出て、湯舟を充たし、充たすどころか、あふれかえって、わずかに傾斜のついたひのき板の洗い場へと流れ出る。香りのいいひのき板の表面を一センチにまで到らない絶妙な水嵩のまま、洗い場全体に湯を行きわたらせて、水はけへと流れつづける。

客がいないのをいいことに、私はその湯の流れへ仰向けに横たわって、背中を温めるのを好んでいた。そうしていると、この町の流れの中に自分も――背中だけではあるが――確実に参加している、という実感が得られた。

【アマベロ】

銭湯を出ると、橋を渡って商店街を目指し、生乾きの頭髪に風を感じながら、〈しのだ〉の店先で立ったまま瓶コーラを飲んだ。

それは、ある季節まで、ひとりきりの涼やかな時間だったが、あるときから、一人の少年が先客として、やはりコーラを立ち飲みしているのだった。

しかも、少年が飲んでいるのは、私が飲んでいるものと瓶の形状や意匠も同じなのに、どうしてか、中の液体が明らかに赤みを帯びている。

赤いコーラだった。

「それは何という飲みもの?」と少年に訊くと、

「アマベロ」と少年は小さな声で応じた。

色白だが、決して病弱な様子ではなく、かたちのいい眉が、いずれ少年を男前に仕立てるであろうことを示していた。

それにしても、アマベロとは何なのか。

「色のついたコーラかな?」と訊くと、

「ちょっと、違います」と少年は首を振った。

さてしかし、〈しのだ〉の店先にそんなものは見当たらない。なにしろ、瓶コーラ以外には置いていないのだから。といって、少年がそのアマベロなる飲みものを自宅から持参して、わざわざ、〈しのだ〉の店先で飲んでいるというのも妙な話である。

　それから毎日のように彼と湯上がりの時間を過ごすことになったが、少年は口数も少なく、いつも横を向いたまま、こちらに関心を払おうとしなかった。


【中島君】


「ああ、それは中島君だな」

　消防隊員の望月さんが少年の名を教えてくれた。

「御存じなんですね」

「小さな町だからね。それに、自分も以前は彼と同じ少年だったわけだし――」

　望月さんがはたして何歳なのか知らないが、「彼と同じ少年だった」と聞いて妙な違和感を覚えた。

「望月さんは、その頃から――少年の頃から消防隊員になりたかったんですか」

「いや、自分は植物が好きで、研究をね、したかったというか、じつは、いまでもしているんだけど――」


【望月さん】


　消防署の二階のいちばん北寄りの部屋が望月さんの部屋で、私の部屋と広さもつくりも同じである。が、「どうぞ」と招き入れられた部屋は全体が水の中のように青みを帯びた薄暗さに浸され、いたるところに、鉢植えの植物が置かれていた。箪笥や机や椅子もあるにはあったが、部屋のあらかたは、植物によって占拠されている。

「研究というのは――」

　私が言葉を探していると、

「種子」

　望月さんは簡潔に答えた。

「自分は植物の種子に、最大の神秘を感じているんで。ニワトリが先か卵が先かっていうのと同じでね、最初に種子ありきなのか、それとも――と、どこまでも考えがおさまらなくなって。神秘だよね、まったく」

【最大の神秘】

「だってさ、こんな芥子粒みたいなものの中に、枝や葉や花や実がすべて閉じ込められているわけでね——こんな小さな粒がだよ？　水と土と陽の光で、人の背丈を越えるようなものになってゆくわけだ。寡黙にさ。何も云わずにね——」


【桃】

その夜が——望月さんから植物の種子をめぐる神秘を聞かされた夜が、どんな季節であったか、正確には思い出せない。が、ひとつだけ云えるのは、それが決して桃の実が熟す季節ではなかったこと。そして、月がとても近くに感じられる明るい夜であったこと。

三階の窓から私は見たのだ。

その日は火事もない静かな夜で、望月さんの部屋から自分の部屋へと戻り、三十ワットの灯のもとで古本のページをめくっていた。何の変哲もない夜ふけである。しかし、あまりの月の明るさに誘われて窓をあけ、川面に揺れる月あかりの妙を楽しんでいるところへ、それがあらわれた。

北から南へ。川上から川下へ。水の流れに乗って、ゆうらりゆうらり、とんでもなく大きな桃がほのかな色と匂いを放ちながら眼前を流れ過ぎていった。


【第二休憩室】

翌日——。

望月さんと直人さんと靖子さんに桃のことを話してみたところ、三者はいずれも、

「ああ、見ましたか」

と、さほど驚くふうでもない。

ただ、靖子さんは、まじまじと私の顔を眺めると梱包室の隣にある第二休憩室に私を連れ込んだ。

そこは倉庫に何十人もの作業員が働いていた時代の名ごりである。煙草や缶コーヒーや袋菓子などが仕込まれた自動販売機が並び、照明が落としてあるのできわめて暗い部屋だが、自動販売機の色とりどりのラン

プに照らされた靖子さんの顔がすぐ目の前にあった。

「あなたが、どうして桃を見たのか、わたしにはわからないけど、たぶんあなたは、このことを外の世界に伝える役割を神様から授かったのでしょう。もしかして、まったく見当はずれかもしれませんが、わたしの独断で、これはきっとそういうことなのだと決めました。今度の日曜日に、あなたを工場へお連れします」

「工場——というのは、メンマのですか？」

「いいえ、そうじゃなく。何の工場であるかは、行けばわかります」


【日曜日】


待ちわびている日曜日というものはなかなか訪れないものである。

しかし、いざ訪れた日曜日はこれといった特徴もなく、生きているあいだに幾度もめぐってくる日曜日と何ら変わりがなかった。いたって平凡な薄曇りの朝である。約束のバス停に、約束の時刻ちょうどに出向くと、靖子さんは白い布製の手提げを膨らませてバス停の脇に立っていた。


【塩むすび】


手提げの中には、ゴムまりのような白いものがラップにくるまれていくつも並んでいる。

「それは——」と云いかけると、

「塩むすび」

靖子さんは、あらかじめ準備していたように即座にそう答えた。あとで判明したのだが、手提げの中には靖子さんが早起きをしてつくったという塩むすびが十二個おさまっていた。まるでピクニックのようであるが、塩むすびのほかには水筒も何も見当たらない。


【市営バス】

日曜日にバスに乗ること自体は、さしてめずらしいことではなかった。
私の日曜日は——火事さえなければ——昼ごろに起

き出し、冷蔵庫の中の残りものを食べ尽くして、バス停まで歩く。十五分に一本の「市松行き」を待ち、およそ二十分間、バスに揺られて隣町の市松まで買い物に出かけた。そこにスーパー・マーケットがあるのを望月さんから教わったのである。

一週間分の自炊用の食材を買いもとめ、レジ脇に並んだ週刊誌を立ち読みして帰ってくる。

しかし、靖子さん（と塩むすび）と共に乗ったその日のバスは、「工場行き」と表示された初めて乗るバスだった。市松とは逆の方角に向かい、ひたすら川端の道を川の流れにさかのぼるように走ってゆく。

【景色】

バスが走り進むにつれて景色が深まった――。

そのような表現しか思いつかない。

おそらくは、周囲の樹々の緑が深まったのだろうが、どういうものか、空の色も川の色もアスファルトの道路の色でさえ、雨があがったばかりのように色濃く映えていた。

窓外のそうしたものに気をとられているうち、どのくらい時間が経ったろうか。ゆうに三十分は走っていたと思われる。その間、停留所に停まることもなく、つまりは、私と靖子さんだけが乗客で、それは終点の「工場」に到着するまで終始変わらなかった。

【理容室】

バスを降りると、川の音だけがそこにあった。

少なくとも三十分以上は、川沿いに走ってきたわけだから、ずいぶん上流までさかのぼってきたことになる。しかし、バス停の附近には適当に民家も見られ、酒屋や靴屋や理容室なども軒を並べていた。山奥というわけではないとしても、町から離れたこんなところに理容室があって、さびれているわけでもない。

それで私はてっきり工場で働く沢山の人たちが客となっているのだろうと思い込んだ。

【田島鉄工所】

ところがあにはからんや、バス停から数分歩いたところで、「ここです」と靖子さんが指差したのは、蒲田の「田島鉄工所」によく似た、いわゆる町工場だった。

「田島鉄工所」は私の父方の墓を擁した寺の前にある。アパートと駄菓子屋に挟まれて建つ、きわめて小さな工場で、「工場」は「こうじょう」ではなく「こうば」と呼んだ方がより正しい。

【二木工場】

靖子さんが指差した入口の看板には〈二木工場〉と墨書され、その横へ小さく「ニキコウジョウ」と振り仮名が振ってあった。規模は小さいが、あくまでそこは「こうじょう」であって、「こうば」ではないらしい。

「来ました」と靖子さんが声を掛けると、「ああ」と野太い男の声が返ってきて、「どうぞ」と近づいてきた声は、「いらっしゃい、ワタシ、工場長です」と、野太いながらも朗らかな調子である。

「日曜日にすみません」と靖子さんが頭をさげた。

「いや、うちはこの季節、休みなしだから」と工場長は目を細めている。

話を聞きながら、工場の中をざっと見渡したところ、床板ひとつない土間には、これといって工具や機械の類は見当たらなかった。唯一、腰の高さほどの漬物樽が三つばかり置かれている。

「どうです？　仕込みの方は」

靖子さんが樽の方に近づくと、

「順調ですよ」

工場長とは別の声がして、土間の隅の暗がりからひとりの男――若者のようだった――があらわれた。

「どうもはじめまして、二木です」

若者もまた朗らかで歯が白い。息子のようだった。

「さっそく、見ますか？　アマベロ」

そう云いながら樽のふたをはずし、私と靖子さんに、「どうぞ」と中を見せてくれた。

アマベロ？　と私はひとりつぶやく。

〈しのだ〉の店先で赤いコーラを飲む中島君の横顔を思い浮かべた。暗緑色の瓶ごしにも認められる赤い液体は、ときおり、中島君の口の端からこぼれて鮮やかな色を光らせた。

その怪しげな赤色が樽の中に充たされている。

中心にひときわ濃い赤のかたまりがあり、二木さん（息子）は杓文字のような木のへらでそのかたまりをすくい上げた。

と同時に、

「うちの、赤いたましひ、です」

靖子さんが私の耳もとで声をひそめた。


【アマベロ】

それは西田のおばちゃん――もとい倉庫番長の命名で、「甘い香りがするベロ（舌）のようだから」が由来であるという。

私はそれまで「赤いたましひ」を見たことがなかった。

樽の中からすくい上げられたそれは、たしかに牛の舌を想起させるもので、樽の全体からほのかに甘い香りが漂っていた。


【これまでの経緯】

それで私は、これまでの経緯を次のように理解した。
一、地中から発掘される〈たましひ〉の中には稀に赤色のものが混在し、それらは通常の青い〈たましひ〉と選り分けられて、〈二木工場〉へと持ち込まれる。
二、〈二木工場〉では、この赤い〈たましひ〉すなわちアマベロを漬物樽で漬け込み、その際に抽出される甘い液体を、コーラの空き瓶に注入して、〈しのだ〉に搬入している。
三、どういう理由によるものか、それを中島少年が、毎日のように〈しのだ〉にやってきて飲んでいる。

【塩むすび】

工場の隅に置かれたベンチに腰掛け、私と靖子さんと二木親子の四人で、靖子さんが持参した塩むすびを食べた。

アマベロを漬け込んでいるのとは別の樽に漬け込まれた、まだ若い黄色の梅干しを工場長がふるまってくれ、一緒に出た緑茶も大変に深い味がして、またとないほど旨かった。

「つまり、ここはアマベロ・ジュースをつくっている工場なんですね」

私がそう訊くと、

「いや、そうじゃなく」

二木さん（息子）が塩むすびを頬張って首を振った。

「そうじゃなく、ここは桃をつくる工場で、アマベロはその桃の——なんというか、種の種ですね」

「正確に云うとね——」

靖子さんも塩むすびを食べながら口をおさえた。

「ただの桃じゃなくて、桃太郎の桃です。ここはつまり、桃太郎工場なんです」

【桃太郎工場】

それからさらに二木親子の詳細な説明を得て、私の理解が（より深く）あらたまることになった。

一、この工場は、かの有名な桃太郎の桃を製作する工場である。年に四体ほど製作して、川の上流より夜中に放流される。私が川面に認めたのも、そのひとつだった。

二、桃の製作には、何より、桃の中からあらわれる桃太郎の確保が重要である。毎年、町の少年たちの中から数名がスカウトされて選定される。

三、町に暮らす平凡な少年を桃太郎に仕立てるには、彼に特殊な〈たましひ〉を注入する必要がある。ここで云う「特殊な〈たましひ〉」とは、桃太郎が退治するべき〈鬼〉を見きわめる選別眼の意で、現時点における〈鬼〉とははたして誰なのか、大衆の意を汲んだ〈鬼〉の選定が正しく進みゆくために、記憶の集積である〈たましひ〉のエキスが功を奏するらしい。
四、抽出されたエキスは「赤いコーラ」に化け、〈しのだ〉の店先で選定された少年に無料で配布される。
五、選定された少年は、二十一日間にわたって、「無料で飲める秘密のコーラ」を飲みつづけ、一日も欠かすことなく飲みさえすれば、およそ平凡な少年から桃太郎へと変貌を遂げる。しかし、一日でも欠かしてしまうと、かつての望月少年のように、桃太郎になりそこねてしまう。
六、少年が桃太郎になりゆくそのあいだ、〈二木工場〉では、何十工程にものぼる特殊な技術（極秘）の積み重ねによって、直径およそ一メートルあまりの巨大な桃を製作する。
七、とある月夜に、桃太郎と化した少年は〈工場行き〉特別深夜バスへの乗車が許可され、川の上流へ——すなわち〈二木工場〉へと連れ去られて、あらかじめ準備してあった巨大な桃の中に閉じ込められる。
八、桃はすみやかに川に流され、翌朝、川へ洗濯に出かけた婆さんなどに発見される。

【中島君】
私が工場を訪れたのは、はたして、中島君が〈しのだ〉でアマベロを飲み出してから、幾日目であったろうか。

ほどなくして、彼の姿を見なくなった。

本当のことを云う小箱

身震い《ミブルイ》

〈身震い〉とは、寒さ、もしくは、恐怖および歓喜等の心理状況がもたらす体の震えを云う。
〈鳥肌〉とは、寒さ、もしくは、恐怖および歓喜等の心理状況により、
羽を抜かれた後の鳥の肌のように小さな突起が皮膚の表面にいっせいに立ち上がる様を云う。

その日、ぼくはハタノ君と会うためにアパートの部屋を出た。飛び抜けて寒い日で、その前日まで、ぼくはひたすら壁新聞を書いていた。ガリ版を使い、三日三晩、おそらくは誰ひとり読むことのない壁新聞を黙々とつくっていた。第二十一号。週刊でも月刊でもない。気が向いたらつくり、気が向いたときに町を歩いて、機嫌のよさそうな壁に貼る。無論のこと、壁には機嫌というものがあって、機嫌のよくない壁に新聞を貼っても誰も読んでくれない。というか、そんな壁には誰も近づかない。

ぼくは壁の機嫌を読み取るのが苦手だ。ぼくが「お、なかなかいいじゃないか」と感じた壁は、見るひとが見たら、「やる気のない壁」と即刻、駄目な評価が下される。

これはぼくの性分だ。ぼくはどういうわけか、しょぼくれたものに共鳴してしまう。ぼくが乗っている錆びた自転車も、ぼくが新聞をつくりながら聴いているノイズだらけのラジオも、そしてぼくが飼っているボロ雑巾のようなムク犬のマヨナカも、どいつもこいつも揃ってしょぼくれている。何より、ぼく自身がよほどしょぼくれているんだろう。

そういうわけで、ぼくがつくる壁新聞は誰も読まない。それなのに、ぼくはつくらずにいられない。読む者がいないからといって、つくるのをやめてしまったら、そもそも壁新聞など誰ひとり見向きもしないのだから、いつかこの世から滅びてしまう。それがぼくは許せない。滅びるのは、ぼくが死んだあとにしてほしい。ぼくは自分が生きているあいだは、自分を救ってくれたものを守りとおしたい。特にこれと云ってすることもないのだし。

それでぼくはその日も刷りたてのガリ版新聞を十部ほど鞄に詰め、ハタノ君に会うべく駅前の〈マルノ〉という喫茶店に向かった。約束の時間より早めに家を出たのは、常にものすごい勢いで喋りつづけるハタノ君があらわれる前に、ひとりでゆっくりコーヒーを飲んで文庫本のつづきを読みたかったからだ。

まったくもって寒い午後一時だった。

ハタノ君との待ち合わせは午後二時だから一時間の余裕がある。ぼくはペダルを漕ぐたび瀕死の馬のように叫ぶ錆びた自転車で駅まで走り、宝籤売場の前に自転車をとめて、宝籤を一枚買った。ちなみに宝籤が当たったことは一度もない。

〈マルノ〉は窓際の席が空いていた。よく座る席だ。適当に薄暗く、本やレコードが手の届くところにある。いちばん居心地のいい席だった。でも、窓際なのでずいぶんと寒い。

水を持ってあらわれた店の女の子に、いちばん安いコーヒーを注文してコートを脱いだ。毛糸の襟巻きを解いた。手袋をしていなかったので、指先がしびれたように冷えている。セーターはそこそこ分厚く、その下に着ているシャツや下着も冬用の厚手のものを着ていたのに体が冷えきっていた。

窓がくもっている。店内には、聴いたことのないピアノ・トリオの演奏が流れ、客はぼくのほかに五人ほど。男が三人、女が二人。皆、ひとり客だった。

ひと息ついて、ぼくは鞄から文庫本を取り出した。M＊＊＊というひとが書いた「N＊＊＊」という小説である。全五百十二頁のうち、三百二頁まで読んである。そこに赤と黒と二枚の栞が挟んであった。赤いのはぼくが挟んだもので、黒いのは「ホーキ人」が挟んだものだ。

ホーキとは放棄のことで、彼女――今回は女性の読者だった――は、そこまでその本を読んで、

「この先を読むのが面倒になったの。それが依頼の理由。最後まで読んでも時間が無駄になるような気がしたから」

疲れきったようなため息をついていた。

それで、ぼくが残りを引き継いで読んでいる。

これがぼくの目下の仕事だった。ぼくが考え出した仕事で、名づけて〈読書請負人〉という。

いまのところ、他にこんな仕事をしているひとはいない。たぶんいない。もしかすると、世界で自分ひとりかもしれない。

拾った新聞で読んだ記事がきっかけだった。

最近は本を最後まで読まないひとが多い。しかし、せっかく途中まで読んだのだから、結末や結論は知りたい。そこで、何喰わぬ顔で友人に読みかけの本を貸し出す。自分が読みかけであることは伏せ、「これ、すごく面白かったよ」と云い添える。しかるのちに、友人が読み終わった頃合いを見計らい、「どうだった、あの本？」と感想を訊く。ついでに、およその展開やあらすじも訊き、すっかり自分が読んだような気になるのだという。

それで、ぼくは思いついた。これは仕事になるかもしれない、と。

かねてよりぼくは、「ただ本を読むだけ」の仕事はないものかと考えていた。「本を読む」ことが仕事の一部になっているものはたくさんある。しかし多くの場合、読んだあとに感想や批評を書いたり、読んだものを編集したり、仕分けしたり貸したり販売したりしなくてはならない。「ただ本を読むだけ」というのはまずないのだ。

そこへいくと、〈読書請負人〉は本当に読むだけだった。もちろん、依頼人＝ホーキ人に「その後のあらすじ」を伝えなくてはならないのだが、なにしろ、相手は読んでいないのだから、適当なことを云ってもまったく気づかない。彼らはそれが「面白かった」か「面白くなかった」かが唯一の気がかりで、それ以外のことはどうでもいいらしい。だから、ぼくは彼らの平穏を乱さぬよう、どんなに面白い最高の本であっても、

「大して面白くなかったですよ」

と云うことにしている。

「安心してください。読む必要はないですから」
かならずそう云ってきた。それで彼らは安心する。

「ああ、よかった」と顔をほころばせて報酬を払ってくれる。ちなみに料金は文字数で決めている。月に十五冊は請け負わないと、米と味噌と沢庵が買えない。

壁新聞で告知したときは、まったく申し込みがなかった。しかし、インターネットを使って宣伝を書いたところ、あっという間に半年先まで予約が埋まってしまった。どうやら、みんな、本を放棄したいらしい。放棄したいけれど、最後がどうなるか知りたいのだ。そんなに最後が気になるのなら、最後だけ読めばいいのではないかと思うのだが――、

「おい、君。それは違うよ。本というのは、そういうものではないんだ」

彼らは口を揃えてそう云うのである。

「それで済むなら楽なもんだよ」

本というのは、かならず隅々まで読まなくては意味がない――彼らはそう考えているようだった。だからぼくも彼らの考えに従って、引き継いで読む本は、一字一句漏らさず読んでいる。

ぼく自身はそんなふうに本を読んだことがなかった。読みかけでやめてしまったものが多々ある。長いあいだ読みかけだったのをまた読み出し、また途中でやめてしまったり。あるいは、同じ本を何度も何度も何度も読む。それがぼくの読み方だ。

しかし、これはなにしろ仕事だから、とにかく最初の一頁目から漏らさず読んできた。ひとまず、ホーキ人が読んだところまで読んで栞を挟む。なるほど、そこで放棄したくなった理由がわからないでもない。

たしかに展開が退屈で、先行きが読めてしまう。

いちばん安いコーヒーが眼前にあらわれ、いい香りが漂って、湯気と一緒に飲んだ。しかし、まだ寒気がする。もしかして風邪を引いてしまったのかもしれない。

そういえば、新聞を書きながら、くしゃみを連発していた。それで、ドイツ人の友達——その名もリリエンバッハ君から貰った、「くしゃみ止めのお茶」を飲んだのだ。一応それで、くしゃみはおさまったのだが、どうやら風邪は退治できなかったものと見える。

ぼくは窓際の席で依頼人に放棄されてしまったしょぼくれた文庫本を読み始め、しばらく読んだところで、じきにハタノ君が来るころだろう、と頭の隅で考えていた。最初は「隅」だったが、それが次第に領土を増し、五分も経つと、読んでいる文字がかき消されるようにハタノ君のお喋りで頭が一杯になった。

ハタノ君はとにかくよく喋るのである。

彼の辞書には「沈黙」の二文字が存在しない。とにかくひっきりなしに喋る。

このあいだ、〈マルノ〉で会ったときも、ぼくはやはり文庫本を読んでいたのだけれど、約束の二分くらい前から、かすかにハタノ君の声が聞こえたような気がした。そんなはずはない。しかし、ハタノ君がそこにあらわれるという予兆が声になって顕現し、声だけが先にやってきた。

たとえば、こんなふうに——。

「……最近僕は五十円玉というものに興味を持っているんだ。すごいだろう？　五十円玉だぜ？　みんな、五十円玉のことなんてさして気に留めていない。僕が、「ところで君はいま五十円玉を持っているかい？」と訊くと、何だかみんな変な顔をして、「五十円玉だって？」と訊き返す。そして、こう云うんだよ。「たぶん財布に何枚かはいってるんじゃないかな」。そこで僕はすかさず訊く。「その五十円玉はいつ発行されたもの？」。すると奴は、「はぁ？」と素っ頓狂な声をあげる。奴らみんな知らないんだ。自分の財布の中にある五十円玉が、平成もしくは昭和の何年につくられたものなのか。そんなことどうでもいいんだよ。しかし、僕はそうしたことが気になって仕方ない。だって君、驚いたら駄目だぜ。いま、僕の財布の中にある五十円玉は、じつに昭和四十七年に発行されたものなのだ。一九七二年。四十六年前だよ。そんな大昔のものを誰もが平然と財布の中に隠し持っている。自覚もなしにね。これはじつに怖いことだと思う。よくわからないけれど、この現象は想像を超えた恐ろしいものを孕んでいる。違うかな？　いや、違わない。僕は前から思っていた。五十円玉ってどこか変なんだよ。大きさとかね。妙に質素なデザインだし。穴なんか開いちゃっても、ただ者じゃないよ。たぶん、五十円玉には世界の秘密が宿されている――そうだ、世界の秘密といえば、僕は最近、不忍池に興味がある。だっておかしくないか？　しのばずの池だぜ」

――といった具合に、延々と話がつづいてゆくのだ。

ぼくはひとことも言葉を発しない。いつもそうなる。彼の声は店にあらわれる前から聞こえ始め、以降、とどまることなく、彼があらわれて椅子に座り、コートを脱ぎ、マフラーを解き、コーヒーを注文するあいだもまったく止まらない。

だから、ぼくは文庫本を読みながら身構えていた。

そろそろ、ハタノ君の声が聞こえてくるだろう、と。

ところが、約束の二分前になっても、約束の時間になっても、五分が過ぎても、十五分が過ぎても、三十分が過ぎ、四十五分が過ぎても、声はもちろん彼の身体は店にあらわれなかった。

ぼくは携帯電話のような高価な機器は持たない主義だ。だから、店のひとに五十円玉を渡し、店の電話を借り受けて、彼の携帯電話にかけてみた。すると、彼は電話に出るか出ないか——いや、たぶん出る前からしてすでに「ああ、君か」と喋り出していた。

「とんでもないことになっているんだ。ああ、判ってる。約束の時間を四十五分二十八秒も過ぎてしまったことは僕だって重々承知しているよ。しかし君、僕はいま田島町から動けなくなっている。知っているか、田島町を。そうだ。その田島町だ。東胡椒区田島町。東京でいちばん寒い町だ。そこで僕は商談があった。そう、そのとおり。昨年来、僕は自分の身のまわりのものを一切合切売ってしまおうと思い決め、五千四百二十八点におよぶ品目のうち、すでに二千八百三十六品を販売してきた。今日の商談はね、十八年間使用してきたあの冷蔵庫だ。僕はとうとう冷蔵庫を売ることになった。それで僕はリリエンバッハ君から軽トラックを借り受け、ここ田島町まで自力で冷蔵庫を運んできた。ところがだ。あまりに寒くて体が動かない。いや、正確に云おう。身震いが止まらず体がいうことをきかないのだ。え？　ここが田島町のどのあたりかって？　いや、君が僕を気づかってくれなくても、僕は自分から云いたい。云いたいのだが、この寒さの中では、それすらわからない。ここが一体どのあたりなのか——」

ぼくはそこで店のひとに、もう一枚五十円玉を渡して「すみません」と小声で詫びた。予測はしていたが、五十円では足りないくらいに長電話になってしまいそうだった。が、驚いたことに、あのハタノ君が「では、そういうことだ」と云うなり電話を切ってしまったのである。そのあとは、何度かけても出てくれない。

ぼくは店のひとに東京都の地図を借りて東胡椒区田島町を探し出し、さらに路線図案内と時刻表を借りて、田島町を目指すことにした。迷いはなかった。ハタノ君はぼくの大事な親友であるし、彼が喋れなくなってしまったのは余程のことが起きている証拠である。

それにしても、店の外に出るとぼくもまた口もきけないくらいに寒く、しかし、ぼくは田島町駅までの切符を購入して列車に乗ると決めていた。ここのところ、どこへ行くにも自転車だったので、列車に乗ったのは何年ぶりだろう。

思いのほか、列車の中は冷えていた。

＊

列車を乗り継いで到着した田島町の寒さを、どのように表現していいものか。

午後三時四十五分。改札を出るなり全身が凍りついた。雪は降っていない。しかし、空一面が重たげな灰色の雲で覆われ、いつ降り出してもおかしくはない。人の姿はなく、営業している店も皆無で、車の類はまったく見られなかった。

体の震えがおさまらない。これまでに経験した寒さとは質が違っていた。分厚い雲のせいで太陽の位置が確かめられず、東西南北の見当もつかない。が、間違いなく北から風が吹いている。それもかなり無慈悲に容赦なく吹いていた。

ぼくは、ミイラ取りがミイラになる、という言葉を思い出していた。このままではぼくの体もいうことをきかなくなる。なんとかしなくては、なんとかしなくては、と呪文のように唱え、ひとけのない駅前のロータリーに出て、信号機の青を眺めた。とりあえず、その青の向こうを目指してみよう――。

しかし、何もなかった。

シャッターをおろした商店の連なりは、すぐに途絶え、空地や材木置場ばかりが目につく。空地のまわりにめぐらされた金網に近づくと、足もとに煙草の吸い殻が落ちていて、思わず「ああ」と声が出た。

ここにも人はいる。

当たり前だが、ここにも人が生きていて、煙草を吸って、生活を営んでいる。夜の静かな時間に壁新聞をつくるように、この町にも壊れかけたラジオを聴きながらひとりで将来を案じている人がいるのだ。

そう思ったら、一瞬、寒さが遠のいた。まさに一瞬だけ。ぼくはかじかんだ手で鞄をひらき、出来たての壁新聞を取り出して金網に貼った。壁ではないから接着がうまくいかないし手がいうことをきかない。そのうえ北風にあおられて、いまにも剝がれそうだった。

しかし、どうにか飛ばされないよう固定して、その一枚を皮切りに、ぼくは鞄に入れてあった十枚の壁新聞を町のあちらこちらに貼ってまわった。ぼくにはそういうところがある。あまりに寒くてどうにかなってしまいそうなのに、夢中になると命のことさえどうでもよくなる。ハタノ君のことも忘れていた。

十枚目の新聞を薄汚れた壁に貼り終えると、いよいよ体が冷えきって一歩も動けなくなった。

それ以上、脚が震えて体を支えきれなくなり、上体を壁に預けると、壁は回転ドアのようにぼくの体を絡め取って壁の中に引き込まれた。

「あっ」とぼくの声も回転し、気づくと暗く狭いところに立っていた。

壁の中だろうか。

湯気が足もとからのぼってきて体を包み込む。じつに暖かい。生き返った心地だ。ぼくは湯気に誘われて暗く狭い通路らしきものを前へ前へと進んだ。蛇行しながら下ってゆく感じだった。湯気は下の方からほのかな光とともにのぼってくる。進むほどに下ってゆく傾斜は著しくなり、地下二階ほどの深みに降りていったあたりでハタノ君の声が聞こえてきた。

「……そろそろ来るんじゃないかと思って、鍋の用意をしていたんだよ。やぁ、よく来たね」

声がする方に進んでゆくと、隙間から光が溢れ出す扉があって、扉をあけると、はたしてそこにハタノ君が座って待っていた。こたつにはいって湯気の立つ大きな鍋を前にしている。ぐつぐつと鍋の煮える音が耳に心地よく響いた。

「ここへ来て、僕は考えてしまったよ」

ハタノ君はいつものように喋り始めた。

「人はどうして身震いをするのだろう。どうして鳥肌が立つのだろう。どうして背筋がぞくぞくするのだろう？　しかもだ、それは寒いときにだけ起きるんじゃない。何かに心を動かされたとき、感動したときにも身震いがして鳥肌が立って背筋がぞくぞくする。どうしてだ？」

ぼくはハタノ君に招かれるまま靴を脱いで座敷に上がり、そこいらへ鞄を置いてそそくさとこたつにはいった。体中のこわばりが解け、自分が鍋の中の野菜や肉になったように、ゆるゆると全身がほどけた。

「体が冷える、とはどういうことなのか？　だってね、人は死んでしまったら体が冷えるだろう？　僕はどうもそこに世界の秘密があるんじゃないかと思うんだ。人はね、体が冷えたらいかんのだ。体が冷えるということは、少しずつ死に近づいているということなのだ」

ハタノ君は「熱燗だ」と云って、湯気がのぼる白い盃を差し出した。「呑め」と云われてひと口呑むと、体じゅうに熱いものが駆けめぐった。

「〈身震い〉とは、寒さ、もしくは、恐怖および歓喜等の心理状況がもたらす体の震えを云う。辞書にそう書いてあった。要するに、人の体が異様を感じたときにそうなる。つまり、感動というのも、異様のひとつなのだ。普通ではないものに触れたことによって背筋がぞくっとなる。なるほど、そういうものか、と一旦は納得したんだが、しかし、君、よく考えてみろ。暑さだって、それはそれは人に異様をもたらす。しかし、鳥肌は立たない。背筋がぞくぞくとはならない。おかしいじゃないか。何故、体が冷えたときにだけ、異様を察知する？　答えは明白だ。黄泉の国に近づいたからだ。ただし、ほんの一瞬だけね。鳥肌が立ったりぞくぞくっとなったりするのは、ほんの短いあいだ。つまり、よぎるのだ、あの世がね。素晴らしい音楽や言葉なんかに触れたとき、あの世が、一瞬だけ、きらめく。僕はそう思う。違うかな？　いや、もういい。そういうことにしよう。さぁ、飯を喰わなきゃ。我々はこの町に長居しすぎた。鍋を平らげて体があたたまったら、さっさとずらかろうじゃないか」

ハタノ君の顔が鍋から立ちのぼる湯気の向こうに消え、ぼくは、誰もいない町のあちらこちらに貼った十枚の壁新聞が、北風にあおられている様を思い浮かべて、一瞬、背中がぞくりとした。

あわてて熱燗をあおる。

湯気に目を細め、

「よし、喰おう」

と割箸を割った。

S町《えすまち》銭湯街《せんとうがい》白犬傳《はっけんでん》

1

「あの本の最初の方で、「自己紹介」なる表題のもと、御自分のことを書かれていましたよね。あれは、百科事典を執筆している彼の紹介ではなく、作者である吉田さん自身のエピソードですよね」

　渋谷は道玄坂裏の酒場とも喫茶店ともつかない飲食店のほの暗い席で、いつのまにか向かい合わせに座っていた彼がだしぬけにそう云った。

「さて、どうでしょう?」

　咄嗟の判断でしらばくれたのだが、

「だって、どこにいても北を指差すことが出来るのは吉田さんの特技じゃないですか」

　私は彼を知らなかった。しかし、その彼が私のことをある程度知っているのは疑いようがない。

　私は彼がその店の店員ではないかと思い込んでいた。私がメニュウをひらきかけたところへ、彼は薄青い蓋がついた透明なボトルをひょいと差し出し、

「珈琲もいいですがね」

　と、いかにも給仕然として云ったのだ。

「いいですか、ここではエビアンを飲みましょう。この三三〇ミリリットル入りのペットボトルでらっぱ飲みをするんです。いや、こいつを幾本か懐に忍ばせましてね――ええ、ここから先しばらくは、こうした飲料水が役に立ってくるんです。たとえ非常なことが起きたりしても、あるいは、熱い湯につかったりした日には、こいつが一番です。ほら、このペットボトルの脇っ腹にこんなことが書いてありますよ」

そう云って、彼は目を細めた。

「エビアンには、自然のおいしさとカルシウム、マグネシウムがバランスよく閉じ込められています――それだけではありません。そのあとにつづく文章は打って変わって、ほとんど驚異と云っていい。いいですか、こう書いてあるんです。氷河期から残るフレンチアルプスの地層で十五年以上かけてゆっくりと磨かれたエビアンは一八二六年以来ずっと、この地で自然のままボトリングされ、世界中に届けられています。どうでしょう？　何だか百科事典の説明文のようではないですか。しかし、さて一体、こんなことが本当に可能なのでしょうか。だって、いいですか、われわれは水道管というものをあらゆる街区のあらゆる建造物に引き回しているんです。つまり、一定の料金を支払いさえすれば、蛇口から水が出てくる環境が整えられているんです。にもかかわらずです、フレンチアルプスの地層で十五年以上かけてゆっくり磨かれた水を、わざわざそんな遠くの、そんなとんでもない水を遥か彼方のフランスから取り寄せて、そいつをまた、あらゆる街区の路上に設置された自動販売機に仕込んだり、はたまた、たとえば駅ですよ――駅というのはまったく驚異的なところであるとかねがね思っていましたが、あのキヨスクとか何とかいう小さな売店のクーラーボックスに、この遥か彼方から運んできた水を、この青い蓋のペットボトルに仕込んで並べているわけです。おかしなことじゃないですか。遠いところで採取してきた水を街区の至るところに配置している。そいつを幾枚かのコインと引き換えにいつでも自由に購買し、遂には、そいつを——いや、こいつをです」

彼はいつのまにか私の正面の席に腰をおろし、大変な熱量を発散しながら力説したのである。

「このエビアンを——すなわちアルプスの水なるものを我が体内に取り込むことが可能なのです」

そこまで力説されたら、メニュウを吟味する必要もない。私は半ば否応なしにエビアンの三三〇ミリリットル入りペットボトルを押しつけられた格好となった。

「いいことです」と彼は満足げに頷いた。「それでは、汗をかいたあとに飲むものも決まったことですし——」

「汗をかいたあとに？」

私は彼の顔をまじまじと見た。

やはり知らない顔である。が、どうしてか自分はこの男を以前からよく知っているような気がして——いや、知っているどころか寝食をともにしたような親しみすらふつふつと湧いてくるのだ。

「失礼ですが、以前どこかで——」

と訊こうとすると、

「ちょっと、僕は失礼します」

不意に彼は席を立ち、店の奥の暗がりに消えてしばらく戻ってこなかった。私は釈然としないまま、いま起きていることを順を追って反芻し、彼が誰であるのか、何を云わんとしているのか、考えの道行きにわずかばかり光明が見えてきたところへ、

「いや、いい湯でしたよ」

彼が言葉どおり、いかにも湯上がりといった様子で——まだ襟足から水滴をしたたらせたまま——こざっぱりとした顔で眼前の席に腰をおろした。

「薄ねこやなぎ色のね、じつに、いい湯でした」

「薄ねこやなぎ色？」

「知りませんか。十和田の湯ですよ。僕はですね、実際に十和田湖のような遠いところまで旅をして、わざわざ温泉につかりにゆくという、そうした前時代的な労苦を払いたくないのです。だって、いいですか、われわれの文化はそうした労苦を払わないために、じつ

に素晴らしい発明を——すなわち入浴剤というものを見事につくりあげ、街区の至るところに点在するドラッグストアで常時販売しているんです。これを驚異と云わずして何を驚異と云いましょう？　こうした発明のおかげで、僕は十和田湖にもアルプスにも移動することなく、勝手知ったる自前の湯舟において、十和田の湯につかって汗を流し、青い蓋をひねってはアルプスの水をらっぱ飲み出来るのです。この十和田の湯はですね——」

そう云って彼は手品師のように右手を閃かすと、〈旅の宿〉と商品名が謳われた入浴剤の袋をどこからともなく取り出した。

「いいですか、こう書いてあります」

効能書きを粛々と読み上げる。

「温泉ミネラル。温泉含有保湿成分。かっこ、メタケイ酸ナトリウム、かっこ閉じ。温泉含有香気成分配合。柑橘と香草の香り。薄ねこやなぎ色」

さて、それはどんな色なのであろう。聞いたこともない。そんな色名が色鉛筆の軸に金色で刻印されていたことがあったろうか。

「僕は烏の行水なので、十分足らずで出てきてしまいましたが、無論、そこのところは自由ですし、細胞を再生させるためには二十分間の温浴が理想であると云われています。だから、きっと汗をかきますでしょうし、実際の話、汗をかかなければ駄目なのです。そしてです、そんなときにアルプスの冷たい水をです、じつに一八二六年以来、脈々と飲まれてきた冷たい水を、ごくごく喉を鳴らして飲んでごらんなさい。まさに至福、いや、極楽ですよ」

彼は湯上がりのほてった顔をなおさら紅潮させ、私はしかし彼が何を云わんとしているのか理解しかねていた。一体、この薄暗い飲食店の内奥はどのような仕組みになっているのか——。

「ちょいと失礼」

そそくさと私は席を立ち、最前に彼がとった行動をそっくり真似て、店の奥の暗がりに歩を進めた。

おそらくこの店に隣接するかたちで彼の住居があるか、もしくは、この店の従業員および常連客が利用する浴室が設置されているのだろう。幾枚かのドアを開け閉めさえすれば、ほんの数十秒で薄ねこやなぎ色の入浴剤が投入された湯気のたつ浴槽が見つかる――私はそう予測していた。

あにはからんや、暗がりにはこちらを導くかのように豆ランプが点々と灯され、そいつを辿って序々に狭まりゆく従業員通路らしきものを進みゆくと、思わず「やはり」と口ずさんでしまうような板戸が私を待ち構えていた。

どことなく湯気の気配も感じられる――。

迷わず板戸を引いて中を覗き、しかしそこは清掃道具などが仕舞い込まれた二畳ばかりの物置で、暗さになじんだこちらの目には、そうした道具類越しにいまひとつの板戸が、「さあ、ここを開いて向こうへ行きなさい」とばかりに誘いかけているように見えた。

私はふたたび迷うことなくその板戸を引き、思い切りよくその向こうにひろがっているであろう浴室に向けて身を躍らせてみた。

が、こちらの興を削ぐようにあらわれたのは、やはり豆ランプが灯された狭い通路で、前へ進むというより、いま来た通路を戻っているのでは、と訝しみながら、致し方なく突き当たりを目指すしかない。

いや、やはりそうだった。一体どういう迷路になっているのか、頭に地図を描けないいまま珈琲の香りが漂う店の中に戻っていて、エビアンのペットボトルが置かれた自分の席も、そのままそこにあった。

しかし、彼の姿が見当たらない。かわりに、彼が座っていた席に、男なのか女なのか、どこかしら艶やかなものを鱗粉の如く振りまく彼/彼女がいて、自身の目の上へ一本の眉墨を用いて丹念に眉をひいているところだった。

「もしかして」

私は訊かざるを得ない。

「あなたはマユズミさんではないでしょうか」

しかし、私の問いは静まり返った店の空気に吸い込まれるばかりで、彼／彼女はこちらの存在を無視したかのように眉墨をかたわらのバッグに仕舞い込んでいる。入れ替わりに、なにやらこまごましたものを取り出して机上に並べ、あたかも占い師が絵札をひろげて未来を予見する構えになった。

が、ひろげられたものをよくよく見れば絵札にあらず、それらはあらゆる街区で発行されている入場券、乗車券、食券といったチケット類の半券であった。あるいはレシートの類であり、さらには、さまざまな商品の——たとえば目薬や咳止めドロップ等の小箱に幾重にも折り畳んで押し込められている、あのおそろしく小さな文字でびっしり埋め尽くされた——取り扱い説明書であった。

彼／彼女はそれらの紙片によって机の一面を埋め尽くすと、私の顔を見上げて、「どうぞそこへお座りください」と、さっきまで私が座っていた席を示して淡く微笑んだ。あわてて椅子を引いた音が店内に響き、私は咳払いをひとつして、なるべく音をたてないよう、そろりそろりと席についた。

「わたしなりに考えてみたんです」

彼／彼女は私の咳払いに重ねて、これまで聞いたことのないようなしっとりと水気を孕んだ声でそう云った。机の上に並べられた紙片を愛おしげに眺めている。

「思うに、この星のこの国のこの都市においては、こうした紙片がすべて、頁なのです」

「ぺえじ？」

「百科事典のです」

そう云いながら、彼／彼女は、ほっそりとした人差し指を指揮棒のように突き出し、宙に据えられた見えない板に「百科事典」と指文字を描いてみせた。指の動きの残像によるものか、はたまた、指先から何やら光線でも発しているのか、しかしそこに板などあるはずもなく、煙草のけむりが空気中にとどまる要領で、その四文字が白く淡くいつまでものこった。

「結論から申し上げますとね——」

彼／彼女は愛おしげに細めた目尻に少しばかりの緊張を走らせていた。

「この、またとない青い惑星は、惑星自体がこの全宇宙の百科事典なのです。このように事物に満ち満ちて、なおも事物を産み出してゆく星を他に知りません。この星は宇宙における一冊の本です。こうした細々とした紙片はことごとくその一冊の書物――この星において〈百科事典〉と呼ばれている巨大な本の頁であり、項目であり、ときに、その説明文でもあるのです」

「なるほど」

私は二重の思いで頷いていた。

彼／彼女の思いがけない結論そのものに頷き、こうした言動を躊躇なく語れるのは、彼／彼女が、我が頼もしき登場人物のひとり＝マユズミその人に違いないからだと確信していた。

私は自分の登場人物の目鼻立ちや物腰といったものが脳裏に像を結ばない。したがって、その姿かたちはきわめて曖昧で、それがいまこうしてしっかり肉体をともなった一人物として目の前で声や匂いを放っているのが、もうひとつの「なるほど」だった。

というか、このような機会はそうそうあるものではない。これまであやふやだったものが明確な輪郭を持っている。ここぞとばかりに目に焼きつけて、以降、マユズミを登場させる際の参考にしたい――。

が、こうした好事には、邪魔という名の魔物が差し挟まれるのが世の習いである。

いや、それが明らかな邪魔であるなら、無視を決め込めばいいのだが、そうはいかないようになっている。

店の奥の方――豆ランプの灯る闇の奥から、「次はS町、S町銭湯街入口です」と高らかにアナウンスする男の声が聞こえてきた。それはいわゆる電車の車内および駅構内に響く車掌の声色にしてイントネーションで、しかも、その声色の芯には明らかに先の男――正体不明の――いや、こうなってみると、その正体がほの見えてきた湯上がりの男の声が隠されていた。

自分としては、いましばらくマユズミの結論を聞いていたいのだが、やはりここはひとつ、(やりかけの仕事を片付けなくては) という強迫観念にも似た思いで、「ちょっと失礼」と私はふたたび席を立った。

おそらく、豆ランプの導きにしたがって闇の通路を探っていけば、いまいちど清掃道具が仕舞い込まれたあの小部屋へと至るのだろう。そして、そこを通過して向こう側へと踏み出せば、今度はマユズミではなく、湯上がりの彼がいる方の店内に戻るのではないか。そうすれば、なぜ彼が車掌の声色を披露しているのかが詳らかになる。

以上のような推察に背中を押され、私は豆ランプを辿り辿り小部屋を目指した。

が、どこまで進んでも物置の板戸があらわれない。その一方で、湯気であるとか入浴剤の香りといったものが次第に濃厚にたちこめてきて、いささか濃厚すぎて頭がくらりとなった。

その、くらりの刹那に——自分としては瞬きひとつの間合いであったと思われたが——私の体は浴槽に浸されており、さて、いざそうなってみると、むしろ飲食店の暗がりの時間の方こそ湯にのぼせたひとときの夢であったと思われた。

もとより自分はこうして銭湯街の一角にある湯のひとつを選び、湯に埋没しながら瞑目、瞑想していたのではなかったか——。

全身をさらりと包むなかなかに快い湯で、なるほど、ほのかな緑を映じたその色は、「薄ねこやなぎ色」と呼ばれるのがふさわしい。

「でしょう?」

こちらの感興を読みとったかのように湯気の向こうから声があがり、湯気の「向こう」がそこにあるということは、この湯は決して独身者向けユニットバスの浴槽などではないのだ。やはり銭湯の、しかもそれなりに広々とした湯であることが窺い知れる。

「僕はですね——」

湯気が晴れてゆくと、はたしてエビアンの彼の顔がそこにあり、さっきまでの水のソムリエを気どった、ややくぐもった声も晴れ晴れと変化していた。

「僕はこれから車掌になろうと思うんです」

声だけはすでにいっぱしの車掌のそれのようだ。

どういうこと？――とこちらが訊く前に、彼は湯に濡れぬようビニールカバーをかけた一冊の本を開き、

「この本に誘われました」

見返しにつづく扉頁をこちらに示した。

「本には扉というものがありますよね」

彼は唐突に変なことを云い出した。

「どうしてでしょう？　扉というのは、ここではないどこかへ出向くための装置ですよね？　となると、われわれは本を一冊ひらくたび、見知らぬどこかへ通じる扉を開けることになります。異郷に向けて走る鉄道のようにです――」

彼が示した書物の扉には『車掌讀本』という表題が右から左へ向けて並び、つまりはそうした表記が標準であった「昭和十三年の発行なのです」と、なぜだか彼は得意げに奥付頁などを見せびらかしている。


さらには、湯につかったたまま、「第一章」とまた最初の方の頁へと戻り、ついには車掌の声色で朗々と読み上げ始めたのだった。

「第一章、車掌たること。其の一、車掌の特異性。車掌という職務は、固定したものではない。鉄道現場のうちで最も流動的なものである。昨日は東、今日は西、明日は又、緩急車の固い側壁に睡眠不足な体をもたせかけ、目まぐるしい仕事を鮮やかに捌いてゆく重責が待っている。しかし、車掌の職務が流動的かつ活動的であるといっても、単に肉体的な労働のみではない。同時に書斎の学究にも劣らぬ精神的な労苦が伴い、加えて、その成果は常に敏捷巧緻の手捌きによらぬ限り充分に達し得ない。頭を働かせるのは勿論のこと、眼も耳も口も手も人一倍に駆使してこそ、初めて車掌という職務に含まれる要素が完全に果たされるのである」

彼はそれらの文言を、ほとんど暗記しているかのようだった。

「最初は、百科事典の〈車掌〉の項目を記すべく、たまたま、この本を資料として読んでいたのです」

そんなことを云う彼は、やはり私が薄々感じていたとおり、我が分身と云っていい主人公の「彼」なのであろう。彼が私の分身であるなら、私もまた彼の分身であるはずで、しかし、彼が事典執筆者から車掌に転身しようとしているのはまったくの初耳だった。彼の意向はそのまま私の意向でもあるはずなのだが――。

「資料のつもりだったのが、読めば読むほど、車掌というものがいかに素晴らしい職務であるかが理解され、ふと気づけば、自分の憧れになっていたのです」

そうだったのか、と私は湯に身を沈めながら、はたして車掌とは何なのか、車掌たるにはいかに振る舞うべきなのかとぼんやり考えていた――。

こうしてわれわれ二人は湯気の中に見え隠れし、それからゆっくり湯気から離れて湯殿の外へと出た。

そこは無数の銭湯ばかりが並ぶ冬の街である。

吐く息が白い。

さて、いつのまに、こんなところへ来ていたのかと私は途方に暮れていた。

S町《えすまち》銭湯街《せんとうがい》白犬傳《はっけんでん》

2

【八十二】

まずもって、八十二、という数字が何を意味するのか私は知らない。

銭湯街の大門の番台で、私はその番号が墨色で刻印された下足札のようなものを受け取ったのである。

「これはつまり、私が八十二番目の客であるということでしょうか」

そう訊いてみると、

「違いますよ」

番台の男が平坦な声で返答した。

「ただ、あなたは、この町のあらゆる場面において八十二番になるんです」

意味が判らなかった。私は百科事典の執筆者であるから、意味の判らないものには意味を与えたくなる。

そもそも、S町というところは、町を構成するさまざまな要素にほとんど意味がなかった。

最近のこの世界——この星の全般は、およそ意味のないものは駆逐されて、無理にでも意味がこじつけられている。私はそうした傾向を事典執筆者として快く思いながらも、どこか釈然としないところもあった。

この世には言葉で解せないものがある。これは事典執筆者が抱える永遠の憂鬱だが、言葉を換えるなら、それこそが真実なのかもしれなかった。


【真実】


何より「真実」と呼ばれてきたものがそれ以上の言葉では説けないのである。「本当のこと」などと記しているが、それでは何の説明にもなっていない。

おそらく、「真実」というのは誰かの冗談めいた発明で、要するに遠い宇宙の彼方にある惑星のようなものなのだろう。そんな星があるらしい、と望遠鏡で観察することで、思いがその星をめぐってゆく――。


【切り抜き男】


「めぐり歩くことが重要なんです」

いつものように、切り抜き男が知ったふうなことを云った。

大体、「切り抜き男」というのが、すでに意味が判らない。が、S町にはこの手の意味の判らない男がじつに多かった。

彼自身の紹介によると――、

「僕という男は、何かしら平面的なものからカットされてペーストされた者なんです。昔から、薄っぺらい男と呼ばれて、そこそこ愛されたり小突き回されたりしてきました」

なるほど、切り抜き男には厚みとか深みといったものがなかった。どこかしら、へらへらしている。

「御覧のとおりの身の上ですから、僕のような者は大きなものの周りをめぐり歩いて――つまり、真実のような途方もないものの周りをうろうろして、そのうろついた足跡や軌跡を売りものにしているんです」

どこかで聞いたことのある話だった。

切り抜き男というのは、こんなふうに延々と知ったふうなことを云いつづけるのである。

【S町】

そもそも、この町の名前である「S」の意味も、いまのところ判然としていなかった。私が理解している範囲で云うと、この町はいわゆる〈逆境〉に位置していて、したがって、何らかの理由で「逆境に立たされた」者がS町への移動を許される——。

この移動は、「ふと気付くと」の「ふと」を導入とし、多くの場合、水や湯といったものを介して瞬間的に辿り着く。水を飲んでいたら、「ふと」S町にいたり、湯舟につかっていたら、「ふと」S町にいるのだ。

【銭湯街】

地図がないので確実ではないが、S町の大部分は銭湯によって占められていると思われる。ほとんど銭湯しかない、と云い切ってもまず間違いない。

ときおり、食堂や甘酒屋、下駄屋や冷凍蜜柑売り、といった店が見受けられるが、それらはいずれも銭湯に含まれていて、単独の店として商っているわけではない。

であるなら、S町のSとは銭湯＝SENTOのSではないかと意味を見つけたくなるが、

「まったく違いますよ」

ダイヤル男がきっぱりと否定した。

【ダイヤル男】

ダイヤル男というのは、「微妙なるもの」をダイヤルを回しながら探りつづける男のことで、手帳ほどの大きさの黒い箱に、いかにも古びたダイヤルが取り付けられたものを常時、携帯している。彼らはそれを〈純粋ダイヤル〉と呼んでいた。

「このダイヤルは、たとえば音量を調節するものではありません。光量を調節するものでもないし、電波の受信状態を調整するものでもない」

「では、何を——」

「云わば、気配です。多くの人がそう呼んでいる、あの実体がないような、説明のしようがない感覚です。

しかし、私らは皆あれを知っている。あの微妙なるものをです。私はね、その微妙さを、このダイヤルで探っては調整しています。そして、そんな微妙なるものを私らはSと呼んでいるんです」

ダイヤル男の声が震えていた。「微妙なるもの」の関与によって、いちいち声が震えてしまうようだった。

【大黒湯】

銭湯街の中心と思しきところに、ひときわ巨大な銭湯が構えていて、その名を〈大黒湯〉と云った。湯殿の中心には直径二メートルに及ぶ大黒柱が立ち、湯舟はその大黒柱を取り囲んだドーナツ形につくられている。銭湯街の湯屋は、すべて二十四時間営業なのだが、〈大黒湯〉は付随する食堂や袋菓子屋なども、ことごとく終夜営業を売りにしている。

とりわけ、人気を博しているのは〈千本桜食堂〉で、この店はその名のとおり――まさか千本ということはないが――見事に大ぶりな三本の桜の木を擁していた。

千本ではなく三本である。

切り抜き男が云うには、

「昔、川べりに千本の桜が植えられていまして、その桜並木の中ほどに〈千本桜食堂〉はありました。現在の食堂はその末裔が営んでおります」

繰り返すが、こうして切り抜き男が口にする知ったふうなことは、安易なコピペばかりで信用ならない。

なにしろ、食堂の店主に直接尋ねても、

「いや、知らねぇなぁ」

とじつに素っ気ないのだ。

もとより無愛想な店主である。

それに、桜の木も食堂の裏手に並んでいるので、食堂の席からは見物できない。花の季節を過ぎれば、厄介な落葉をまき散らすのみで、では、この食堂のいったい何がそんなに人気なのかと云うと――、

「驚かないでください。この食堂は注文したものと全く違うものが出てくるんです」

ダイヤル男にそう教えられた。

【千本桜食堂】

たとえば、カレー南蛮を注文する。待つこと十分。湯気のたつ丼を無愛想な店主が事務的に「お待ちどおさま」と運んでくる。が、割箸を割って待ち構えていたこちらの眼前にあらわれるのは海老天丼である。

この、意外性がいいのだ。

とりわけ、夜勤明けの男たちに評判がいい。

「どうしてかと云うとですね」とダイヤル男が解説してくれた。「夜勤明けの男たちはとても疲れているんです。彼らは夜通し〈逆風機〉をまわして悪焼酎を仕込んでいますからね。おまけに彼らの仕事を仕切っている激怒先生は大変におそろしい人で、常に激怒している彼らを罵りまくる。彼らは大変なストレスを抱えながら朝を迎え、猛烈に腹が空いているのに、あまりに疲れていて何を食べていいか判らないのです。だから、〈千本桜食堂〉で何でもいいから適当な注文をし、あとは何が出てくるか店主にまかせる。そして、出てきたものをただ無心に食べるんです」

【悪焼酎】

さて、名前こそ「わるじょうちゅう」であるが、これこそS町で販売されている最も上質な酒である。

「S町における最上の贅沢は、悪焼酎をちびちびやりながら、昔の駅弁を食べることでしょう」

老齢の〈抜き打ち捜査官〉にそう教わった。

「昔は駅があったんです、銭湯街のとば口にね。この辺りはいい〈軽石〉が採れたもんですから、そのうち貨物列車の駅ができた。しばらくすると、客車が一両、二両と付け足されて、遂には駅弁を売り出すようになったんです。いまは〈夜の楽団〉もずいぶん小ぢんまりしてしまいましたがね、四半世紀前まではそれはそれは大きな楽団で――ええ、結構なオーケストラでした。楽団員が交代で駅弁を売り歩いていましてね、音楽を奏でながらです。風情がありましたよ。いまはもう滅多に見られなくなって、それでもたまに、驟雨の日なんかに、東都の方からはるばるいらっしゃいます。昔どおりの弁当を売りにね。あんなに旨い弁当はありません。わたしも長いこと〈抜き打ち捜査〉に携わってきましたから、東都はもちろん、浪人街やベンガルなんかにも出向きましたけれど、駅弁はね、やっぱり銭湯街が一等です。そう、重箱が二段になっていましてね——嗚呼、思い出しただけでたまらないな」

【車掌の息子の本屋】

〈夜の楽団〉を知ったのは、〈ラガン湯〉の中庭にある〈車掌の息子の本屋〉においてだった。

はじめて銭湯街に紛れ込んだとき、湯舟でたまたま出会ったのが、かつての貨物列車の車掌の息子で、〈軽石〉が尽きて鉄道が廃止され、職を失った彼の父親は「車掌」の肩書きはそのままに小さな書店を開いたという。棚に並ぶ色とりどりの本はいずれも彼の父親と父親の遺志を継いだ彼自身が著したものだった。

『銭湯詩集』『車掌讀本』『ぬるま湯を出よ』『羅生門のフランケンシュタイン』『眠っている白い大きな犬』『アマベロ』『激怒先生』『木曜日の憂鬱』『除夜一郎の冒険』『身震い』『八十二歳のアリス』『後日譚』——そして、『夜の楽団』。

彼は詩人にして戯作者で、ときに社会学者の顔を持つ写真家であり、かと思えば、漫画や絵本を描き、西洋料理の指南書をまとめて——さて、その正体はと云えば、私と同じ百科事典の編纂者にして執筆者だった。

「僕はしかし、いまはもうどこにもない鉄道の車掌になろうと思うのです」

彼はそう云っていた。

「時間の突き当たりまで行けばいいんです。僕が思うにS町のSのくねりは、あともう少しで8の字にならんとする未然のSです。そのSの字の突き当たりまで行って、さらなる先を突き進めば、いずれSの字は突き当たりを抜けて8の字を描き始めます。云うまでもありません。8とは永遠のことです。永遠につづく8の字サーキットです。そこで時間は始まりも終わりも失い、父から引き継いだ時間を辿ってきた僕は、過去へも未来へも自在に行き来できるようになります。どこにもない鉄道はふたたび鉄路を走り、僕は父がかぶっていた青い車掌帽を頭に載せて出発しましょう。もういちど、〈夜の楽団〉の音楽を聴くためにです」

【夜の楽団】

車掌の息子が著した『夜の楽団』によれば、この楽団は「いわゆる二重存在楽団の一種である。」とのこと。「二重存在」とは、その存在が表面と表面下との二層構造になっているもので、この楽団で云えば、表面的には弁当の販売を担ったりしているが、表面下では、「この世の神秘に触れるような活動をしている。」と記されている。

表面下における〈夜の楽団〉の演奏は、草木も寝静まった「うしみつどき」に限られ、一組のオーケストラを編成しているのに、基本的に団体では活動しない。常に個々に行動している。彼らはほとんど顔を合わせず、ばらばらに自分の役割を遂行していた。

彼らとは別に作曲者が存在し、作曲者は日々あたらしい交響曲をつくりつづけている。

というのも、彼らはこの世が「あたらしくつくられる音楽」と共に前へ進んでいると想定しているからだった。この世界を怪物にたとえるなら、その怪物は、いつでもあたらしい音楽を食いつづけて生き長らえる。

緻密につくられた曲が仕上がると、さっそく各地に点在する楽団員に楽譜――これはまた地図でもあるのだが――が配布され、彼らはそのパート譜と自分の担当楽器を携えて、まるで聖地巡礼に赴くように孤独な冒険の旅に出た。その終わりのない旅は常に演奏と共にあり、彼らは決められた日の決められた時間に出発して、楽譜の指示に従って移動と演奏をこなしてゆく。

つまり、この楽団はこの世界すべてをコンサート・ホールに見立て、とてつもなく壮大なシンフォニーを演奏しつづけているのである。

偶然、彼らのひとり――たとえばビオラ奏者――にどこかの森の中で出会ったとする。が、演奏者本人以外には、彼が何をしているのか判らない。あるいは、ひとりでビオラの練習をしているようにしか見えないが、実際のところ、彼は楽譜どおりに自分のパートを忠実に演奏しているのだ。

そこから数十キロ離れた川のほとりでは、やはりひとりのチェロ奏者がビオラの旋律に対位するチェロのパートを時間どおりに演奏している――。

はたして、このシンフォニーの総体を耳にするのは誰なのか。

「夜のために」と彼らは云う。

「微妙なるもの、のために」と彼らは云う。

ダイヤル男が〈純粋ダイヤル〉で推し量っているものを、〈夜の楽団〉は器楽演奏によって探りつづけていた。その作業は、詩人が森羅万象を読み替えることにも似ている。


【誘導蛍】


S町には多種多様な銭湯がおよそ五百はあり、その正確な数は誰も知らない。日々、増減があり、昨日までであった銭湯が今日はもうない。

もっともこれはS町に限らず、日本全国どこもかしこも事情は同じである。違うのは消滅と発生がセットになっていることで、ひとつの銭湯がなくなれば、必ずその跡地に次の銭湯が発生する。

「開業」ではなく、「発生」とS町では云う。

そもそも、S町では銭湯を業務と見なしていない。あたかも温泉が湧き出るのと同じく銭湯が湯殿ごと地中から芽吹いたかのように「発生する」と信じられてきた。

よって、銭湯は自然物と同じで、金銭と引き換えに嗜むものではない。それゆえ、最初に銭湯街入口の大門の番台で〈見せ札〉を入手しさえすれば、以降、その札を見せるだけで五百を下らないすべての銭湯に入湯できる。

問題はどの湯を贔屓にするかだった。

銭湯街は以上のような「発生」の連続によって成立しているため、区画整理の行き届いた街とは正反対の様相を呈している。その実態はまるで迷路のようで、一向に地図がつくられないのは、地図の制作を試みた者がことごとく行方不明になってしまうためだった。

こうした事態を回避するため、各銭湯が〈誘導蛍〉を放っている。

この蛍はしかし、自然発生したものではなかった。東中野の〈エレクトリカル・ヒステリック社〉の製作による、スーパー・マイクロ・コンピューター搭載の「空中浮遊型誘導装置」である。

ちなみに大門で発行される〈見せ札〉も同社による精密機器で、どう見ても古びた下足札にしか見えないが、じつは、〈誘導蛍〉と連動したマイクロチップがあらかじめ内蔵されている。

銭湯の客人は自分の贔屓の湯を決めたら、その銭湯の緯度経度をコード化したものをチップに記憶させる。すると、それ以降は大門をくぐった途端、各銭湯が浮遊させている〈誘導蛍〉を〈見せ札〉が自動的に呼び寄せる。あとは、ロボット蛍のあえかなる尾灯を追えばいいだけである。

【ラガン湯】

私が贔屓にしている湯のひとつは〈ラガン湯〉という名で、ラガンとはおそらく「裸眼」のことである。

この湯には、車掌の息子をはじめとして、S町の詩人連中が〈寝待ち〉を継続していた。

〈寝待ち〉とは、読んで字の如く、「寝て待つ」ことだが、寝て待つのはいいにしえより「果報」と決まっていて、詩人たちの多くは、特に何があるというわけではないが、「果報」を待つべく、この〈ラガン湯〉の広々とした仮眠室に寄り集まって惰眠をむさぼっている。

「それは、どんな果報なんです？」

ある詩人に訊いてみた。

詩人は皆そうであるが、年齢不詳で痩せている。

「それは、君、果報が届かないことには判らんよ」

彼は平然と答えた。

「届かないうちから判る果報は果報とは云わない」

「では――」と質問を変えてみた。「何か、結果を待っていることがあるのですか」

「さて、この世に結果なんてものがあるだろうか――」

詩人らしい解釈だった。

「この世に結果があるとしたら、それはこの世の終わりだ。だから本来、結果なんてものは存在しない。それゆえの果報である。果報が届けられたということは、自分が寝ているあいだに何らかの結果が出たわけで、つまり、寝ているあいだにこの世が終わったことになる。いや、どうせ、この銭湯街はこの世の外にある」

「そうなんですか――」

「何を寝ぼけたことを云ってるんだ？　君はたしか百科事典を書こうって男だろう？　この世にはゴマンとひもとくべき書物があるが、中でも真に読むに値するのは百科事典と詩の本だ。読むに値するものは、当然、書くに値する。ただし、事典も詩文も、この世の外に出て行かなくては書けない。いや、書くのではなく、見つけると云い直そう。そのふたつの書物に記されるものは、この世の外と中を行き来しなければ見つからない。まずは眼鏡をはずして裸眼になる必要がある」


【眠っている白い大きな犬】

車掌の息子から聞いた話によると、S町のどこかに眠っている白い大きな犬がいて、いつまでたっても目を覚まさない。長い長い、それは長い長い夢を見つづけているのだという。

S町《えすまち》銭湯街《せんとうがい》白犬傳《はっけんでん》

3

【申し分のない料理に胡椒をかけた男】

議論になったのである。

その白い犬は、はたしてどんな夢を見ているのかと、篠田と黒森は所見を述べ合った。

舞台は、二番町〈三島食堂〉の五番テーブルである。

彼らは食堂の名物である〈芥子揚げ〉を食べながら、「夢を見るもの」と「夢によって見られているもの」との関係について語り合っていた。

「昔から云い伝えられていることだよ」

「おれも聞いたことがある」

「あの犬は、ただ眠りつづけているだけじゃない。長い長い夢を見ているんだ」

「しかし、なぜあの犬が夢を見ていると判る？　誰が云い出したのだ？」

「ひとつには、こういうことだ。我々の日々の営みに実感というものが伴わなくなり始めた。まるで夢の中を生きているようだと皆が云い出した」

黒森はテーブルの端に置かれていた小さな壜を手に

取ると、食べ始めたばかりの〈芥子揚げ〉に、たっぷりと胡椒を振りまいた。

「あ、君」と篠田が注意する。「手がすべったのかもしれないが、それはいくらなんでもかけ過ぎだ」

「いや」と黒森が否定する。「おれはこのごろ、どんな料理にも胡椒をかけないと気が済まない。それも、こうしてたっぷり、口が痺れるほど、胡椒の味がぴりぴりしないことには――」

「食べている実感がない。そうだな？」

「そういうことだ」

「そもそも、この料理は存分に芥子をきかせてある。ただでさえ、刺激的な食い物だ。なのに、我々は胡椒をかけずにいられない。料理人が細心の注意を払って、絶妙な味付けを施した申し分のない料理に、我々はこうして野蛮なほど胡椒をかけてしまう。いつからこうなった？」

「さぁ、いつからだ」

「その、いつからのいつを見つけ出せたら、それが犬の眠りの始まりだ。以来、我々は実人生ではなく、犬の夢の中に生きる身となった」

「そういうことか」

「そういうことだ」

「それはアレか。犬が眠り始めたから、そうなったわけか」

「おそらくはそうだろう。犬の眠りがあって、我々のいまがある」

「ということは――」

「犬が目覚めれば、それまでだ」

「どちらがいい？　我々は犬の夢の中を生きた方がいいのか。それとも、夢の外へ脱出すべきなのか」

「もし、脱出すべきだとしたら？」

「それは君、犬を起こすまでだよ」

「しかし、犬が目を覚ました途端、我々のこうした営みもまた霧散するかもしれない」

「それは充分に考えられる」

「だから、誰も犬を起こさないのだ――」

【吸血鬼恐怖症】

こうした男たちの会話を、ひろげた白い紙に青いインクで書きすすめている女がいた。

彼女の名前は氷島飛鳥。

弱冠二十歳で小説家として世間に認知され、これまでに百八編の短編小説を書いて、長編小説はまだひとつも書いていない。

「だって、長く書く意味なんてないから」

彼女はインタビューの質問にそう答えた。

聞き手は東原という二十八歳のフリー・ライターで、彼は「自分が吸血鬼になってしまうのではないかという強迫観念」に十六歳のときから苛まれていた。

「そうなの？」

彼女は質問に答える身であることを忘れ、「余談ですが」とことわり置いて語られた東原の「吸血鬼恐怖症」に興味を示した。

「いえ、吸血鬼が怖いわけではないんです」

東原はメモ帳に走らせていたボールペンを休ませた。

「ぼく自身が吸血鬼になってしまうのが怖いんです」

「それって、何？　自分が自分じゃないものになってしまうのが怖いってこと？」

「まぁ、そういうことです」

「ということは、たとえば、狼男になってしまうのも怖いわけ？」

「狼男？　いえ、それはないです。狼男は伝染しませんから」

「伝染？」

「そうです。ぼくは伝染というものがこの世でいちばん怖いんです」

「でも、そうは云っても風邪は引くでしょう？」

「風邪はすぐに治ります。でも、吸血鬼は治りません。ひとたび吸血鬼に血を吸われたら、ぼくは一生、吸血鬼です。しかも、吸血鬼として生きてゆくためには、誰かの血を吸わなければならない。そして、誰かの血を吸ってしまったら、それでもう、そのひともまた吸血鬼です。何と恐ろしいことでしょう――」

【残された声】

ボイス・レコーダーのストップ・ボタンを押し、野口は深く息をついて目の前の男に訊いた。

「残されていたのは――」

「これだけです」

野口の質問に答えた男は某ウェブ・マガジンの編集長で横山という。

「東原さんと連絡がとれなくなったのは？」

「五日前です。ヒシマアスカのインタビュー原稿を待っていたんですが、メールひとつよこさないんで、おかしいなと思って――」

横山が東原のアパートを訪ねてみると、部屋は空になっていて、六畳間の真ん中に東原が愛用していた小型ボイス・レコーダーが置いてあった。プレイボタンを押すと、東原が氷島にインタビューをしている音声が小さなスピーカーを鳴らした。

「余談ですが」と東原が吸血鬼の話を切り出してから、質問者と回答者が逆転していた。小説家が聞き手になって、東原が延々と答えている。

「これでは記事になりません。困ったことです」

横山は東原の失踪にさして関心はなく、依頼した仕事が正しく為されていないことに腹を立てていた。

【報告書】

午前二時――。

〈城ヶ崎探偵事務所〉のチーフである城ヶ崎不二男は、野口が書いた報告書に目をとおして首をひねった。

これはどういう事件なのだ。野口はいい探偵だが、いかんせんまだ若い。報告書の書き方が未熟なのか、それとも案件そのものが常軌を逸しているのか――。

〈吸血鬼恐怖症〉とは何のことだ？

しかも、野口はボイス・レコーダー以外に東原の手がかりが何ら見つけられず、仕方なく、小説家を訪ねて話を訊いていた。

「ああ、あれは期せずして、いい取材になりました」

氷島飛鳥は東原の話にヒントを得て、次回作の構想が固まったという。

「え？　彼の行方が判らないの？　本当に？」

彼女は口もとをゆるませた。

「いよいよ、小説みたいじゃないの——」


【夜の手紙】

氷島飛鳥は『夜の手紙』というタイトルのもと、〈吸血鬼恐怖症〉を患った青年が、突然、予告もなしに失踪してしまう物語を書いて上梓した。

それが彼女の初めての長編となり、人気を博して映画にまでなった。

ただし、映画は青年の視点を離れて吸血鬼の視点で描かれていた。タイトルも『吸血楼』と大胆に改題され、まずはB級もしくはC級のプログラムピクチャーでしかなかった。

見るからにキワもの扱いされたことに氷島は鼻白み、以来、彼女は仕事場にとじこもって世間に顔を見せなくなった。


【彼女の最後の小説】

しかし、四年後に氷島飛鳥は「これが自分の最後の小説になる」と宣言し、七百頁の大長編『本当のことを云う小箱』を世に送り出した。

人々が云えなかったこと、云わなかったことを、小さな古ぼけた小箱が語り出す。小箱は人々に気味悪がられ、「本当のことなんて云うもんじゃない」と敬遠されて数奇な運命を辿ってゆく——。

何人もの手に渡り、そのたびに小箱が「本当のこと」を語って疎まれる、という物語だった。


【ほんたうのことを云ふ小匣】

映画『吸血楼』で主役の青年を演じた水野光二は、書店で平積みになった『本当のことを云う小箱』を買いもとめると、寝食を忘れて読みふけった。

水野は『吸血楼』の演技があまりに不評で、役者の仕事を干されていたのだった。

夢中になって本を読み終えると、水野は心機一転、うつくしい川が流れる故郷の町に戻り、友人が営む古本屋の二階の一間を借りて暮らし始めた。

　故郷の町ではあるが、両親はもとより親戚一同すでに町に知り合いは住んでいない。ただ、古本屋の店主である幼なじみの北山直人だけが拠りどころだった。

　直人は小さな店の番台で背筋をのばし、水野に向けて一冊のくたびれた本を差し出した。

「これはいい本だよ」

　彼が差し出す古本はことごとく角が丸みを帯び、幾たびもの精読を静かな夜の読者に提供してきたことが窺い知れた。

　水野がそうした一冊を購入すると、直人は丁寧に時間をかけて薄紙で本を包んでくれる。細長い棒の先に白い真綿を取り付けた自家製の「古本清掃具」を使い、小さな動物を慈しむようにくたびれた古本の汚れを拭いとった。微かにアルコールの匂いを漂わせ、セロテープで修繕をした黒ぶちの眼鏡を何度もかけ直して、本の汚れの細部を点検した。


「最近、何かあたらしい本を読んだ？」

　直人の問いに、水野が氷島飛鳥の『本当のことを云う小箱』を挙げると、

「その題名は覚えがある」

　直人は机辺の本を探り、「これだ」と、見るからに古色を帯びた一冊を手もとに引き寄せた。綴じ糸がほつれて本体から離れた数頁がある。ボール紙でつくられた表紙はところどころ擦れて傷んでいたが、『ほんたうのことを云ふ小匣』という表題がかろうじて読めた。

「なるほど」と水野はいまにも崩れ落ちてしまいそうな本を丁重に取り扱って表題を眺めた。

「この本はしかし、著者名がない」

「そう。実際、著者というものがいないんだよ」

　直人の解説によると、ここにあつめられたのはいずれも巷で語り継がれてきた小噺ばかりで、特定の作者があるわけではなく、語り継がれたことによって形を成した物語の原形のようなものであるという。

「おそらく、氷島飛鳥もこの本をひもといたのだろう。

VIA SUEZ CANAL
CHOICEST
SELECTED
NEW SEASON'S
YUME

表題作は、ほらこのとおり、わずか三頁に凝縮された掌編でしかない。これを七百頁にまで拡大してみせるのが小説家の腕の見せどころだ。じつを云うと、いつからかこの古びた本は、あらゆる創作者のあいだで取り合いになっているらしい。云い換えると、この一冊を通読すれば、この世のあらゆる物語を読んでしまったに等しい。すべては、ここにあつめられた小噺の変奏か拡大解釈によってつくられている――」

【匣の中の笥】

水野はこうしたいきさつを自身のブログに脚色を加えて書きとめ、ネット上にアップしてパソコンの画面に映し出された文字を追いながらふと気がついた。

（まさかとは思うが、もしかして、こうしたブログの記事のようなものも、すでに語られた物語のバリエーションでしかないのか）

手もとに直人が入念な修繕を施した『ほんたうのことを云ふ小匣』があった。修繕によって頁が崩壊することなく読めるようになり、一冊の本としてあらためて手に取ってみると、ちょっとした事典のような重みと充実感がある。あるいは、表題どおりの「小匣」のようなものだろうか――。

（まさかとは思うが）と繰り返しつぶやいたが、その（まさか）を題名にした話が「小匣」の中に見つかった。『ほんたうのことを云ふ小匣』第六百二十八頁に、『たまさか』という題名でふたりの男が昔話をあつめる様を描いた話があった。男のひとりは書籍の修繕を生業とし、いまひとりの男は落ちぶれた旅役者である。

（おいおい、そんなところまで一緒である必要はないんだが――）

水野は最初、舌打ちをする余裕があったが、読むほどに妙な感覚に陥った。

書籍修繕者の男が修繕を引き受けた中に『まことの笥』なる表題の二十巻本があり、それはこの世のあらゆる物語をあつめたものであるという触れ込みだった。修繕の済んだ巻をたまたま立ち寄った旅役者の男がひもといていると、『思いの外なること』という題の小咄が目にとまった。

読んでみたところ、「ふたりのおのこが巷に流布した云い伝えをあつめる」話で、男らの境遇が自分たちに似ていることに「思わず笑った」とあった。


【ふたりのおのこ】


水野が震撼したのは、ふたりの男はもともとそれぞれの道を歩んでいたのに、『まことの笥』と出会ったことで、そこに描かれていた「ふたりのおのこ」を自らになぞったという事実だった。

水野がこの発見に心動かされていたところへ階下の直人から声がかかり、「このあいだの『ほんたうのことを云ふ小匣』と似た本が何冊か見つかった」という。

見ると、それぞれの本は成立が異なっていて、内容的にも、よく似たところと大きく違うところが見られて、いちいち興味深かった。

「これは研究に値する」

直人が断言した。

「これらの本を編纂してひとつにまとめれば、およそ究極と云っていい物語集成がつくれるよ」


【葬られた結末】


『まことの笥』に収められた『思いの外なること』には、さらに時代をさかのぼった原典と呼ぶべき説話があり、そこには物語をあつめたふたりの男の顚末が描かれていた。その結末部分は悲劇と呼ぶしかなく、「ふたりのおのこ」は思案の挙句、結末を削除して原典を葬ったのだった。

こうした事実を水野も直人も知らなかったが、葬られた原典を発見した古書店主がいた。

その名を伊沢という。

伊沢はそれを偶然見つけたのではなく、顧客の依頼に応じて探索を重ねた結果、富山の薬問屋の蔵の中から見つけ出したのだった。

その顧客が氷島飛鳥だった。

【たまてばこ】

『本当のことを云ぅ小箱』の執筆後、氷島飛鳥もまた『ほんたぅのことを云ふ小匣』から『まことの筥』までさかのぼり、さらなる原典はないものかと懇意にしていた古書店主である伊沢に「探してほしい」と依頼した。見つかったのは『たまてばこ』と題された中世の説話集で、題名すらないごく短い話のひとつに、「ふたりのおのこが口から口へと伝えられてきたはなしをあつめる」エピソードを探し出した。

その結末部分は、「最後の小説」を世に問うた小説家を、ふたたび創作の場に呼び戻すほどのものがあり、彼女はそのわずか四行ほどの結末を、三百六十枚の長編小説に仕立てなおした。

【明け方の悲劇】

完成した小説は原典どおりふたりの男の悲劇を描いていたが、作品の外でも悲劇は起き、書き上げた日の明け方に氷島飛鳥のパソコンがクラッシュを起こして三百六十枚が一瞬で消え去った。

幸いにも全編のバックアップが残されていたが、悲劇はそのメモリー・スティックにも及び——ここでは紙幅の都合から省略せざるを得ないが——あらかたの想像を絶するような紆余曲折を経て、いまは眠っている白い大きな犬の腹の中にそれはある。

【犬の腹の中の結末】

いずれにしても、水野と直人は百科事典なみの「物語集成」を完成させ、その半年後にふたりは別の場所でそれぞれの理由から鏡を覗き込んだ。

その鏡がなぜ唐突に割れてしまったのか——。

その理由は、犬の腹の中にある氷島飛鳥のテキストに記されている。ふたつの場所で同時に鏡は割れ、鏡に映ったふたりの顔も鏡の亀裂に従って砕け散った。

——駆け出しの未熟な探偵である野口の報告はそこで終わっている。

まっさかさま

いまはもうない、いくつかの食堂について

a 夢のような食堂

とうにテッペンをまわった深夜に、「ステーキを食べに行こう」と、突然、父が云い出した。半世紀ほど前の話である。

父はときどきそうした突拍子もないことを云い出すところがあった。なぜかしら得意げで、「ラジオで聞いてメモをとってある」と小さな紙きれを取り出した。エキゾチックな響きを持つ一度耳にしただけでは覚えられないような店名を挙げ、ライスとスープとサラダのついた一ポンド・ステーキのセットが千円、ハンバーグのセットが四百円、深夜三時まで営業していて、「しかもおいしい」と自分の手柄のように父は云った。

「これは、行かなくては損だ」

家族——すなわち、まだ小学生であったぼくと母は、父のいつになく力強い物云いに従わざるを得なかった。おそらく父は、その店で食事をするなら夜中に限ると考えたのだろう。「行かなくては損だ」という言葉には、値段が格安であるだけではなく、せっかく深夜までひらいているのだから、深夜に行かなくては損である、という理屈も含まれていたに違いない。

加えて云うと、家族三人はその日、なんらかの事情で晩御飯を食べそびれていたものと思われる。たぶん、そうした成り行きに、奥の手としてその店の存在が浮上したのだろう。

父は紙きれに書きとめた住所をロードマップで確認すると、ガレージから埃っぽいライトバンを出してきた。印刷会社に勤めていた父は運搬用のくたびれたその車で毎日大量の用紙や校正紙を運んでいた。

すでに記憶はずいぶんと淡いが、その店は大きな通りに面していて、車で行くのに都合のいいところにあった。父に云わせれば「すぐそこ」だったが、夜の環状通りを延々三十分は走ったと思う。

たどり着いたのは駐車場もない小さな食堂のような店だった。父は行儀悪く道ばたに車を停め、「平気なの、こんなところに」と訝しむ母の声に聞こえぬふりをした。「よし」と嬉しそうに手を叩いている。何が「よし」なのか知らないが、父の逸る気持ちがこちらの胸にそのまま伝わってきた。父がステーキなら自分はハンバーグだ、と決めていた。

小さな店だったが派手なネオン看板——横文字である——を掲げた外観も手伝い、普通ではない時間に普通ではないところで食事をする妙な気分が、「しかもおいしい」という嬉しさを際立たせた。

メニューは一ポンド・ステーキとハンバーグのみ。ビールもあったと思うが、運転手である父はビールではなくガラナを注文した。いまでこそガラナは近所のスーパーマーケットでも手にはいる。しかし、その当時は見たことも聞いたこともない得体の知れない黒い飲みものだった。

店内にはひっきりなしににぎやかな音楽が流れ、満員に近い客の声がやたらに喧しかった。たばこの煙とステーキの焼ける煙が入りまじり、外国の映画か、でなければ夢の中にいるような気分だった。

しばらくして、皿からはみ出るような大きなステーキとハンバーグがテーブルにあらわれた。肉の焦げた匂いとソースのこうばしい香りがたちのぼる。

「よし」と父は低い声を出した。「全部、食べてやる」。

ところで、一ポンドというのは四百五十グラムのことである。はたして父がそれを平らげたかどうかは覚えていない。肉汁たっぷりのハンバーグがおいしかったことはありありと思い出せる。というのも、大人になってからハンバーグを食べるたび、その夜の音や匂いや味を反芻してきたからだ。半世紀のあいだに、だいぶ美化されているとしても——。

それであるとき、「あの店、覚えてる?」と母に訊いてみた。すると母は「何のこと?」と首をかしげるばかりで要領を得ない。肝心の父はすでにあの世に逝ってしまっていたが、そもそも、父は基本的に肉料理を好まなかった。

「一ポンドもあるステーキなんて食べるはずがない」

母が断言した。

「夢でも見たんでしょう」

云われてみれば、なんだかそんな気がしてきた。

その店に行ったのはその一度きりで、安くておいしかったのなら、そのあと何度か行ってもいいはずだ。が、こればかりは間違いなく、ただ一度きりだった。

そうか、あれは夢だったのか——と記憶が正されてから数年後、深夜に乗ったタクシーの窓に、半世紀前のあの店がよぎった。「あ」と声が出て身を乗り出し、確かめようとしたが、みるみる後方に遠ざかってゆく。

だが、あの店に違いない。

昔のままだった——。

咄嗟に近くの電柱を探して表示された番地をメモにとった。あとで調べるときの目安にと思い、しかしそれきり忘れてしまった。

ところで、この食堂の記憶を、何年か前にとある雑誌のコラムに書いた。これもまた夢のような話なのだが、原稿料の代わりに、何十年も前の色とりどりの切手が送られてきた。

b スケベな食堂

　路地裏の名店だった。近くにファスナー工場があったので、工員たちの引ける時間に当たると、さほど広くもない店内はすぐに満員になった。

　切り盛りしているのは二人の男で、中年というよりすでに初老の域に達している感があった。二人の年齢はおそらくさほど離れていない。しかし、その風貌と性格はまるで正反対で、主に調理を担当している男は小柄で陽気でよく喋り、いま一方の配膳を受け持った男は背が高くて無口で表情に乏しかった。

　が、二人には共通点があり、タイプは違うが大変な好色漢で、背の低い方は絶えず下ネタを繰り出し、背の高い方はいわゆるムッツリスケベで、ときおり、自分のエロさに破顔して悪魔めいた卑屈さが現れた。

　このような二人がつくる料理と店の雰囲気が大変すばらしいのだから、世の中は面白い。メニューはすべて定食で、「ビールは一本まで」と貼り紙で釘をさしているとおり、酒の肴になるような一品料理はない。

「カップルで店へやって来て、ビールばかり飲んで酔っぱらってさ、男が女の体をさわりまくるのを見せつけられたら、こっちはもうたまんないよ」

　背の低い方がそう云っていた。背の高い方はそれを聞きながら、カウンター越しに女性客の顔を舐めるように見ている。

　この店にぼくは少なくとも三十回は通ったが、三十回のうち二十六回は、こんな話が繰り返された。これで料理がまずかったら最低の店ということになるが、何を頼んでも絶品と云うしかなく、量もしっかりあって、値段も手ごろだった。鮭のバター焼きなど、他では味わえない独特な風味で、つけあわせになぜか半分だけ衣をつけて揚げた茄子のフライがついてきた。

　定食にセットでついてくるサラダも味噌汁もすべて個性的で、サラダは豪快に盛りつけられたレタスとホワイトアスパラガスの上にニンニクを効かせたどろりとしたドレッシングがかかっていた。味噌汁は飯茶碗よりひとまわり大きな陶製の中鉢へ、ムッツリスケベの方がたっぷりとよそってくれる。具は油揚げとほうれん草とえのき茸で、どれも新鮮で、煮つまっていたことなど一度もない。すべてがたったいまつくられたような味で、どんな食材であっても、果汁のように口の中に芳醇な味わいがひろがった。

あるとき、いつものように店を訪れると、背の高いムッツリスケベが不在で、おしゃべりな小柄な方が一人で黙々と料理をつくっていた。あきらかに口数が少なくなっていて、背の高い方のおじさんは「どうしたの?」と訊きたかったが、訊いてはならないムードがそこにはあった。

まもなく店は閉じられ、それから数年後に小柄な方がひとりで別の店をひらいたという噂を聞いた。もう二度と食べられないと思っていた味をふたたび味わえると知って歓喜したが、忙しさに追われて機を逃しつづけるうち、とうとうその店もなくなってしまった。

C あの世の手前にある食堂

「鰻屋というのは、こっちとあっちの間にある。まぁ、ほとんどあの世に行きかけたとば口にあるような店が一等旨い。そういう店っていうのは、味がいいとかそういうことだけじゃなく、店へ行くまでの時間だとか、その日の天気や温度とか、店をとりかこんだ風景とか、そういった全部をひっくるめて旨いんだな」

これはぼくが学生のときにアルバイトをしていた袋菓子工場の水田さんのセリフそのままである。一言一句もらさず覚えている。何度も聞かされたからだ。まるで芝居のセリフをさらうように、水田さんはこの自前の「鰻屋論」を繰り返し述べていた。

といって、水田さんは鰻屋に日参しているわけではなかった。「むかしの東京には、あの世に連れて行かれるような鰻屋があちらこちらにあったもんだ」――という「むかし話」である。

「でも、じつは一軒だけのこっている」

というオマケがついた。

「K町のね——川向こうのK町だけど、あそこのOという店がいまでもそのままだ」

それで、つい行ってしまったのである。

話を聞くかぎり、その店は立派な構えの料亭めいた店に違いなく、当然ながら料金もそれ相応で、自分の所持金ではとうてい間に合わないだろうと思っていた。そもそも川向こうのK町へ行くには、特別急行に乗る必要があり、その乗車料金からして、袋菓子工場のアルバイト料から捻出するにはかなり無理があった。

にもかかわらず、「つい」行ってしまったのだ。

ところが、実際に店を見つけるなり拍子抜けしてしまった。店そのものはちょっと広めの食堂といった感じで、年季がはいっているというより、さてこの店は営業しているのだろうか、というくらいガタがきていた。時代劇に出てくる江戸時代の居酒屋が、そのまま吹きさらしに放っておかれた風情である。


これはまた店内においても同じことで、「いらっしゃい」とあらわれた女将は、ぎょっとしてしまうほど陰気だった。なるほど、「あの世」なる言葉が容易に連想され、これはとんでもないところへ来てしまった、と後悔が先に立った。

「どうぞ」と差し出された品書きには、「鰻重」と一行あるのみ。丼もなければ、松竹梅の表記もない。有無を云わさずそれだけであるなら、なにも品書きなど用意する必要もないのに、それでいて、値段がいくらなのか明記していなかった。

「あ、じゃあ——鰻重で」

こちらも自然と陰気な声になって注文し、どことなく魂を抜かれたような思いでうなだれていると、ほどなくして女将が音もなくふたたびあらわれた。卓の上へ、これまた音もなくすっとコップ一杯の水を置き、また店の奥へやはり音もなく消えてゆく——。

この水がまた驚くばかりにきりきりに冷えた一杯で、口をつけた途端、唇から冷気がつたわって、全身が一気に冷え切ってしまう、とんでもない冷水であった。

さて、それから待つこと三十分。

その間、ひたすら店の中はしんとして——「しんとして」と書くとき、むかしの人は「森として」と記すことがあったが、まさに森の奥の森閑であり、たとえば厨房に料理人がいて、鰻をさばいたり焼いたりしている気配というものがまるでなかった。たれの甘辛い匂いであるとか、焼いているときの煙であるとか、そういった一切が感じられず、そればかりか、店内の照明が刻一刻と薄暗くなっていくように思われた。

次第にいたたまれない心持ちになってきたところへ、またしても音もなく女将があらわれ、限りなく暗がりに近くなった店内に、蠟燭を立てた盆と、その上へ漆黒と呼ぶのがふさわしい、見たこともないくらい黒々とした重箱をのせてきた。

重箱は箸を添えられて、そっと卓の上に置かれ、状況から察して、それが「鰻重」であることは疑いようがなかった。闇の奥へ沈むように消えた女将に向けて「いただきます」と小さく声をかけ、重箱のふたを外すと、あたかも玉手箱をあけてしまったかのような妖気がただよい出る——。

が、それはふと気づくと、じつに香ばしい湯気で、そのころには蠟燭の灯りに目が慣れて、つやつやとした鰻が飯の上にのせられているのが、一転して神々しく映った。

いかにこの店の鰻重が旨かったか、いかにとろけるような美味であったか、どれほど書きつらねてもたぶん追いつかない。

食べ終えたときには、たとえ大枚をはたくようなことになっても、ひとつも惜しいとは思わず、——実際には、さほど高価なものではなかったのだが——川をわたってこちらへ帰ってくると、現世のいちいちが鼻につくほど、あちらでの清々しい時間が思い出された。けだし、鰻屋というものは、それをめぐる時間のことであり、その時間というのは鰻屋にしか存在しないと思い知った。

d

一夜にして消えた食堂

年齢不詳の、おそらくは姉と弟による、じつにこぢんまりとした店だった。姉も結構な変人として人生を送ってきたに違いないが、問題は弟であり、「弟」と書いただけで、どういうものか若さを感じてしまうものだが、そうした想像をはるかに超えて、弟はあきらかに人生の後半を生きていた。つまり、だいぶ歳をとっていたものと思われる。

その証拠に、誰も訊いていないのに、むかし、オランダで偉いひとの屋敷に住み込みで働いていたときのことを好んで話した。それがいかにも前時代的であり、ともすれば「住み込み」などというものではなく、「召使い」と云った方がより正しいのではないかと、彼の言動からひしひしと感じられた。

なにしろ、腰が低かった。あんなに腰が低いひとはそうそういない。もちろん客商売をしているのだから、客に対して平身低頭になるのは、そうおかしなことではない。しかし、「平身低頭」という言葉をまさに体現したようなひとで、とにかく常に恐縮していた。恐縮するあまり言葉が妙な具合にねじれてしまい、たとえば、なかなか料理ができなくて客を待たせてしまったときなどは、

「大変にお待たせをしているわけですが、お待たせしているあいだに、ちゃっかりと、ここのところへですね、このテーブルの隅の方に、ちゃっかり、スプーンとフォークを置かせていただいたりして――」

という具合だった。あるいは、

「じつは、あたらしいメニューをご用意しているんですが、誰にも気づかれないように、そっとご用意しているので、まだメニューには書いていないのです」

といったふうに、ほとんど何を云っているのか意味不明だった。印象としては、明治や大正の時代からタイムスリップしてきたような物云いなのだが、じつに若々しいストライプ柄のボタンダウンシャツなどを着

て、店内に流れている八〇年代のフュージョン音楽に体をゆすったりしていた。

出てくる料理はいずれもオランダで覚えたものらしく、メニューには「オランダ・サンドイッチ」「オランダ・スープ」「オランダ・コーヒー」と並んでいる。写真が出ているわけではないので、「これはどんなものですか」と訊いてみると、腰の低い弟は「おいしいですよ」と急に勿体ぶって説明を拒んだ。とにかく食べてごらんなさい、ということらしい。

で、食べてみると、これがまた一度も食べたことがないような味で、びっくりするほどおいしくて、いまいちど「これはなんですか」と、そればかり繰り返してしまった。

「おいしいでしょう？　これがオランダ・サンドイッチというものでございます」

弟はとにかくそれしか云わなかった。

姉となると、ただ薄笑いを浮かべているだけで、ときどき姉は言葉が通じていないのではないかと思われた。というのも、店内にはテイクアウトの焼き菓子なども数多く用意されていて、見るからにおいしそうなのだが、しかしこれまた初めて目にするものばかりで、詳細がよくわからない。値札には「オランダ・クッキー」「オランダ・マドレーヌ」「オランダ・ケーキ」などと書いてあり、

「では、クッキーとマドレーヌをください」

と所望すると、

「ごめんなさい、すべて売り切れてしまって」

姉は薄笑いのままそう云うのだった。

もう何がなんだかさっぱりわからない。

それでも、滅法おいしいので、週に二度三度と通い、明けても暮れても、「オランダ・サンドイッチ」に魅了されつづけた。

そんなあるとき、たまたま別の店で「オランダ・サンドイッチ」を謳うメニューに出会った。稀有なことだったので、食べくらべてみようと注文したところ、姉弟の店で食べてきたものとは違う、ごく普通のサン

ドイッチが出てきた。それで、ふと思い立ってインターネットで「オランダのサンドイッチ」と検索してみたら、画面にあらわれたのは、いわゆるわれわれが親しんできた英国式のよくあるサンドイッチだった。

では、あのとんでもなく旨い、サンドイッチというよりハンバーガーに近い、しかしまったくハンバーガーとは違う独特なものは一体なんなのか——。

いや、サンドイッチだけではない。コーヒーにしても、これまで飲んできたコーヒーとまったく違う味がして、しかし、「これがオランダ・コーヒーです」と云われたら納得してしまう。なにもかもが奇妙だった。この世界とは違う別のオランダがあって、別のオランダでつくられた料理を食べている気分だった。

そうして、とある火曜日にいつものようにそこで食事をし、翌日の水曜日にまた訪ねたら、店はすっかりもぬけのからになっていた。

呆然とした。貼り紙のひとつもなく消えてしまった。

たぶん、姉弟は別のオランダに帰ったのだろう。

まっさかさま

じきに夜が始まろうとしている夕方のいちばんいい時刻に、ひとりの若い男が高いビルの上からまっさかさまに落ちていった。男は緑色の上着の下に赤いシャツを着て、黒と白の縞模様のネクタイを締めていた。靴はエナメルの上等なもので、靴の先がほぼ正確に夕方の一番星を指している。男は数学的にも物理的にも完全なまっさかさまで、おかしなことだが、「まっさかさま」という状態は落ちてゆくこととどうしても切りはなせなかった。人は「まっさかさまに考える」ことも、「まっさかさまに話す」ことも、「まっさかさまに着る」こともできない。「まっさかさま」とひとたび誰かが口にしたら、どこか高いビルの上からひとりの男が落下してゆくことになる。

とはいえ、思いがけない長い休暇をもらったからといって、なにも長い旅に出なければならないという法はない。短い旅をいくつか繰り返すやり方で、長い休暇を過ごすのはどうかと思いついた。たとえば、あたらしい指輪を買いにゆくための旅であるとか、偽のオペラ・プリマがごく少ない観客を前にして歌う小さなコンサートを観にゆく旅であるとか、西の方に世の中と時間の進み方がずれたままの部屋があるというので、そこへ一泊二日で行ってみるとか。指折り数えれば、すぐに十や二十の小さな旅を思いつく。それに、こうした旅の列挙に付け加えるべきは、無名の即興詩人がのこした「旅に出ないこともひとつの旅である」という言葉だ。

そのことからもわかるように、わたしの母は長いあいだ画材店ではたらいていた。画学生が多く住む町の、私鉄駅に近いごく小さな店で、母は自分がまだ画学生だったころにそこでアルバイトを始め、それから恋をして、結婚をして、私を産んで、離婚をして、また結婚をして、妹を産んで、そうした人生を本に書き、それが映画にもなって、じつに多くの人たちに名を知られるようになった。そうしたさまざまなことがあったこの四十年間、母はその画材店で、ほとんど休まずにはたらいてきた。

一方、道化たちが待機している部屋というものがこの世にはあって、彼らが正確に何人いるのか、どのような人生を歩んできたのかを調査する仕事にぼくは就いた。これまで長いあいだ仕事らしい仕事がなかったのである。仕事がなかったあいだ、ぼくは眠りつづけて空腹をごまかしていたのだが、生きものはどうして生きものを食べなければならないのか——眠りの中でそればかり考えていた。道化たちにも、まずはその質問をしてみたい。

しかし、その前にひとつ云っておくと、私は自分がこれまでに着たすべての衣服を保存しているのだった。丁寧にアイロンをかけ、厚手のビニール袋に入れ、その服を何年何月から何年何月まで着ていたのか、採集した虫のように記録している。私がこの世を去ったとき、それらの服ばかりがのこされるのだ。

ところが、その調律師はとつぜん歌い始めたのだ。ひどく調子はずれに。

そして、それをいいことに、観光地から一本裏手にある、商店街のはずれの銭湯で彼らは湯を浴びていた。自分たちの人生よりも、父たちの人生よりも、長くつづいている銭湯だと彼らは云う。湯上がりに脱衣所に設えてある冷蔵庫の中を物色し、〈冬のサイダー〉なる飲みものを見つけて、七人全員がそれを飲んだ。

その結果、拾った犬がとても礼儀正しい犬であることが判明し、とにかくぼくは泣けて泣けて仕方がない。実際のはなし、ぼくは仕事がかなり忙しくて、紙をおりたたんで小さな本をつくり、そこへ短い映画の台本をいくつも書いて、とはいえ映画は決して撮影されないのだけれど、なぜか台本だけがあるという、そういうものをつくっている。どの映画にも礼儀正しい拾った犬が出てきて一役買う。実際のはなし、ぼくは拾った犬のために台本の仕事をつづけ、彼が食べるものや、彼の寝床に敷くバスタオルなどを購入するために働いてきた。

にもかかわらず、贋作ばかりを集めている男がいるというのだから驚く。彼は真作にはまるで興味がなかった。「そんなものは所詮、本物じゃないか」と彼は云う。本物は自由気ままに描いたものだが、贋作はいかに本物そっくりに描けるか、どうしたら本物のようであるか、うまくいかなければ見抜かれてしまう、と常に緊張しながら描くので、適当にニヤつきながら描いた真作などより、よほど魂がこもっているそうだ。

そもそも、この街には気が遠くなるような小雨が降ると昔から有名で、二階建ての非常にみすぼらしいホテルの窓から他になにもすることがなかったので、読んでいた新聞をおりたたんで、ただひたすら小雨を見ていた。十五分もそうして見ていると、さて、雨は上から降っているのか下から降っているのかわからなくなってくる。その酩酊にも似た気分を味わいたくて、年に数回、あらかじめ天気図を念入りに調べてこのホテルへくる。ここでは時間の進み方が微妙に違うようだ。

すなわち、彼女は本当のオペラ・プリマではなく、その体格を買われて、とある映画のオペラ・プリマ役を演じることになったのである。

しかし、たとえそうであるとしても、彼は夜の海水浴に行くべきではなかった。もちろん、あれほど大きなワニザメがあらわれるとは誰も予期していなかったが、人生はなにがどうなるかわからない。

じゃあ、どうすればよかったのか。あの「眠るひと」という彫刻作品は、彼女にしか成し得なかった。その世界的傑作が、ほんの数秒、よそ見をしていたあいだにすっかり消えてしまったのだ。

しかも、その楽団は全員がトロンボーン奏者で、十八人ものトロンボーン奏者が午後三時からのリハーサルのために劇場に集まっていた。私は最初、その様子を遠目に見ていたので気づかなかったのだが、彼らは全員、同じ黒いタキシードを着て、同じ白い蝶ネクタイを締めていた。いや、そればかりではない。望遠レンズで十八人の顔をひとりひとり確認していったところ、彼らは全員同じ顔をしているのだった。

しかし、驚くのはまだ早い。私が傘を持って出ると、なぜか雨は降らないし、傘を忘れたときに限って雨が降ってくる。あれはどうしたわけなのだ。私はやはり運がない男なのか。どうもそんな気がする。子供のころ、隣町から屋台を引いてくる林檎売りがいて、腕に毒蛇を巻いたいかにも陰気な男だった。しかし、その男が隣町の林檎園からもいでくる林檎が桁外れに美味いのだ。ただし、一日に三十二個の林檎しかもいではならないと林檎園の女主人に戒められていて、しかも、三十二個の林檎のどれかひとつに毒蛇の毒が仕込まれているという。「さぁ、毒林檎に当たらないように好きな林檎を選んでごらん」と林檎売りは口上を述べ、真っ先に手を出した私は、一発で毒林檎に当たって気をうしなってしまった。唇がしびれて、三日間、話すことができなくなった。

そういえば、あの豪雨の夜にひとりの客があって、「自分は今日、上等な上着を着て外出したのですが、このざまです」と泣いていました。なんでも、その上着はそのひとの祖父の代から大事に着ていたもので、「凡人には計り知れない時間が染みついていたのです」と嘆いていました。「このひどい雨で、代々受け継いできた時間の染みがすっかり流されてしまった。染みついた時間を失った上着はただの上着です」と憤っていました。

ところで、まったくの偶然であるが、いまこの店の中に有名な自転車泥棒が二人いて、ひとりはエスパニアに住み、ひとりはドイチェランドが故郷である。二人ともたまたま旅行でこの地を訪れたのだが、お互い面識はなく、噂には聞いていたものの、名前さえ知らない。ひとりは窓ぎわの席にいて、ひとりは厨房に近いテーブル席で少し酔っていた。私は天の遣いなので、残念ながら、この店にいるすべての客が私の姿を認めることができない。こちらから話しかけることもできなければ、向こうから私に声がかかることもない。もし、この稀有な事態を店内の誰かに伝えることができたらと思うのだが、もどかしいことに為す術がなかった。これがどれほど貴重な邂逅であるか、誰かに伝えたい。私が知る限り、世界的に有名な自転車泥棒がひとつの店に居合わせたのは、一九二三年にスイッツランドのバールで、「俊足のジョー」と「黄金のラリン」がわずか三メートルの距離まで近づいたとき以来である。そのときも当人たちをはじめ、店内の誰ひとり、その歴史的瞬間に気づかなかった。

もしあのとき、あのめずらしい果物を食べなかったら、あるいは、私は声を失わずに済んだのではないかと、いまでもそう思う。

だが、もう遅いのだ。「手」「水」「石」「息」と四つの言葉が並べられ、岩松がすかさず「空」のカードを切って、ゲームセットとなった。

ひとつだけ救いだったのは、その日がランプを見にゆく日であったことで、私たちは午前一時に青屏風の店に集合して誘導員の到着を待った。ランプというものが、川向こうの薬局に到着して、私たち五人が幸運にも最初の見学を許されたのである。説明員の話では「消えない蠟燭」とのことであるが、海の向こうではすでにランプは常用され、これによって人類はついに夜の闇を「駆逐したのである」という説明だった。

ただ、彼の弟というのが、いわゆる記念撮影マニアで、とにかく、いちいち記念撮影をするのである。

その結果、次回公演の演目は『楽屋のハムレット』に決まり、五年前に主役のハムレットを演じた西川が「今回も自分が演じたい」といち早く名乗りをあげた。これに対して劇団員のほぼ全員が否定的意見を率直に述べ、西川は事実上の退団に追いこまれる事態となった。その一部始終を密着取材した某放送局のドキュメンタリー班は、西川が郷里に帰って家業のカステラ屋を継ぐところまで追いかけ、さらには、そのカステラ屋が近所にできた洋菓子店の影響で廃業を余儀なくされるところを描き、そのあと西川がローカルFM局の交通情報を担当したり、駅前の自転車置場の警備員をしたりする様子をとらえて、民放連盟が主催するドキュメンタリー大賞の「佳作」を受賞した。

しかしながら、たった一枚の絵しかないのに展覧会を開いてしまったのは、やはり無謀だったかもしれない。

そうなると、俄然、乾電池というものが奇妙な物体に見えてくる。とりわけ単三乾電池の銃弾を思わせる太さと云うべきか細さと云うべきか、あの指先につまんだときのちょうど良い感じと、常にひんやりとした冷たさを保っているところが唯一無比にして格別ではないか。一見、何の変哲もない細長いスティックでありながら、その実、プラスとマイナスという、相反する二極を隠し持っている。考えてみれば、あれほど小さな物体の中に非常なエネルギーを生み出す二極が内包されているのだから、これはもうほとんど奇跡と云っていい。これが単四となると、いささか頼りなく、当然ながらパワーもダウンして、それ一本では何らまともに動かすこともできない。単二は存在自体がマイナーであるし、単一は見るからに形がやぼったい。ただひとつ、単三だけがほどよいスマートさを保ち、驚くばかりの実力を涼しい顔で発揮するところが心憎かった。ついでに云うと、われわれはすでに乾電池を賞賛する時期を脱し、それはもう至極あたりまえのものとして生活の隅々にまで入りこんでいる。ということは、乾電池の他にも、こうした素晴らしいエネルギーを秘めたものが存在するのではないかと友人の神田君に話したところ、「人はなぜ神様に祈りを捧げるときに両手を合わせるのか」と、こちらの問いの答えなのかそうではないのか、よくわからないことを云い出した。「ぼくが思うに、人にもまた乾電池と同じくプラスとマイナスのような両極が内包されていて、それが右の手と左の手を合わせることで、ひとつの力になる。だって、どうして人には右手と左手があるんだ？　手に限らず、右と左ふたつあるものが体の至るところに備わっている。なにより脳がそうだ。この特殊な形態は、なにごともひとつではないのだとわれわれに示している。右と左にわかれたふたつのものを、思いをこめてひとつにすると、はじめて力が生まれるのだ」

きっとそうなのだろう。あのトランプのジョーカーが履いている、くるりと反り返った靴の先は、誰かがいたずらに思いついた意匠ではなく、あの反り返りにこそ、人智の及ばぬ神秘が隠されているのだ。

思えば父はおかしな男だった。おかしな人間だった、と云った方がこの場合はより正しい。真っ白に精製された食パンと、真っ白に精製された蕎麦を好み、獣肉も魚貝も野菜もいっさい好まなかった。食卓にのればいちおう口にはするのだが、血のしたたるステーキに目を輝かせたことはまずない。おそらく父は「いのち」というものを恐れていたのだと思う。自分以外の「いのち」が自分の中に取りこまれてゆくことが、もうひとつしっくりこなかったのだ。なるべく「いのち」の痕跡が見られないものを摂取し、たとえば、誰かが牛乳を飲んでいたりすると、「それは牛の乳だぞ。牛の仔を育てるための乳だぞ」と子供のように驚いてみせるのだった。

そしてまた、長谷川君は失敗をしたわけである。長谷川といえば失敗であり、いつからか、失敗をしない長谷川君など考えられなくなった。こういう人もめずらしいのではないかと思う。まずもって、朝食からして失敗が連続する。失敗して黄身が流れ出てしまった目玉焼きを、半分に割れたのを接着剤でつなぎ合わせた皿にのせ、失敗して焦げたトーストに、自分でつくって失敗した震えがくるほど甘いジャムを塗って食べていた。着ているシャツは裏返しだし、靴下は当然のように左右ちがうものを履いている。朝食にはかならずコーヒーを飲むことにしていたのだが、トーストをほとんど食べ終えてからコーヒーを淹れていないことに気づいた。でも、ぼくはそんな長谷川君を見ていて思うのだ。なぜ、目玉焼きから黄身がこぼれ出たことが失敗なのか。なぜ、シャツを裏返しに着てしまうことが失敗なのか。いつからそういうことになったのか誰か教えてほしい。

以上のような経緯のあと、私は町はずれにある夢の先生の医院をたずねたのである。先生は私の顔を見て「なるほど、それで同じ夢を何度も見るのですね」と、まだ私が何も云っていないのに正しく診断してみせた。「それはどんな夢ですか」と訊かれ、「ほとんど水の流れていない大きな川に長い長い橋が架かっていて、その橋が何の前ぶれもなく、砂ぼこりを舞い上がらせて崩落するのです」——家で何度も練習してきたとおりに話した。

すると、その男は暖房用ダクトの細長い管の中から蛇のように体をくねらせながら抜け出てきて、「痛い痛い、きついきつい」と苦しげな声をあげて、コンクリートの床に力尽きてへたりこんだ。

それでようやく朝がきて、僕らは劇場の地下にある衣装部屋から出発したのだった。誰ひとり地図を持っていないし、最終的にどこを目指せばいいのかわからなかったが、僕らにはとりあえず希望に充ちた一冊の台本があった。僕らにはセリフがあり、どの場面でどうふるまえばいいのか、この一カ月、ひたすら稽古をしてきた。西へ向かう者、東へ歩き出した者、北へ帰郷する者、南へ冒険する者——僕らは散り散りになり、それぞれのセリフをそれぞれの場面で披露してゆくのである。

もしあなたが、この懸賞で当てたラッパの使い道を知っているなら、いちばん下の通信欄にそれとなく書いておいてください。

それによって、私と彼女の人生は決められていると子供のころから勘づいていたし、それが水族館であったことは特筆に値すると思われる。もちろん、私の父が測量師でなかったら気づかなかったことだが、私が生まれ育ったこの家と、彼女が生まれ育ったあの家の「ちょうど中間に水族館があるんだ」と父は地図をひらきながら、めずらしく得意げに云った。

もちろん、シャツの柄が決まるまでにはそれ相応の時間が必要で、しかも火星が接近した夜だったので、あの混乱の中でよく決まったものだと妹も云っていた。

いつのまにか、東塚の交差点を通り過ぎ、やがてバスは美術館の前にとまって、わたしは小島さんからもらった優待券を鞄から取り出した。間違いない。この美術館だ。「君が観たらいいよ」と小島さんは最後に一枚のこったチケットをわたしに譲ってくれたのだ。わたしはバスをおりると、「入口」と書かれた門を目指し、心ゆくまで展示物を堪能した。山田宗太郎というひとりの男が、その生涯に受けとった数々の「残念賞」を網羅した展覧会だった。

そうだ、ひとつ云い忘れてたけど、冷蔵庫にハムが一枚のこってるよ。あれをレタスと一緒にパンにはさんでサンドイッチにしたら、ひとまずはしのげるんじゃないかな？　おととい、水木橋の肉屋で買った百グラム五百円もした立派なハムだ。駄目にしたら勿体ないからね。

二十一番目の夜

二十一番目の夜です。

このたったいま、こうしてぼくのところにも、こんな夜がくる。ぼくの如き、一冊の事典をつくることに人生のほとんど全てを費やしている、このように小さな自分にも、ひとつふたつと夜を過ごしてゆけば、夜というものは着実に回をかさね、次のあたらしい朝を控えた、二十一度目の夜になる。

すでに夕方が終わる時分から、巡回する豆腐屋のように、路地の角の、あそこのあの辺りまで夜は忍び寄っていた。ぼくはただひとり、鼠たちよりも早く、それを知っていました。君にいつか話したことのあるこの夜です。君は忙しいから、今日がその夜であることを忘れてしまったでしょう。僕はひとつ、バースディ・ケーキを、卓袱台の上へ「ほら」とひろげるときみたいに、この夜のことを、とっておきの贈りものにしたいのです。

だから、君に、このことを「しみつ」にしていました。ぼくは「し」と「ひ」が入れかわってしまう言葉の病気を持っています。この大都会に生まれたり育ったりするうち、どうしてか、「し」と「ひ」が入れかわってゆく。この重大な「しみつ」について、たとえば、僕は古い本をあつめて勉強してきました。

君もまた勉強をしながら、あたらしい本をつくる仕事に出かけてゆく。今日の朝はとてもはやく自分で弁当をつくって出かけてゆきました。満員の通勤電車に君は乗り込み、この都市の、ずいぶん真ん中の方まで行って、君は君で、ぼくとはまた違う、ぴかぴかのあたらしい本をつくる。昼には弁当を食べて、夜になったら、街の隅の軽食堂で、君は君の好きなロシアのシチューを食べるかもしれない。そして君はおそらく、日づけが「明日」になったころに、この部屋へ疲弊して帰ってくる。

ぼくはしかし、今日は終日、家にいます。家のなかの、いちばん鳥の声がきこえる窓辺の机に向かい、事典をつくる作業を休んで、そういうときに書いてきた「しみつ」の原稿を書くのです。それは、昼の食事のあとに始まって、あまく眠いような夕方を通過して、天井裏のねずみたちの活躍を聞きつつ、夜おそい時間までつづいてゆく。

ぼくはそのような夜をこれまでに二十もくりかえしてきました。そうした夜をかさねて、幾つもの、いろいろな原稿を書いてきたのです。

それを、ぼくは小説と呼んでみたり、詩と呼んでみたり、あることないこと、自分でもどちらなのか判らなくなって、でも、どっちでもいいじゃないか——そう思うところのものが書いてある。いや、「書いてある」のではなく、自分が書いたのです。

ぼくはそうして、もう思い出せないくらい昔の時間から始めてここまできた。何かもっとあたらしいことを書けないものか、と思いながら。

普段の自分は、事典という長い時間の集積によって生まれ出るものを書いている。ぼくより先に生きて亡くなっていった人たちの、思いや考えや日々のくりかえしを受け継ぎ、そこへほんの少し自分の筆跡を残すやり方で書いてゆく。それが、自分のしてきた事典の仕事の様子です。

そして、それとは別に、ぼくは自分の言葉を探すために文章を書き、書きあがると、そいつを机の引き出しへしまっておいた。これまでに、数えてみれば、二十という数になる原稿用紙の束を仕舞いこんできた。

それらを書きはじめたころ、一人のたいそう偉い人物にぼくは会いました。思うに、そうした偉いひとが自分には大事で、あわてて云いなおすけれど、「偉い」というのは、自分の場合、お札に印刷されるような、ああいう細密描写の肖像がつくられる人のことではないのです。

現にぼくの会ったその人は、川べりの粗末な小屋に住み、本ばかりあつめた部屋で、自分の考えたことを頭の中から取り出しては、紙に鉛筆で書いている。顔はまったく「へのへのもへじ」に似ていて、きっと、肖像画は「もへじ」です。それでいいんだよ、とあのひとは云いました。いまにも崩れおちそうなボロい「だいどこ」で、あのひとは季節ごとの活きのいい魚を、毎日、醬油と酒と砂糖その他で煮るのです。それを白いごはんの上へのせてじつに旨そうに食す。あとは、梅干しとおみおつけ。

「おみおつけというのは、君、御御御付けと書くんだねぇ。じつに立派な尊いものだ」

あのひとの御御御付けの具材は、青くび大根を千切りにしたものと決まっている。夜のはじまりのそんな食事の時間におとなうと、「君も食うか」

と、猫のために用意されたすこし小ぶりの飯茶碗へ白飯を盛ってくれる。そして、鍋から煮くずれた魚をすくいとり、ざぶんと煮汁ごとかけてくれる。

「これより旨いものはきっとないね。遠くにいる外国のひとは可哀想だ。これを知らないんだから。ボクは若いときに、遠い国の御飯もいくつか食べたけど、外国のひとの大半は、きっと、煮魚めしの驚きを知らないまま人生を終えるんだなぁ」

こういうことを云うあのひとが、僕が引き出しにしまいこんでいる文章を、月のひかりが差す窓辺で読み、少しの間をおいたのち、「二十」と云ったのです。

「二十までつづけて書いてごらん。人がハタチを迎えるようにね。そうすると、二十一番目の原稿を書くときに、きっと、あたらしい言葉が見つかる」

どうして、あたらしい言葉を書きたいの、と君は云う。どうしてなんだろう。たぶん、自分というものは、毎日すこしずつ変わってゆくからだ。

どうして書くの、と君は云う。

さて、どうしてか。髪がのびて、体重が増えたり減ったり、そうした目に見えた変化まで起きるのだから、目に見えない変化は、びっくりするくらい起きている。きっとそうだ。そのひとつひとつを便箋に書き出したら、とてもながい手紙になる。

ぼくはこのごろ思うけれど、むかし君とぼくが、それぞれの部屋で暮らしていたころ、あの、ほのかに青い空気がふたりのあいだにあった時代、あの時代に書いた手紙は、自分の一等、ほんとうのところのものだった。どうしていま、自分はあのようにほんとうのところを書かずにいるのか。

ぼくは、川辺の小屋で煮魚めしを食べたとき、白い長袖シャツの袖口に煮汁のしみをつくった。それが何度、洗濯してもきれいにならない。いまはもう袖口の糸のほつれとひとつになり、絵の具の種類にもないような色になっている。ぼくはその小さな染みひとつで、世界全体に対して気おくれしてしまう。それが自分だ。あのひとが云ったのは、こういうことじゃないかと思う。どんなにささいなことでも、自分の気持ちのほんとうのところを書きとめておくこと。

それと、もうひとつ――。

ときどき、「ほんとうのところのもの」は、外から自分へつながってくる。

ぼくの場合、それはひとつの空想としてあらわれる。そして、時間をかけて空想を煮詰めてゆくと、最後に至極すっきりと単純なものが見えてくる。だから、ほんとうのところのものは、いきなり到来しない。最初はまったくの絵空ごととして、それもこれといって見栄えのしない平凡な想いとして、頭のなかに登場する。しかも、一等最初は姿かたちを伴っていなくて、ただひとつの言葉のつらなりとして、たとえば、「常夜灯の好きな天使」というふうにあらわれる。

こうした到来は「思いつく」というのでもなく、「ひねり出す」のでもなく、数秒前まで、まるで考えつかなかった言葉なのに、いきなり頭のなかで、それこそ常夜灯のように、ほんのりと光を放つ。このとき、自分は「じょうやとう」という、平仮名にすれば六文字で記される言葉に刺されている。虫に刺されるように。

そういえば、ひとは蚊に「刺される」と云うけれど、実際のところ、あれは「吸われている」のです。それも、自分の非常に重要なものであるところの「血」というものを、あんなにちいさな生き物に、いとも容易く吸われている。

だから、予防接種において注射器がカイナに刺され、なんらかの液体が注入されるのとは違い、虫の思念や毒や希望といったものが、僕の体のなかに注入されるわけではない。蚊の到来は、僕から何かが少量ながら奪われることを意味する。

僕と蚊は、顕微鏡で覗いた世界において、その瞬間、たいへんな絆を結んだことになる。蚊のヤツは僕の血を吸い、少なからず僕という人間のアレコレを体内に取りこんだことになる。僕としても、自分の一部が微量とはいえ、ヤツの世界の一部になったのだから、これを機に、ミクロの世界に参入するための入口を得たと云ってもいい。

要するに、ぼくは彼らとつながったのです。

そして、急いで話をもとに戻すけれど、いま云った「蚊」というのは、話をわかりやすくするための喩えであり、本当は、「常夜灯の好きな天使」という言葉のつらなりが、僕の体から微量の血を奪いとってゆくことになる。決して、こちらが向こうの何ごとかを掠めとるのではなく、その最初のひと刺しを契機に、以降、ぼくはその言葉のつらなりに少しずつ持っていかれる。たとえば、「常夜灯の好きな天使」という言葉が表題として似合う場所であるとか、その場の少し冷たい空気であるとか、そこで机に向かって小さな絵を描いている男の横顔や声といったようなもの、そういう架空の世界へ、ぼくは体ごと持っていかれる。向こうがこちらに注入されるのではなく、書くことで、ぼくが向こうへ出かけてゆくのです。

その絵描きというのは、おそらく四十代の前半くらいでしょう。幾分かつりあがった眉が黒々と濃く、小ぶりな団子鼻の上へ黒ぶちの旧式眼鏡をかけている。しかし、二重まぶたの涼しい目はどこか色気さえあり、唇はあきらかに男前のそれで、最前より、ぶつぶつと何やらつぶやいている声色は、なかなか耳に心地よい。名は多所と書いてタドコロと読む。肩書きは「挿絵家」です。誰かが書いた小説や物語へ、短時間のうちに絵を添える仕事をしている。いまもその最中だった。

「なかなか難しいぞ」

彼はたったいまそうつぶやきました。これは彼の口ぐせのひとつで、時刻は夜の八時をまわったところ。そろそろ腹もすいてきたせいか、著しく筆が鈍っている。

四畳半の隅に机を据え、あとは簡易ベッドと本棚があるのみ。仕事用の部屋です。机上の電灯ひとつきりの室内は薄暗く、しかし、部屋の暗さに応じて、コンセントに差し込んだ常夜灯がほんのりと灯される。

タドコロは知らないが、その常夜灯のそばに一羽の天使が滞在している。天使は「ひとり、ふたり」とは数えない。「一匹、二匹」と数えるのは悪魔で、天使は背中に生えた翼が重視されて、うさぎ同様、「一羽」と数える。そうするべきだとぼくは思う。実際、そう数えるのがふさわしい体長だ。身長わずか八ミリメートル。こうした極小の天使に名前はない。彼でも彼女でもないこの存在は、男と女、ふたつの性をあわせ持った「しー」にして「ひー」である。いや、「ひー」にして「しー」である。驚くなかれ、この極小天使は、ぼくの持病である「し」と「ひ」の入れ替えをも超越した透明性をもつ。すなわち、どちらでもなく、どちらでもある。

そのような天の使いが、なにゆえタドコロの部屋に滞在しているのか。理由はこういうことです。タドコロの本棚には、そこだけ煤をはいたように美麗な外国の本が一冊おさまっています。それはルイス・キャロルの書いたあの『不思議の国のアリス』で、それも一八八七年に刊行された緑色に装われた廉価版の『アリス』でした。これを天使界では、「緑色のアリス」

と称し、もともと、アリスの初版本は赤色で装われ、そちらは「赤色のアリス」と呼ばれています。すみません、ぼくは事典の執筆をする者なので、ときおり、こうした事物の説明が細かくなるのです。

さて、常夜灯の好きな天使は、これらふたつの『アリス』のうち、タドコロの所有する「緑」を愛していました。タドコロにしてみれば、驚くほど高価な「赤いアリス」を入手することは叶わず、もとより廉価で後刷りのために格段に安価で売られていた「緑」を、それでもこの部屋でもっとも大事な宝物として保管しているのです。ただし、タドコロは作者のキャロルを敬愛しているのではなく、『アリス』の挿絵を描いたジョン・テニエルへの変わらぬ信仰を示すしるしとして、その本を買ったのでした。『アリス』が、いまだに多くのひとたちを魅了しているのは、間違いなく、テニエルの独創的な挿絵によるところが大きい――。

「もし、あの挿絵がなかったら、どうだったか？」

タドコロは自分の仕事をこなしながら、ぶつぶつ、ひとりごとを云うのです。その声を極小の天使は聞き逃がしませんでした。

（よし、この男の人生に触れてみよう、しばらくは、この男の思いに寄り

添ってみよう）

そう決めたのです。天使というのは、そんなふうに少しのあいだ、心さみしい人物のかたわらに在り、そのひとになんらかの示唆を与えて、しかるのちに、「もう大丈夫」と天使が感じたところで、

ふっ、

と離れてゆく。そして、また夜の空へとのぼり、上空から下界のひとびとを眺めて、次の誰かのもとへと急降下する。すみやかに羽根をとじて、しばし身を寄せる。

これを人間の視点でとらえれば、ある日、どこからともなくあたらしい「思い」が到来することになります。それまで一度も考えていなかったことであるとか、たとえば、生姜を切り刻んで砂糖と一緒に煮て、冬の寒い夜のための菓子をつくってみようなどと思いつく。

そういった思いつきの到来は、じつのところ、常夜灯の好きな天使によってもたらされているのでした。

しかし、タドコロはそれを知らないのです。天使の滞在にまったく気づいていない。天使は普通のひとの目には見えません。普通のひとであるタ

ドコロはいま、昼のうちに買っておいた缶コーヒーのふたをおもむろにあけて、ひとくち飲みました。ぬるくてひどく甘い、甘いものが好きではないタドコロにしてみれば、震えがくるような甘さのコーヒーです。

（おれはいったい、いつまでこんなふうに絵を描きつづけるのか。誰かがつくったお話に絵を添えて、それでおれは満足なのか）

天使はこうした心のなかの声をすっかり聞いています。

（おれはいったい、この絵を誰のために、なんのために描いているのか。わからない。いくら考えても答えが出ない。コーヒーはあまりに甘いし、部屋があまりにも冷えている）

このタドコロの問いに答えるのは、はたして天使なのでしょうか。それとも、こうしてこの原稿を書いてきたぼくでしょうか。もし、同じ疑問をぼくが自分にぶつけてみるとしたら、答えはやはり「わからない」です。

ぼくはこの原稿を、誰のために、なんのために書いているのか――。

ただ、常夜灯の好きな天使はこう思うのです。

ミスター・タドコロの絵は常夜灯のように人知れずそこにあり、しかし、かすかではあるけれど、確かな光を放っている。

それで充分じゃないかとぼくは思う。いまにも消え入りそうな、わずかな光を保つこと。その光を引き継いでゆくこと。「わからない」けれど、たぶんそういうことじゃないかと思う。

さて、こうしてたどたどしく書いてきた二十一番目の原稿を、今夜は引き出しに仕舞い込まず、卓袱台の上に置いておきます。でも、疲れてかえってきた君は、もしかして、これに気づかないかもしれない。

これはぼくから君への、すこし長い置き手紙です。

ぼくは、タドコロのもとを去ったあの常夜灯の好きな天使が、次にわれわれのこの家を訪れますようにと願っています。

いや、それとももう来ているのか――。

そうか、そういうことなのか。ぼくがこうしてこんな話を書いているのは、天使の到来によるものなのかもしれない。

ぼくは、君に「しみつ」で、コンセントに差し込んで使う方式の、いちばん安い常夜灯を買っておきました。

君はそれに気づいていましたか。

そんなわけで、今夜は二十一番目の夜でした。ぼくがこうして自分の言葉を探す原稿を書きはじめて、二十一回目の夜でした。しかし、ほんとうのことを云うと、今夜は、ぼくが君と一緒に暮らしていこうと心に決めた日でもありました。それは、ぼくの心のなかだけで起きたことだから、君はまったく知りません。

でも、そうなんだよ。あれから一年が経ちました。

ぼくたちは小さなこの家を見つけ、にぎやかな鼠たちと一年を過ごしてきました。こうしてまた次の一年がはじまるこの夜に、さぁ、これからは君のために書こう、と不意にいま思いました。

そんな気持ちが、いまはじめてぼくに到来しました。

ぼくが探していたのは、きっと君をもとめる思いをあらわした簡潔な言葉です。ほかに何を書く必要があるでしょう。

ぼくはこれからしばらく、その言葉を探すために書くのです。

明日は朝が早いので、先に寝ます。きみがこれを読むころ、ぼくはもうこの夜を終えて明日に向かいつつある。

安心してください。先はまだまだ長いです。

昨日、ぼくは川辺に住む偉いあのひとに訊いたのです。あのひとが保健所の係のひとに、これまでの自分の人生について話しているのを聞いて、それでぼくは思わず、あのひとに質問したのです。あのひとは保健所のひとに、「自分は六十三歳です」と伝えていました。ぼくはじきに三十歳になります。

それで、ぼくは尋ねました。

「ぼくがあなたの歳に至るまで、あと三十三年間あります。それはやはり、長い年月でしょうか」

すると、あのひとは迷わず云いました。

「ああ、そうだよ。それはそれは、とても長い。そして、とてもとても嬉しいことと悲しいことに溢れてる。退屈なことなんてひとつもない。だから、おそれるな。君はきっと、ここまで来る。間違いなく来る。それはとてもとても長くて、毎日が豊かに実ったくだものみたいになる。あわてることなんてひとつもない。わたしだって、まさにちょうど昨日、あるひとに訊いたばかりだ。そのひとは齢九十七歳の詩人だ。どうですか先生、ボクが先生の歳になるには、あと三十四年かかります。その年月は長く感じましたか。すると、先生は云ったんだ。それはそれは長いよ、信じられないくらい、気が遠くなるくらい長い時間だった、と」

ごめん、なんだかあまりに長い手紙になってしまった。

もう本当に寝る。

明日またここで会おう。

明日はぼくも街の真ん中へ出てゆく。一緒に満員電車に乗って、元気にゆこう。もし、君が今日、ロシアのシチューを食べそこねたら、明日の帰り、待ち合わせをして一緒に食べにいこう。あれはじつに旨い。明日は給料日だから、お金のことは心配しないでください。

あとがき◉あの灯りのついているところまで(もういちど)

原稿を書いているとき、たびたび、「あの灯りのついているところまでいこう」と、つぶやきます。この本に収められたすべての文章はそのようにして書かれました。決して、「終わりまでいこう」ではなく、「灯りのついているところ」なのです。

あらかじめ、「終わり」を決めて書くことは、まずありません。書いて行く先に見えるのは、ぼんやりとした小さな灯りだけです。

ところで、この世には、ジャンル分けという無粋なものがありますが、エッセイでもフィクションでもなく、そのどちらでもあって、どちらでもないこの本は、ジャンル分けへのささやかな抵抗であります。『あること、ないこと』という表題に、その思いをこめました。

出来る限り、自由に書きました。詩のようであったり、物語の一部のようであったり、事典のようであって、身辺雑記のようでもあり――。

子供のころに一人で壁新聞をつくっていたのです。一人でニュース記事を書き、雑文を書いて、コラムを書いて、連載小説を書きました。漫画も描きました。広告も入れたりして、ついでに、レイアウトやデザインもすべて自分でこなしました。

そうしたものを、毎日のようにつくっていたのが自分のルーツなので、自分がなんとなく目指している創作のかたちは、そうした様々な文章がひとつの紙面に集められたものなのです。

この本に集められた文章のあらかたは、平凡社が発行している「こころ」という雑誌に掲載されました。こころ＝心がどのようなものであるか、簡潔に云うのは難しいですが、これらの文章のいくつかが、「たましひ」のようなものや、目に見えない何ごとかについて書かれているのはそうした影響によるものです。

また、しばしば「百科事典」に言及し、文章に事典の形式をとりいれたのは、云うまでもなく、本書の版元が素晴らしい「百科事典」をつくった書肆だからです。

はたして、「百科事典」の形式で小説は書けるのか。あるいは、中身を書かずにタイトルだけで成立する小説集はあり得るのか——そういった無謀な試みを許してくださった、この本の担当編集者である岸本洋和さん、そして、本書に限らず、長きにわたって支えてくださっている下中美都さんのお二人に、心より感謝申し上げます。ありがとうございました。

「終わり」はないとしても、「灯りのついているところ」はあるわけで、自分にとって、それはこのあとがきの前に並んでいるふたつの文章「まっさかさま」と「二十一番目の夜」ということになります。

こうして無謀な試みを重ねながら、書いてきたものがひとつの文章に収斂していくことを望んでいました。到達点という言葉は軽々しく使うものではありませんが、代わりに「到着」という言葉を使うのなら、ひとまずの到着点がこのふたつの文章でした。こういうものを書きたかったし、もっと書けたらと思います。

いつでも、小説を「どのようにして書くか」について興味があります。事務的な言葉に置き換えると「方法」で、小説を書く方法を見つけることが、なによりの楽しみなのです。この楽しみに「終わり」はありません。

いま書いているのは「あとがき」ですが、これで「終わり」ではなく、以前、書いた「彼女の冬の読書」という短篇小説——アヤトリとエリアシの話——のつづきを書いてみました。このあとのページに収録しています。ぜひ、お読みください。

では、ごきげんよう。また近いうちに。

二〇一八年　初夏

吉田篤弘

虹を見なかった日

エリアシからメールがきた。何年ぶりだろう。もう、こないと思っていた。「前略、綾花さま」などと、かしこまって書き出されている。「じつを云うと、おれ、一年半前に——」とつづく文面を見て、仕事中だったが、携帯を手にしたまま席を立った。

幸い給湯室には誰もいなかった。部屋の奥の小窓から射し込む陽の光を背にしてメールのつづきを読み、読み終えるなり、自分でも驚くほど大きなため息が出た。ため息の音が狭い給湯室に響いて、なんだか息苦しい。

窓をあけて、街を見おろした。

わたしの職場はビルの五階にあるので、街を行き交う人たちがずいぶんと小さく見える。その小さな彼らや彼女たちが、皆、立ちどまってわたしの方を見上げていた。

え？　どうして――。

窓から入り込む風にあおられ、おでこが全開になったわたしの顔が面白かったのかもしれない。きっと、そうだ。皆、なんとなく笑っている。

いたたまれなくなって、窓を閉じた。急いで、壁の当番表の隣に貼りつけてある小さな汚れた鏡を覗き込む。

この職場に来てまだ間もないころ、わたしが両面テープで貼りつけた百円均一の安っぽい鏡だった。生まれつき愛想のないわたしは、お茶を運ぶ前に必ずこれを覗いて、苦手な笑顔の練習をした。

「それ、絶対やった方がいいよ、アヤトリ」

そう助言してくれたのが、幼なじみのエリアシだった。アヤトリはエリアシがつけたわたしのあだ名で、エリアシはわたしがつけた彼のあだ名だ。どうしてなのか、襟足だけがくるっと巻き毛になっていて、それを指に巻きつけて遊ぶのが、幼いころのわたしのひそかな楽しみだった。

「なに、やってんだよ」と、エリアシに嫌がられながら、

「アヤトリ」と、わたしはにんまりして答えた。

それがわたしのあだ名の由来だ。いま思うと何もかも単純だったと微笑ましくもなるが、五年生のときに、エリアシが隣の家から三丁目に引っ越したのをきっかけに、彼の巻き毛に触れなくなった。学校は小中と一緒だったものの、しだいに面と向かって話すことが少なくなった。

ところが、彼が大学を卒業して社会人になったあたりから、また顔を合わせるようになった。二人ともひとり暮らしを始め、家族や友人たちの多くが再開発を機に町を出て行ったのに、わたしとエリアシだけが、それぞれ古びたアパートを借りて町にしがみついていた。ふたつのアパートは、エリアシの壊れかけたボロ自転車で十五分の距離にあり、ときどき夜中に困ったことがあって彼を呼び出すと、およそ十五分後に、わたしの部屋の玄関にあらわれて息をはずませていた。

「まったく、ひどい自転車だよ——こうなったら、あたらしいのを買ってやる——ちくしょう、ふざけやがって」

必ずボロ自転車に悪態をついた。

「で？　困ったことって、何なの？」

そう訊かれて、わたしはおずおずとジャムの壜を差し出すのがきまりだった。

「またかよ——だいたい、こんな夜中に、なんでジャムなんか——」

今度はわたしへの悪態がとまらない。わたしはわたしで、ジャムの壜に向けて呪いの言葉を連ねる。

「どうしてもあかないのよ、この蓋が——なんなのいったい？——だいたい、ジャムなんてものは、女が好むものじゃないの？——なのに、なんでこんなに蓋が固いわけ？」

「知らないよ、そんなこと」そう云いながらも、「貸してみな」とエリアシは妙に男らしい口ぶりで壜の蓋に手をかけて力をこめた。

しかし、簡単にはあかない。ついに、あかないこともあった。

「ていうか、おれは一体、何やってるんだ、こんな夜中に」

――しきりに肩で息をしているまだ若かったエリアシを思い出しながら、わたしは鏡に向かって、風にあおられた前髪をととのえた。

小さな鏡なので、少し離れ気味に立たないと顔の全体がうつらない。そして、その立ち位置が、年々、鏡から離れつつあるのは、入社当時にくらべて、顔の輪郭はもちろんのこと、体全体の輪郭がひとまわり肥大――ではなく、成長しているからだった。

そういえば、もうずいぶんとジムに行っていない。

ジムに通い出したのは、エリアシが結婚したときだったから、ちょうど五年前になる。この小さな鏡に向かって、自分に云い聞かせた。

(これからはもう、自分の力でジャムの蓋をあけなさい)と。

＊

「ああ、先週の虹がすごかったあの日ね」

妹はわたしの話をひととおり聞いて、そう云った。

「え？　虹のことなんてどうでもいいのよ」と、わたしは不満げに答えた。「なにしろ、そういうわけで、虹は見られなかったんだし――」

あのとき、前髪をなおして席に戻ると、後輩の女の子たちが、

「先輩、どこに行ってたんですか」「すごかったんですよ、いま」「見たこともないような、大きな虹が出ていたんです」

口々にそう云いながら、携帯で撮った虹の写真を見せた。

「ああ、そういうことなの」

わたしは小さな声でつぶやき、街の人たちがこちらを見上げていたのは、これだったのかと納得して頷いた。実際、その日の虹は東京にお目見えしたものとしては、新聞にとりあげられるくらい見事なものだったらしい。

「あれを見逃しちゃうのが、いかにも綾花姉ちゃんらしいけど」

妹はひとつ違いだが、さっさと結婚をしてさっさと子供を産み、ときどき土曜日の午後に娘を連れて、わたしのアパートへ遊びにくる。妹に似て、口が達者で大人びた姪のさやかは、十一歳にして、すでにわたしの身長を三センチも越えていた。

「綾花おばちゃん、元気出してね」

さやかに優しく肩をたたかれて励まされた。虹を見られなかったくらいで「元気出して」は大げさ

だけど、そういえば、五年前にも同じように彼女に励まされた。五年前も同じように台所のテーブルを囲み、そのときはたしか三人で西瓜を食べた。

「ぼんやりしてるからよ」と妹は西瓜の種をスプーンですくいとって、自分の肘をわたしの肘にぐいぐいと押しつけた。「だって、エリアシ君のお嫁さんになるのが夢だったんじゃないの？」

「そんなこと云ったっけ」とわたしはとぼけた。

「云ってたじゃない。もし、三十五歳までに結婚できなかったらエリアシ君と一緒になるって。子供なのに、ませたこと云ってたよね」

「そうだっけ？」と云いながらも、わたしはそのとき、エリアシが結婚したらしいことを妹に話しながら、唇が小刻みに震えているのが自分でもよくわかった。

あれから五年が経つ。

西瓜こそ食べていないが、妹は「あのさ」と云いながら同じように肘をついてきた。

「わざわざ、離婚しました、ってメールを送ってきたってことはさ、エリアシ君としては、綾花姉ちゃんにそれとなくサインを送ってるんじゃない？」

「サインって？」

「あのね」と妹は少しだけ声を小さくした。「いつだったか——まだ子供のころだったけど、エリアシ君が云ってたの。大人になったら、アヤトリと結婚したいって」

「本当に?」と、わたしが声をあげるのと、

「アヤトリって何?」と、さやかが顔を上げたのが同時だった。

「アヤトリ、知らない?」と、わたしがさやかに向き直ると、「知らない」と彼女は大きく首を振った。

「教えてあげる」

わたしは引き出しの奥から麻ひもを探し出し、鋏で適当な長さに切って、端と端とを固く結んだ。

「こうして輪っかにして——」と云いながら指に巻きつけると、「違うよ」と妹がわたしの指からひもを奪いとって、「こうじゃない?」とまったく違うかたちに巻きつけてみせた。

あとになってわかったのだが、二人の記憶が違っていたのは、子供のころに妹は友達と二人でアヤトリをし、わたしはもっぱら一人でアヤトリをしていたからだった。妹がさやかと二人でアヤトリをするのを横目で眺めながら、そういえば、わたしはいつも一人きりで、親友と呼べるような友人もなく、何か困ったときに相談していたのはエリアシだけだったと、いまさらのように気づいた。

「遅いよ」と妹が首を振ると、すっかりアヤトリの遊び方をマスターしたさやかが、母親そっくりの声で「遅いよ」と繰り返した。

「あ、そんなことないか」

妹がひもを巻きつけたまま、指折り数え始めた。

「あと、九ヵ月もあるじゃない」

「何が？」

「三十五歳まで」

逆に云えば、わたしはあと九ヵ月でその年齢を超えてしまう――。


わたしはひさしぶりにジムに通い始めた。

体の輪郭をひとまわり小さくするためにだ。ちなみに、ジャムの蓋をあける握力は五年前に鍛錬して身につけた。

思えば、蓋をあけられなかったころ、自分とエリアシのあいだには十五分の距離があった。二人のあいだにはいつも埋められない距離が――というより、埋めてはいけないと思っていた距離があった。

わたしは携帯を握りしめ、給湯室の鏡にうつる自分の顔を眺める。

虹を見なかった日から、何週間が過ぎたろう。エリアシのメールに書き添えてあった彼の電話番号はすでに登録してあった。

ひそかに思い定めていた年齢を超える前に、わたしたちにはたぶん超えなくてはならない「十五分」がある。まずはそこから始めなくては――いったんそう思ったら、仕事中なのに、いてもたってもいられなくなった。

番号を呼び出しながら、唇が震え出す前に、窓をあけて外の空気を吸い込んだ。

本書は、「こころ」第七号～第三二号（第一三号、第一六号、第二五号、第二六号を除く）に掲載された「あること、ないこと」を大幅に加筆・修正したものです。

その他の初出は左記のとおりです。

●『ノース・マリン・ドライブ』を買った日
「ダ・ヴィンチ」二〇〇四年三月号（初出タイトル「音楽の中の冬の空気」）
●頁の奥の『陶然亭』「小説すばる」二〇〇六年一〇月号
●都〇一系統——一度きりの幻の上映
「奇想天外ナ遊ビ 鈴木清順 80th Anniversary」パンフレット 二〇〇三年八月
（初出タイトル「ただ一度きりの上映」）
●小さな幸せはどうすれば得られるか、と考えた話
「an・an」二〇〇五年五月四日・一一日合併号（初出タイトル「小さな幸せを売る店」）
●あきらめきれなくて、自分で書いたこともある。——夢の中の古本屋
『忘れられない一冊』朝日文庫、二〇一三年九月（初出タイトル「思わぬ収穫——夢の中の古本屋で」）
●この世はさびしさでまわっている。——さびしさの効用
「an・an」二〇〇六年三月一五日号（初出タイトル「世界は「さびしさ」で回っている」）
●虹を見なかった日「花椿」二〇一四年一〇月号

吉田篤弘（よしだあつひろ）
一九六二年東京生まれ。作家。小説を執筆するかたわら、クラフト・エヴィング商會名義による著作とデザインの仕事を続けている。著書に『つむじ風食堂の夜』『それからはスープのことばかり考えて暮らした』『レインコートを着た犬』『モナ・リザの背中』『ソラシド』『台所のラジオ』『遠くの街に犬の吠える』『京都で考えた』『金曜日の本』『神様のいる街』など多数。

あること、ないこと
発行日　二〇一八年五月一六日　初版第一刷
著者　吉田篤弘
発行者　下中美都
発行所　株式会社平凡社
〒一〇一-〇〇五一　東京都千代田区神田神保町三-二九
電話　（〇三）三二三〇-六五八〇［編集］
（〇三）三二三〇-六五七三［営業］
振替　〇〇一八〇-〇-二九六三九
印刷　株式会社東京印書館
製本　大口製本印刷株式会社

ISBN978-4-582-83775-9
NDC分類番号 914.6　四六判（19.4cm）　総ページ 304
平凡社ホームページ　http://www.heibonsha.co.jp/